我和偶像做同桌

[下册]

魔女恩恩 ------------ 作品

青岛出版社
QINGDAO PUBLISHING HOUSE

第十五章
学霸日记

潘多多的手指微微抖了一下，没明白项夏这话是什么意思。

项夏无所谓地耸耸肩，说道："秘密从那张写着'东施效颦'的字条开始，就不再是什么秘密了，其实……从上高一开始，我就在模仿你，虽然每次模仿得都很不像，也很可笑，我却怎么都停不下来。呵呵，别问我为什么模仿，我也说不清楚……可能每个人都想超越自己，想一朝蜕变，成为众生中的佼佼者，做自己想做的事，成为自己想成为的人，不会被人嘲笑是笨蛋。我也一样，期待每天放学后，听到老妈的夸奖，可惜……"

项夏突然觉得鼻腔酸涩，她已经很尽力、很尽力了，却始终没得到老妈的一句赞许，她在老妈眼里，从来不曾优秀过。

"如果我真的笑了，不是嘲笑自己是什么？其实……就算你退步了，也比我优秀呀。"

"我以为……"

潘多多抿着嘴，垂下了眼眸。

那段时间，潘多多很愤怒，因为她发现了一个秘密，有人在模仿她，这个人就是班里的小结巴项夏。被一个考试倒数的女生模仿，对于潘多多来说是特别大的耻辱，特别是在红皮日记本被于圣杰嫌弃后，她觉得项夏就是在嘲讽她，忍无可忍之时，她写了那张字条，借以对项夏进行有力的反击。

可现在看来，似乎不是那么回事。

“我是不是像个刺猬？”

“刺猬？”

“嗯，藏着连自己都害怕的刺。”

在外人面前，潘多多特别乖巧，听家长、老师的话，可她的内心矛盾重重，整个身心都时刻紧张地戒备着，她会张开利刺，刺向任何对她有威胁的人和事。

她没有朋友，独来独往，除了在学习上拿第一名，赢得那些掌声，她不知道自己还能干什么。久而久之，她似乎也只有这一件事可以做了。

数学竞赛失利后，她只想藏起来，不让任何人发现她。

项夏保持了一定的距离坐在了潘多多身边，从书包里翻出一块巧克力递给了潘多多。

“吃吗？”

潘多多木然地接了过来。

项夏也打开了一颗放在了嘴里，这巧克力的味道不错，就好像广告里说的那样，牛奶香浓，丝滑般的感受。

“你有喜欢的人吗？”潘多多突然问了项夏一个奇怪的问题。

喜欢的人？

项夏一时有些蒙，什么样的人才算是喜欢的人呢？

“喜欢的人？我爸、表姐算不算？还有我姥姥……”

“不算，是那种喜欢。”潘多多的脸红了。

“哦。”

项夏好像明白了，潘多多所指的喜欢，是男女之间的那种喜欢，并不单纯，她有吗？蹙眉想了一下，项夏摇了摇头。

“没有，不过我有偶像。”

“偶像？”潘多多愣了一下，似乎一下子没反应过来项夏的偶像是谁。

“靳韩呀，这巧克力就是靳韩的粉丝送的。”

一句“靳韩的粉丝送的”好像炸弹一样炸开了潘多多几近崩溃的心，她把巧克力愤怒地塞回了项夏手中，呼呼喘着粗气。

“我不想听到这个名字！”

用力一跺脚，潘多多拎起背包，头也不回地向楼梯上跑去。

“喂，潘多多……”

项夏站起来了，冲着潘多多的背影喊了一声，潘多多跑得更加慌乱了，很快消失在了楼梯的拐角处。

“干吗呀？”

项夏挠了挠头发，没想到潘多多对靳韩这么抵触，早知道，她不提靳韩的名字就好了。

记忆里，靳韩除了数学竞赛超过了潘多多之外，没做什么让她不高兴的事呀，她怎么会这么嫉恨靳韩呢?

学霸的世界真复杂，项夏想不明白。背起书包，她正准备上楼回家的时候，脚却不小心踩到了一张纸，她抬起脚，看到了一张画像，应该是潘多多匆忙中落下的。

项夏俯身捡起了画像，正如周旭航说的那样，潘多多的画工很烂，不但线条粗糙，笔法也很笨拙。

“这画的什么呀？”

项夏仔细看着画像上的人，若不是那些服饰特征，还有书包上独有的图案，她还真认不出来，这不是靳韩吗?

扑哧，项夏笑了出来，靳韩的脸怎么了？横七竖八地画了不少线条，这是被潘多多无情地毁容了吗?

可以想象，潘多多画这幅画的时候，该有多讨厌靳韩，才把他那张帅气的脸画成了蜂窝煤。

怎么说也是偶像的脸，被糟蹋成这个样子，项夏还是很不高兴的。

“有没有搞错？”

项夏把这张画像翻过来倒过去，看了好几遍，觉得潘多多有点儿心理变态。

无法自控地，项夏脑补了一个惊心动魄的画面：在一个伸手不见五指的夜晚，潘多多鬼鬼祟祟地跟踪着靳韩，伺机拦截，然后朝他泼硫酸、捅刀子，最后将他大卸八块。所有能想到的残忍手段项夏都想到了，她想象中的，潘多多对靳韩的那种恨不得挖他的肝、吃他的心的狠辣，让项夏禁不住打了一个冷战。

当然，潘多多没那么冷血，也不会做那么可怕的事，十六岁，虽没那么单纯，却也不复杂。项夏撕烂了画纸，把纸屑扔进了楼梯间的垃圾桶。

“只是画画而已。”

除了发泄一下情绪，项夏再想不出潘多多这么做还有什么其他目的，她清除了一下头脑中的阴霾，背着书包向楼上跑去。

刚刚打开防盗门，项夏便看到老妈从楼下搬着什么东西吃力地爬了上来。

“妈！”

项夏抓住楼梯扶手向下看，老妈搬的是一辆自行车吗？

“谁的自行车呀？”

项夏跑了下去，把自行车接了过来。

夏秀珍一边擦汗一边喘着粗气说：“给你买的自行车，还是变速的呢。”

“为什么突然给我买车？家里不是没钱吗？”项夏奇怪地问。

“不贵的，打折促销，上次你不是嚷嚷着要买吗？呵呵。”

“那是两年前的事了。”

项夏摸着车身，车身的颜色是她最喜欢的绿色，框架也是高碳钢的，据说这种自行车骑起来又快又轻松，也很拉风。

虽说两年前的愿望，现在实现迟了点儿，却也不赖。

不过……老妈怎么舍得花这么多钱给她买自行车了？无事献殷勤，项夏心里有点儿忐忑。

夏秀珍观察着项夏的脸色，发现女儿脸上隐现笑意，才稍稍松了口气。她一整天都在为女儿早恋、离家出走的事伤脑筋，还特意请教了经验丰富的同事，同事建议她买个贵重一点儿的礼物先缓和一下母女关系，然后再多花些时间关注女儿的情绪，实在不行就上学、放学接送，避免那些男生趁机接近女儿。

夏秀珍觉得这个主意可行，并马上行动，她花了近半个月的工资买了项夏喜欢的自行车，又去菜市场买了项夏爱吃的菜。

“喜欢吗？”夏秀珍问项夏。

“喜欢。”

项夏捏了捏手刹，很灵敏。

“花了不少钱吧？”

“没多少，你喜欢就好。”

自行车推进了家里，夏秀珍告诉女儿，她已经和楼下的张先生说好了，可以把自行车放在他家的车库里，这样项夏上学、放学骑自行车就方便了。

夏秀珍做了一桌子项夏爱吃的菜，关于早恋的话题，只字不提。

餐桌上的气氛说不出地诡异，项夏隐隐感觉老妈在和她斗法，又买礼物，又做好吃的，完全不符合老妈平时挑刺儿、唠叨、时时刻刻夸赞别人家孩子的性格。

“项夏，妈这段时间单位外派办事，正好和你顺路，送你上学吧。”

啪。项夏夹起的一块排骨掉在了桌子上，老妈在说什么？送她上学？

“不用，我不是一直自己上学吗？”

“这不是有自行车了吗？我骑自行车跟着你。”

还跟着？

“呵呵……”

项夏觉得浑身都不自在了，一口米饭吞下去，噎在了喉咙里，她赶紧端水大口地喝了起来。

“一直到期末。”

“期末？”

项夏呛着了，上气不接下气地咳嗽了起来。

“慢点儿，你这孩子，吃东西急什么？”

夏秀珍拍着女儿的脊背，项夏憋得面红耳赤，她怎么也不信老妈是什么外派办事，老妈的工作性质很单纯，坐在办公室里做文件，三四年都没见外派过一次。

醉翁之意不在酒，老妈一定是因为早恋的事打算盯着她了。

“吃饱了。”项夏放下了筷子。

“吃完了就快去学习，我陪你。”

“陪？”

项夏真的忍不住了，一口水喷了出来，喷了老妈一脸。

夏秀珍木然地眨了几下眼睛，用纸巾擦干了脸上的水渍，隐忍着没有发火。

“有什么不会的题，也可以问我。”

故意对女儿的激烈反应视而不见，夏秀珍吃完饭后，连碗筷都没刷，拿了一本书直接进了项夏的房间。

进了卧室，项夏坐在了书桌前，拿出作业后，她用余光观察着坐在她旁边的老妈，老妈好像在看一本漫画书。

被人盯着的感觉真难受，项夏感觉浑身好像生了虱子，奇痒无比，左蹭蹭右挠挠，实在忍不住了，她提醒老妈肥皂剧开始演了，老妈却无动于衷，说那部电视剧她已经在网上看完了。

“好吧。”

项夏咬着笔头，越发觉得这个礼物收得有点儿亏，怕以后都没有自由可言了。

好不容易写完了作业，项夏抬头看了一下时间，距离八点还有不到五分钟，老妈仍没有离开的意思。

项夏拿出了数学习题集，这是靳韩让她做的，都是拔高题。

第一道题还好，到了第二道题的时候，项夏的火好大，这是要难倒祖国的花朵吗？出的是什么鬼题？

抬头看了老妈一眼，项夏又看了看手里的数学题，突然灵机一动，想到了一个逃脱老妈魔掌的好主意。

“妈，这道题我不会。”项夏把习题集递给了老妈。

“我看看。”

夏秀珍接过习题集，看了好一会儿，眼珠子都要瞪出来了，也没吭一声。

项夏坐在一边偷笑，这道拔高题，估计老师看了也要琢磨一会儿，何况老妈这种已经放下书本十几年的人，哪里能解得出来？

“毕业时间太长了，妈也忘记怎么做了。”

夏秀珍摇摇头，又把习题集还给了项夏。

道高一尺魔高一丈，老妈怎么斗得过她？项夏拿着习题集站了起来，说她要去楼上问问潘多多，老妈听说女儿要去请教学霸潘多多，二话没说就同意了。

项夏轻松地溜出了家门，为了防止老妈盯梢，她先假意向楼梯上跑了几步，待老妈关了房门后，她才蹑手蹑脚地下了楼。

项夏一口气跑到了小区门口，靳韩已经等在那里了。

“怎么才来？快上车！”

靳韩指着小区不远处停着的一辆越野车。

项夏探头看了一眼，觉得这车有点儿眼熟，好像是上次接靳韩去录音棚的车，司机也很眼熟，在录音棚里有过一面之缘，他正伸手冲项夏打着招呼。

“我们不是去见球队的队员吗？怎么……”

项夏有点儿迷糊，这么晚了，还去录音棚做什么？

靳韩没再解释，推着项夏上了车。

“抓紧时间，回来还要看书。”

“等等，我们这是去哪儿呀？”

项夏发现越野车开上了公路，有些着急了，靳韩让她少安毋躁，很快就到了。

越野车在公路上开得飞快，到了市区一个足球场外停了下来，下了车，项夏借着球场周围的灯光隐约看到球场里站了几个人。

“是我们的队员吗？”项夏问。

“嗯，过去认识一下。”

靳韩带着项夏进了足球场，当她看清那些人后，愣住了，这些人她都认识……

所谓万念俱灰，也不过如此了，项夏满怀希望的心一下子跌进了冰窖，从头冷到了脚，牙齿都跟着在打战。

站在足球场里的人竟是录音棚的工作人员。

作为音乐人，在录音棚里，他们是专业的，可在足球场上，作为足球运动员时，这些人怎么看都不合格，她无法想象他们这种状态要怎么踢球。

靳韩这是被逼得走投无路了吗？

张亮是录音棚的录音师，年纪差不多三十五了，肥胖的身体一看就是平时缺乏锻炼的，听说他上大学的时候踢过球，不过已经过去十几年了，怕他上场奔跑，会气喘得咳出血来。

小孙，录音棚的助理兼司机，虽然不过二十出头，可听说球技很烂，平时踢球经常空飞脚，球能看见他，他看不见球。

还有另外一位小梁，唉，项夏好忧伤，小梁是不是发育不良呀，身高最多也就一米六，浑身上下都是腰，两条小短腿要仔细分辨才能找到，这家伙追得上谁呀？

接下来的几个人，项夏不想挨个儿描述了，她沮丧地坐在了球场边，托着下巴，一句话都不想说。

也许于圣杰说得对，靳韩在K高凭什么敢和他比足球？

“我好不容易找到的人，行不行？”

张亮走过来问靳韩，靳韩也是一脸蒙，英俊的五官几乎纠缠在了一起，他张合了几下嘴巴，只吐出了四个字。

“先这样吧。”

“别失望，这可都是我们录音棚的精英呢。”张亮吹嘘着。

“哦。”

靳韩笑得极为牵强，好在那天和于圣杰立赌约时，没说队员一定要是学校里的人，也无年龄限制，不然他真怕这些人连上场的机会都没有。

“来来来，我们开始！”

张亮好像又找到了青春的感觉，张罗着先踢几脚试试。

“项夏，把球传过来。”靳韩站在场地里冲着项夏拍了拍手，虽然人手还不够，却可以尝试着练习一下，也许有惊喜呢。

确实有惊喜，而且惊还很大。

项夏用脚勾过了足球，一脚射了出去，球是传给张亮的，这一脚还算轻柔，可结果却让项夏很吃惊，靳韩也傻眼了，场地里的小伙伴齐刷刷地行着注目礼。

张亮接球的方式还真奇葩……用脸接的。

啪的一声，项夏看到血从张亮的鼻子里飞溅了出来，好像一个被砸碎的西瓜，她惊愕地捂住了嘴巴，这样也行吗？

“哎呀，出血了。”小梁跳了起来，迈着两条小短腿叫嚷着。

“我不是……”

项夏不知道该怎么解释了，她只是正常传球，绝无恶意。

张亮捂着鼻子，发出了闷闷的声音。

“车里有，有急救箱，我的鼻子。”

靳韩回过神来，跑去拿了急救箱，又是止血带，又是药水，他帮助张亮处理鼻子，其他几个人也围上来，问长问短。项夏站在一边，像一个犯了错误的孩子，下一脚球不知道该怎么踢了。他们也太不堪一击了。

“一个女孩子，哪儿来的这么大劲儿？”张亮抱怨着。

“嗯，她踢球打人很在行。”

靳韩一边帮张亮处理鼻子一边开着玩笑。

项夏连翻了几个白眼，晓得靳韩这话是什么意思，这是第二次她用足球伤人了，第一次把靳韩踢了一个跟头。

耽误了十多分钟，张亮重新站在了足球场里，不过这次他很小心，处处躲避着项夏，其他人也各就各位。开脚踢球之后，项夏更加确认了，他们根本不会踢球。

张亮上场后十分活跃，拼命地奔跑，跑过了足球都浑然不觉……项夏叹息了一声，看起来他的优点是体力不错。

小孙一共踢了三脚，只有一脚碰到了足球，还把球踢飞了，靳韩和他打配合，几次都差点儿扑空。还有那位怎么都看不到腿的小梁，这家伙能当守门员吗？不过看起来小梁的弹跳能力不错，好像飞人，也仅此而已。

踢了十几分钟，项夏觉得足球好像被施了魔法，在空中飞来飞去，就是不落地。项夏严重怀疑他们是打篮球的，裁判都不知道该怎么吹哨了。

“不踢了！”

项夏一屁股坐在了地上，哭笑不得，靳韩这是在自掘坟墓吗？

靳韩也放弃了挣扎，让张亮带着大家再多磨合一会儿，他走过来坐在了项夏身边，好长时间都没说一句话。

“感觉要输了吗？”

“没感觉。”靳韩回答。

“现在可以感觉一下了。”

项夏伸开双臂，用力地呼吸着，晚上出来走走也不错，城郊的空气要比市内好多了，只要不想这场足球比赛，怎么都是美好的。

也许是项夏的话触动了靳韩的情绪，他一直在看球场里跑动着的几个人，关于赌约的结果，他大概也有了思量。

“我不想输！”

靳韩突然开了口，说出的四个字铿锵有力，他果断地站了起来，拍拍手掌重新开始训练。

足球场上，靳韩一边踢球一边指导老张和小孙怎么把握机会，前十几分钟还踢得一塌糊涂，后面渐渐有了好转。受到了靳韩的鼓舞，项夏也加入了其中。

当项夏把足球控在脚下，一个帅气的L形拉球徐晃后，靳韩的两条大长腿放缓了奔跑的速度，连张亮他们也都吃惊地看了过来。

“这丫头，不错嘛。”

张亮在大学期间经常踢足球，还没见过哪个女孩子能把球控得这么好，怕是男球员也得敬佩三分吧。

球在项夏脚下回旋着，虽然小梁已经在竭力防守了，还是被她轻松地一脚射门了。

靳韩笑了，张亮也笑了。

他们一起走过来，靳韩捡起地上的足球，高高地举了起来。

“我们会赢的，我要从K高毕业！”

虽是简单的一句话，却表明了靳韩的决心，项夏刚刚还紧绷着的心放松了下来，不管他们是乌合之众，还是足球精英，只要能和靳韩走到最后便是好的队员。

又踢了半个小时的球，靳韩觉得时间差不多了，才让张亮开车把大家送回了家。

项夏回到家时，老妈正在客厅里嗑瓜子，见女儿回来了，她立刻起身问这问那，问潘多多的态度怎么样；学霸的时间都很紧张，不愿帮人解答问题，何况项夏还去了这么长时间。

“要不要我和她妈妈说说？”

“不用，都是同学。”

项夏回避了老妈的目光，撒谎说潘多多很热情，不但帮她解答了难题，还给她讲了一些基础知识。

“哦，这样呀，等妈有空了做点儿好吃的给她送去。”

“您还是别去了，快期中考试了，她很忙的。”

“好，等考完试再说。”

夏秀珍很高兴，女儿能得到学霸的帮助，期中考试一定能考出好成绩。

看到老妈开心的样子，项夏有点儿心虚，看来必须好好学习了，再考一次倒数第三名，老妈非扒她的皮不可。

项夏抱着书包钻进了卧室，按照靳韩制订的计划，开始苦攻辅导书，还好他已经做了难点和可能的考点标注，她看起来才没那么吃力。

项夏又做了一套习题后，洗漱之后上了床，躺下后，她竟失眠了，只要一闭上眼睛，就到处都是足球，飞来飞去，好像腾云驾雾了一样，还有张亮的大鼻子，和足球一次次亲密接触，血肉横飞，看了让人心惊肉跳。

大约到了凌晨三点半，项夏好不容易睡着了，却做了一个噩梦。她梦到了一个悲伤的场景，靳韩输掉了和于圣杰的赌约，一个人落寞地站在K高的门口，夕阳拉长了他的身影，身后是于圣杰和他的党羽疯狂的笑声。

靳韩最后看了一眼K高，迈步走向了夕阳。

“不要！不要走！”

项夏振臂高呼，想追上去，却一脚踩空了，这是教室的三楼吗？她想退回来时已经来不及了，整个人直坠而下……

救命，救命！

项夏摇动双臂高呼，周围却一个人都看不到，她一直在下坠，头朝下……

猛然从梦中惊醒，项夏躺在床上，良久都无法从惊恐中缓过来，神情恍惚地环视了一下四周，没有比赛，没有嘲笑，也没有靳韩落寞的身影，只有被月光笼罩着的四壁，还有隐约可见的靳韩的微笑。

一切都还来得及，长长地舒了一口气，项夏呆呆地看着天花板，她不允许梦中的场景变成现实，她一定要让靳韩留下来。

六点钟了，老妈已经起床了。

起床之后，项夏感觉整个人都昏昏沉沉的，洗漱的时候，眼前还能恍惚地看到靳韩离开K高的情景。

不行，这个周末她一定要找冷峰，不管用什么办法，都要把他的看家本领学到手，假如能说动他加入靳韩的足球队就再好不过了。

“储藏室里的足球怎么不见了？”

老妈把牛奶和做好的三明治放在了桌子上，突然想到了储藏室里的足球，问项夏是不是拿了。项夏紧张地抬起头，支支吾吾地说足球让她送人了。

“哦，我还以为你拿去玩了。”

“怎么会？”

项夏心虚地吃着三明治，夏秀珍听说女儿把足球送人了，脸上露出了欣慰的笑容，坐下后，夏秀珍开始唠唠叨叨地说起了当年，抱怨若不是项夏的爸爸同意项夏踢球，她的成绩也不会变得这么差。

“我要上学了。”

项夏不想听老妈抱怨，更怕说多了要穿帮，狼吞虎咽地吃掉一个三明治后，她拎着书包就向外冲，夏秀珍却在后面喊住了她。

“忘了吗？我要送你的。”

送她？

项夏僵在了门口，这才想起来老妈昨天晚上说的话。

“不用了吧。”

“都说好了的，我也吃完了，一起走。”

夏秀珍铁定要跟着女儿了，喝了牛奶后，不给项夏说话的机会，拎着包便跟了上来。

项夏慢吞吞地跟在老妈身后，感觉脑袋都大了，原本说好和靳韩一起上学的，现在突然多了一个老妈，是不是有点儿搞笑？想象一下，老妈走出小区，和靳韩打了一个照面，早恋的事在老妈心里也就成事实了。

无论如何，项夏也不想把靳韩卷入她的家庭纠纷。

很快，项夏和夏秀珍到了楼下，找车钥匙的时候，夏秀珍才发现她没带手机。

“等妈一会儿，手机忘带了，马上下来。”

老妈匆匆忙忙地上楼拿手机去了。

项夏咬着唇，盯着老妈的自行车，想着怎么才能让老妈改变主意，也许该从这辆自行车下手，假若自行车坏了……

一个坏坏的念头出现在了项夏的脑海中，鬼使神差地，她掏出了书包里的圆规，对准老妈的自行车胎使劲扎了一下。

哧！

车胎没了气。项夏紧张地收起了圆规，装成没事人一样站在一边哼着歌曲。

夏秀珍拿着手机下了楼，才迈腿准备骑车，便发现车胎没气了。

“昨天还好好的。”

夏秀珍愁眉苦脸地看着自行车，她不记得刚推出来时，是不是没气了，只能摇摇头。

“先去打气，你等等我。”

“妈，我要迟到了！”项夏噘起了嘴巴，说这几天晨课，陈老师要讲数学题，去晚了会被罚站的。

“哦。”

夏秀珍看了看没气了的自行车，只能让项夏先走了。

终于成功了，项夏心虚地伸了伸舌头，虽然觉得这事做得不够光明磊落，可相比老妈见到靳韩的大惊小怪，她还是去修理自行车吧。

小区的门外，靳韩已经等了十分钟了，关于足球队的事，他有一个惊喜要告诉项夏。昨天晚上练球回来后，竟有两个K高的男生给他打了电话，主动请求加入他们的足球队。

他们的足球队现在还缺两个人。

“谁呀？不怕死吗？”项夏还真好奇这两个人是谁，于圣杰已经警告了全校同学，竟然还有人敢冒险！

靳韩拿出手机，说出了那两个同学的名字：“一个叫马一群，一个叫陈东铭。”竟真是K高的，项夏也认识他们。

马一群是（5）班的“足球小子”，在学校去年举办的足球比赛上，他为（5）班赢得了不少荣誉，学习成绩也不错。陈东铭是（3）班的，在足球场上也小有名气。

“奇怪了……”

项夏说不出哪里不对劲儿，这两个人好像和于圣杰的关系还算不错，平时也没见他们与于圣杰有什么冲突，他们没理由和于圣杰作对的。难道他们也是靳韩的粉丝？项夏眯着眼睛看向靳韩，靳韩被她看得有些难为情了。

“这么看着我做什么？”

“他们不是脑袋坏掉了，就是和我一样，是你的粉丝。”

“也许吧。”靳韩不大确定。

“会不会是……于圣杰安插的奸细？”

“你以为是谍战片吗？”

靳韩佩服项夏的脑袋，这种事都能想到，脑洞真够大的，项夏不好意思地笑了一下。

“说说而已。”

“到了学校再说吧，也许只是一个恶作剧。”

靳韩让项夏不要随便怀疑别人的诚意，到学校看看再下结论，当他看到项夏推着的自行车时，问怎么之前没见她骑过。

“老妈给买的，算是礼物吧，以后可以骑着去上学了。”项夏用手指轻抚了一下车把，问靳韩有没有自行车，如果有，以后可以一起骑车上学。

靳韩摇摇头，说他没有自行车，也不会骑。

“真的不会？”项夏掩嘴笑了出来，一个大男生竟然不会骑自行车？说出去都没人会信，现在连五六岁的小孩子都能骑车狂飞。

在这座城市里，随处可以看到骑自行车的人，特别是在学校，一到放学的时间，几乎就是自行车的天下，学生们成群结队地在校园里飙车，嬉闹声不绝于耳。

“真的不会。”

靳韩的脸红了，解释着自己的生活比较特殊，从小便是车接车送，没离开过母亲的视线，后来成了童星后，应酬和活动很多，更没时间学骑自行车了。

“小孩子玩的那些单轮车、滑板我也不擅长。”靳韩笑了笑，说他若不是坚持要踢足球，怕连和于圣杰打赌的机会都没有。

“来，我教你。”

项夏把自行车给了靳韩，让他试着学一学。

“骑自行车可比学习轻松多了。”

虽然靳韩一再推托，却还是被项夏强行按在了自行车上，她教他怎么握把手，怎么掌控平衡，怎么用力蹬。

靳韩骑在自行车上，紧张得俊脸发白，身体僵硬得几乎不知该怎么用力。

“扶着我！”靳韩叮嘱着项夏。

“扶着呢，放心。”

项夏把控着车身，当自行车能自如地向前进时，她想到了老爸教她骑自行车时说的话，“要想学会骑自行车，就不能依赖别人”。

犹豫了片刻后，项夏松了手。

她以为他可以，却没想到那么聪明的靳韩在骑自行车这方面笨到了家。

一声惊呼后，自行车失控了，带着靳韩直冲向了路边的花坛，项夏想再拽住自行车已经来不及了，只听扑通一声，自行车倒在了花坛边，靳韩一头扎进了花丛中。

真是一个惨烈的场面，项夏捂住了眼睛，不忍心看了。

“二哈！”花坛里传来了靳韩的喊声。

项夏的心脏随着那一声喊猛跳了好几下，她把手从眼睛上移开，硬着头皮走了过去，小心地蹲在了花坛边。

“你，没事吧？”

“怎么会没事，你摔一下试试？”

靳韩狼狈地从花坛里爬了起来，回头懊恼地看着项夏。

“你，噗！”

项夏指着靳韩，扑哧一声笑了出来，这家伙的样子真够滑稽的，鼻子上蹭了黑色的泥土，好像一个耍戏法的小丑，嘴巴里还有半朵花，两眼放射着骇人的光芒。

“我说了不骑的！”

靳韩愤怒地握紧了拳头，为什么会这样？他每次和这个丫头在一起，总会遇到倒霉事，一次又一次地吃亏，他不知道项夏是不是他命里的克星。

得粉丝如此，何其哀哉。

“我以为……你可以的。”

项夏看着靳韩鼻子上的黑土，笑得更欢乐了，靳韩的脸青了，从花坛边一跃而起，怒气冲冲地向前走去。

“喂，等等，你的鼻子，还有花，你吃了花！”

项夏扶起了自行车，随后追了上去。

靳韩将鼻子擦干净了，又把半朵花从嘴里拽了出去。当项夏追上来，问靳韩要不要再学一会儿自行车时，靳韩的脑袋摇得跟拨浪鼓一样。

一个走路，一个推车，靳韩和项夏一前一后到了学校。

距离上晨课还有一段时间，靳韩约了两名新队员在校门口见面，他们如约而至。

马一群的个子高高的，手里习惯性地托着一个足球，偶尔还会颠几下球。陈东铭长得有点儿黑，看着很结实，听说他体力不错。

“希望我们能帮到你。”

马一群和陈东铭做了自我介绍，声称从小就很喜欢靳韩，早就是他的粉丝了。

果然是粉丝，也只有热衷粉才愿意为靳韩这么肝脑涂地了。

“我也是他的粉丝。”项夏也做了自我介绍。

“呵呵，早就知道你了。”

马一群夸张地吹捧着项夏，说什么项夏的名声最近也很响亮，能让于圣杰束手无策的女生，在K高除了她没有第二人了，项夏被说得有些难为情了，怎么听都有拍马屁的嫌疑，可她这样的小虾米，有什么马屁可拍的？

“你们不怕于圣杰刁难你们吗？”项夏很替他们担心。

“是呀，现在退出还来得及，我不想给你们招来麻烦。”靳韩让他们两个考虑清楚，想退出随时可以。

“怕什么？只要我们赢了，他能把我们怎么样？”马一群用力踢了一脚球，球飞射了出去，打在球门上又弹了回来。

“就是，就是，有什么好怕的？他放出来的话，我也听说了，大不了鱼死网破。”陈东铭更是一副满不在乎的表情。

听起来，他们是真心要加入足球队，项夏吃了一颗定心丸。

靳韩的足球队终于组建成功了，虽然队员水平不一，但总归是一个完整的团队，只要大家齐心协力，加强训练，说不定可以战胜于圣杰的球队。

大家商议之后敲定了时间和地点，不管人能不能凑齐，都要坚持每天训练，特别是录音棚的几位工作人员，更应该多花一点儿时间练习足球。

于圣杰听说靳韩的球队人满了，心中还是有所顾忌的，他召集了自己的队员一大早就在K高的足球场里踢球了。

他要占用足球场地，闲杂人等都被驱赶出去了，有不服的，听到于圣杰的名字，都灰溜溜地走了。

吃瓜群众没有放弃任何一个可以围观，甚至发表言论的机会。

“听说了吗？在于圣杰和靳韩之间将有一场恶战，结果将会是，一个要滚出K高，一个要俯首称臣。”

“谁滚，谁称臣呀？”

“靳韩和于圣杰两只大老虎呗，至于……谁滚谁称臣就不知道了。”

“看不懂，看不懂，这不是送分题吗？”

“送什么分呀，你给个答案出来看看。”

……

关于于圣杰和靳韩打赌的消息不胫而走，除了老师之外，几乎大部分同学都知道了，他们还知道了一个可怕的消息，两个足球队中，还有一个女队员！

“谁这么虎呀？”

“项夏，（6）班的小结巴。”

在K高没有人看到过项夏踢球，他们也不知道她会踢球，当听说她要加入一方阵营之后，第一反应就是项夏在哗众取宠。

“这年头，还可以这么刷存在感吗？”

“不然呢，刷脸？她有吗？”

才不到半天的时间，项夏就出名了，这次不是因为跳楼自杀，也不是离家出走，而是她发疯般地和男生混在了一起。

项夏从未这么窘迫过，耳边都是吵闹声。

真是一群无聊的人，谁没脸了？

项夏气恼地捏着自己的脸蛋儿，小时候这张脸长得也不错的，虽然长大了有点儿粗糙，但还是可以看的，至少她敢说她有。

为了避免被人耻笑、捉弄，项夏坚决不在校园里碰足球。

吃瓜群众好焦虑，脑补了不少项夏在球场踢球的画面，她会不会裙摆飞舞，露出粉色的小底裤？甚至有好事者提前准备好了相机，准备随时抓拍精彩的时刻。

“可恶！”

项夏恨得咬牙切齿，却不敢轻举妄动。

靳韩和马一群利用课间去了球场，项夏只能坐在外围观望，甚至要时刻提防，以免被一些居心叵测的女生扔臭鸡蛋。

足球场被于圣杰占据了，靳韩带人到达后，张斌将入口堵死了，他神气地用手指冲场内指了指。

“奉命看大门。”

“小人之举。”

靳韩充满鄙夷的四个字，逼得于圣杰不得不走了过来，吃瓜群众立刻沸腾了，这是要打架了吗？

“霸占场地，就算赢了也胜之不武。”

靳韩不卑不亢，于圣杰没什么准备，一时之间无言以对。确实，驱赶闲杂人等可以理解，驱赶对手就不好了。

环视了一下四周，于圣杰抬手示意张斌让开。

“给他们半场。”

“老大……”

张斌压低了声音，想不通于圣杰为什么会这样说。他们不是说好了占全场的吗？

“叫你让就让！”

于圣杰不想解释，直接将张斌拉开了。

靳韩带人进了球场，双方开始踢球。

从局势上看，靳韩这半场明显不利，人少得可怜，于圣杰那半场却围满了吃瓜群众，特别是罗丽拉来了之后，孔雀开屏般展示着自己的魅力，吸引了不少男生的注意。

都说运动中的男生最有魅力，于圣杰每次奔跑在球场上的那种意气风发，任由你怎么想，都不会把他和学渣联想到一起，围观者尖叫连连。

不过，今天球场上多了一个更引人注意的人——靳韩。

一直以来，靳韩所饰演的角色都是“小鲜肉”，所以大家以为他在现实中最多也就是个文弱书生，却没想到足球场上的他，弹跳力强、奔跑速度快、脚掌摩擦地面发出的铿锵之声，震慑人的心魄。

“靳韩！”

总有几个女生，借着周围的吵闹，发出几声尖叫。

靳韩在球场上奔跑着，那种力拔山河的气势很快将于圣杰比了下去，渐渐地吃瓜群众的目光转移了。

于圣杰很生气，他在卖力展示自己的魅力，不希望被靳韩压下去。

项夏始终坐在球场最后面的台阶上，不愿踏进球场一步，在K高，足球场是她的禁区，但她的心却在禁区之内。

勇气，一直是项夏缺乏的东西，支持靳韩，只是她鼓足勇气踏出的第一步。

周围低低的谈笑声，没能冲淡球场里的紧张气氛，项夏知道稍有一点儿不愉快就可能引发一场战争，她紧握着的手心里都是汗水。

“项夏！”

身后传来孙歆的喊声，项夏对这个声音厌恶至极，甚至不愿回头看孙歆那肥胖的身体，她仍盯着前方，只当没听见。

“项夏！”

喊声再次响起，孙歆有些不耐烦了。

项夏仍无动于衷，她有些想不通，孙歆和她有什么可说的？为什么她每次想一个人静一静的时候，肥婆都要来烦她？

当孙歆喊到第三声“项夏”时，项夏不得不扭过头，这时孙歆已经走到了她身边，庞大的身躯遮住了她头上所有的阳光，她心里的阴影面积也随之扩大了。

“听不到我喊你吗？”

孙歆挨着项夏坐了下来，屁股着地的时候，浑身的脂肪都在剧烈晃动，项夏周围的空气都随之变得燥热了起来。

孙歆用肩头碰了碰项夏：“给你看样东西。”

“不感兴趣。”项夏哼了一声。

“你看了就感兴趣了。”

孙歆四下里瞄了两眼，从肥胖的肚皮处抽出了一个小册子。

“要不要看？”

“这是什么？你的肚皮吗？”

项夏故意嘲讽孙歆，孙歆翻了个白眼。

“说什么呢？这是潘多多的，她忘记关储物柜的门了，我顺手拿到了。”

“你偷东西？”

项夏丝毫不掩饰眼中的厌恶，觉得“顺手拿”这种说法实在可笑。

“拿，你听清了，我是拿出来的。”孙歆纠正道。

“没经主人允许，就是偷。”

项夏不想和孙歆争辩什么，关于偷盗的行为，字典上有明确的定义，孙歆又不是无知，心里比谁都清楚自己的举动是什么行为。

孙歆被噎得半晌没说出话来。

球场上好像有什么人进球了，响起了一片欢呼声，应该是于圣杰吧，只有他才能引发这么大的骚动。靳韩已经停了下来，正在和马一群说话，马一群比比画画的，好像真没把于圣杰放在眼里。

项夏看得专注，若不是孙歆再次发声，她几乎忘记了孙歆的存在。

“你到底看不看？里面有一个大秘密，嘿嘿。”

孙歆硬把小册子塞在了项夏手中，她拿着小册子，有些生气了。

“你有病吧，偷人家的东西，自己看就是了，给我做什么？”

“你不是讨厌潘多多吗？”

孙歆把肥嘟嘟的嘴巴凑到项夏耳边，说她看到潘多多在项夏的作业本里塞了字条，字条上写的是“东施效颦”。

“她嘲笑你，我发现了。”孙歆说。

尴尬，项夏顿觉双颊滚烫。

关于她模仿潘多多的事，她一直以为是她和靳韩，还有潘多多三个人的秘密，现在才知道孙歆也是知情者，这是不是意味着罗丽拉也知道了？有罗丽拉的地方就有孙歆，孙歆在罗丽拉面前也没什么秘密，孙歆没有理由不告诉罗丽拉的。

项夏心中一阵慌乱，目光不自觉地看向了罗丽拉，她正得意扬扬地朝这边看着呢。

阴谋，一定有什么阴谋！

项夏十分确定孙歆这样捐弃前嫌，接近她不是什么好事，她把小册子扔给孙歆，起身要走，却被孙歆一把拽住坐在了地上。

“她嘲笑你，你不想趁机报复吗？”

“我没你那么恶毒。”

“恶毒？”

孙歆嘴巴一撇，把小册子的第一页翻开送到了项夏眼前。

“看看，看看，大家都以为潘多多很清高、圣洁，其实她没那么了不起，她竟然偷偷摸摸地喜欢于圣杰！”

什么？潘多多喜欢于圣杰？

项夏的目光快速扫过孙歆手中的小册子，吃惊地看到了上面的文字，一行行记录的都是关于于圣杰的信息。

“12月22日，我透过窗户，看到了于圣杰，他在飘着雪花的操场上踢球。

“12月25日，我经过体育馆的时候，看到他和几个男生打架了，不知伤没伤到。

“1月2日，足球比赛的结果不尽如人意，不知道于圣杰是不是生气了，他早退了……”

这是一些看似简单却很心细的文字，几乎于圣杰每次出现在体育场上的信息都被记录了下来。

孙歆笑得十分邪恶：“你说，我要是把这个小册子送到陈老师的办公室，会怎么样？哈哈哈！”

唯恐天下不乱的孙歆快笑岔气了，脖子上的肉翻腾得好像海浪。

假如这个小册子落到了陈老师手中，潘多多的乖宝宝形象将一落千丈，潘多多那么骄傲的人怎么受得了？

几乎是一种本能的反应，项夏一把将小册子从孙歆手中抢了过来。

“喂，干什么？”

孙歆愣住了，问项夏是不是有什么毛病，给她不要，现在却来抢！

“我，我留着。”项夏结巴了。

“哈哈！”孙歆醒悟似的大笑了起来，“我就知道，你也不是什么好人，拿去吧，拿去吧，我正愁找不到合适的人去背锅呢，反正你和她有仇，正好。”

真是浑蛋中的王八蛋，孙歆这是想一箭双雕，借助项夏的手打击潘多多，这样她既不用得罪人，又有热闹看。等事态发展得更严重一些后，她会放风出去，说是项夏偷了潘多多的小册子还告了密，以后的几个月、几年，甚至几十年，潘多多都会记恨着小结巴。

“呵呵。”

项夏呵呵一笑，把小册子揣进了衣兜。

“打算什么时候揭发潘多多？”孙歆问。

“这个……我说了算。”

小册子在她手里，当然是她说了算，只不过她不会去揭发潘多多，而是找个机会，神不知鬼不觉地把小册子还回去。

“陈老师现在就在办公室呢。”孙歆提醒项夏，现在正是时候。

“哼！”

项夏鄙夷地哼了一声，然后站起身，这次孙歆没有再拉拽项夏了，她巴不得项夏赶紧去告密。

为了避免被孙歆纠缠，项夏换了一个较远的位置坐下来，手还摸着衣兜里的小册子，想着该怎么才能把它还回去，不知道潘多多有没有发现重要的东西丢失了，假若她发现了，怎么可能再忘记锁储藏柜？谁会失误一次，再犯第二次呢？

归还小册子虽然有一定的难度，但至少现在它是安全的，项夏决定先替潘多多保管，绝不随意翻看一眼。

第十六章
校霸碰瓷

球场里，训练结束了，靳韩把足球踢给了马一群，然后转过身巡视了球场一圈，看到项夏后，大步朝她走来。

到了项夏面前，靳韩喝了口水，询问她关于两个新队员的印象。

“马一群不错，陈东铭差点儿。”

“嗯，其实都不错，比我的朋友强多了。”

靳韩很随意地甩了一下头发，汗水挥洒而出，混在空气中，散发出一股淡淡的清香，项夏抽了一下鼻子，很想问靳韩，他平时用的是什么洗发水，却又觉得这个问题太突兀，不大合适现在的场合。

“只是这个马一群……”

靳韩好像有什么话要说，思量了一下后，又笑着摇了摇头。

“可能是我想得太多了。”

“怎么了？你觉得哪里不对吗？”

“也没什么不对的，用人不疑，暂时这样吧。对了，等会儿我得去找一下赵主任，关于全国的数学竞赛还得准备一下，有什么事，我让马一群联系你。”

靳韩说完，揉了一下鼻头，项夏发现他的鼻头还是红的，早上摔的那一跤，还有后遗症。

“鼻子……还疼吗？”

“不疼，喀喀，我先走了。”

靳韩是个很爱面子的人，在女生面前摔了一个大头朝下，怎么说都不好听，听到项夏提到这个话题，赶紧找个借口转身跑开了。

靳韩走了，吃瓜群众虽然觉得有些遗憾，但球场里还是有热闹看的，他们迟迟不肯散去。

于圣杰是个体育健将，好像有着用不完的力气，他带着足球在场地里飞奔，轻松地过了好几个人，最终一脚将球射进了球门，罗丽拉夸张的尖叫声，混在人群的欢呼声中，可能是距离太近了，项夏一下子就联想到了骇人的夜猫子。

“于圣杰，于圣杰……”

罗丽拉的嗓子都快喊哑了。

项夏很疑惑，于圣杰性格孤僻、古怪，对于向他献殷勤的女生一向很排斥，甚至嘲讽，导致很多女生不敢和他说话，为什么他唯独对罗丽拉宽容呢？长得漂亮应该不是理由，至于其中的原因是什么，项夏说不清楚，她只知道于圣杰和罗丽拉有一个共同的特点，就是有钱，也很爱花钱。

挥金如土，会让他们臭味相投吗？项夏相信这不算什么志同道合。

打完了球，于圣杰又颠了一会儿足球，然后潇洒地离开了足球场，女生们尖叫着跟在后面，一个个毫不避讳对于圣杰的倾慕，只可惜没一个敢冲上去和他搭讪。

项夏掰着手指头计算过，除了（7）班取向有问题的白痴莲，她就是唯一对于圣杰不感冒的女生了，不是她装清高，也不是想找什么存在感，她对于圣杰是真的深恶痛绝、敬而远之。

女生们好像潮水一样从项夏身边呼啦啦冲了过去，项夏轻哼了一声，站起来拍拍屁股准备走人时，周围突然安静了下来，好像谁在空气中投放了一波冷凝剂。

怎么回事？项夏寻找着突然安静的原因。

“她想干啥？”

“不会是发花痴吧……”

安静的空气又悄然冒出了一两个不和谐的声音。

项夏转过身，看到一个人站在了于圣杰面前，那个人的手臂向前伸着，手里拿着一瓶冰凉的可乐。

那是潘多多吗？项夏有些意外。

“给，给你。”

潘多多举着可乐，紧张地等待于圣杰接过去。

于圣杰脸上的肌肉抖了一下，又抖了一下，嘴角微微向上挑起，眼中浮现的只有一抹厌恶的情绪。

“什么？”于圣杰问。

“渴了吧，给你买的饮料。”潘多多不敢直视于圣杰的眼睛，腿在打战。

潘多多竟买饮料给于圣杰？项夏有些不敢相信自己的眼睛。

周围嘘声再起，大家都在等待于圣杰的回应，学霸送的饮料，是接过来喝，还是……空气又莫名地安静了下来。

于圣杰摸了一下下巴，一只手悠然地插进了裤兜，他向前走了一步，眯着眼睛，用另一只手将潘多多手中的可乐打开了。

“你脑袋里安了冲水马桶吧？烦不烦！”冷然一笑，于圣杰傲慢地从潘多多身边走了过去。

哈哈哈，周围的大笑声洪水般狂涌，有人在夸张地重复于圣杰的话，脑袋里安了冲水马桶……

罗丽拉这个时候从来不会后退，每次看到有女生向于圣杰献殷勤，就好像夺走了属于她的友情一样，她带头嘲笑潘多多，笑得上气不接下气，头上戴着的弹簧发卡都在跟着乱颤。

潘多多在原地呆站了一会儿，想转身离开，却狼狈地撞在了足球场的护网上。

项夏当时就站在距离潘多多不到五米的地方，甚至能看清她眼中闪动着的泪花，没有什么比这个更尴尬了吧？潘多多已经无地自容。

该死的于圣杰，太过分了，不接受人家的好意也就罢了，怎么可以说那样的话？

衣兜里还揣着潘多多的小册子，项夏的手指慢慢合拢握成了拳头。

于圣杰悠闲地穿过操场，走进了教学楼。

大堂的石柱子后面，公告板之前，有女生躲闪的身影和羡慕的目光，他对此嗤之以鼻，甚至不愿看她们一眼，也就是这种冷傲，让更多的女生为他着魔。

于圣杰知道自己的魅力指数，也知道每天都有女生尾随自己，可他更喜欢她们远远地看着自己，而不是像苍蝇一样围上来，那样会让他很烦。

噔噔噔，于圣杰踩着节奏上了楼，到了二楼的时候，台阶的拐角处站了一个人。

在K高，有女生敢拿着武器拦截于圣杰吗？答案是有，这个女生就是小结巴。

项夏手拿一个大扫把，挡住了于圣杰的去路。于圣杰的目光淡然地扫过了扫把头，落在了那双愤怒的眼睛上。

“抽什么风？”

“抽这个风！”

项夏将扫把一横，问于圣杰为什么要那么对潘多多。

“关你什么事？”

“这，这次，你过分了！”

她要代表女生杀杀他的气焰。

表面看来，项夏很强横，其实她的内心很虚，刚才要为潘多多抱不平的怒火随着于圣杰的出现，已经熄了一半，当看到于圣杰瞪眼时，又熄了一小半。假如于圣杰现在推开扫把走开，或许她能找个台阶下，可这小子偏偏凑了上来，手臂一撑将她困在了楼梯栏杆和墙壁的夹缝处，而且说了一句让她尴尬的话。

“暗恋我？”

眯着眼，撇着嘴，于圣杰这是有多得意？

她暗恋他？这家伙的脑回路不一般。

似乎这样的言辞不能让于圣杰觉得过瘾，他伸出了手指……

一楼的大堂里，看球的同学都陆续进来了，这一幕若是被他们看到，不出五分钟，项夏和于圣杰的绯闻就会飞遍校园的每个角落，项夏早恋事件的第二男主角瞬间飘红，当然，好像于圣杰这种皮糙肉厚的男生什么都不在乎，可项夏不一样。

“走，走开！”

“说，是不是暗恋我，小结巴？”

于圣杰戏谑地笑了一声，手指试图捏住她的下巴，她怎么可能让他得逞，在他的手指距离她的下巴不到一寸的时候，她做了一个让人震惊的动作——脚狠狠地踹了出去。

她的本意是要将于圣杰踹开的，却忘记了这里是楼梯，隐藏着极大的危险，于圣杰感觉身体失衡，他试图抓住她，她却做了一个本能的动作——避开他。于是，他摔了下去。

于圣杰向后翻滚了四周半，落在了一楼的地面上。

“我的天！”

于圣杰坠楼了！

一阵哗然，一楼聚集了至少三十人，他们一个个瞠目结舌，不明白于老大是怎么掉下来的。

于圣杰出丑，在K高还是很少见的，围观的人越来越多了。

“小结巴！”

项夏想趁乱转身溜掉，身后却传来了于圣杰愤怒的吼声，她知道这个时候跑掉的后果是什么，比帮助靳韩踢球严重多了，她可能永世不得超生。

这鲁莽的一脚，给项夏踢出了一个大麻烦，她被于圣杰碰瓷儿了。

于圣杰说他摔坏了脚踝，却整条腿都不能动了，站起来都很吃力，项夏猜测是不是摔断了小腿骨，她恳求他去看看医生，于圣杰却一瞪眼睛，说他这辈子和医生是不可能见面的。

“我又不是医生，也帮不了你。”项夏低着头。

“过来！”

于圣杰伸出手臂，他扬言谁惹出来的祸谁来承担后果，别想找借口推卸责任。就这样，他上下楼都让项夏充当拐杖，如果她不合作，他就放狠话要找上她的家门。

好像于圣杰这样的家伙什么事都干得出来，万一真的找上门，跟老妈胡说八道，项夏岂不是万劫不复？

项夏已然六神无主，她想找靳韩出个主意，看怎么才能把这件事摆平，可靳韩自从去找了赵主任后就不见了踪影，听说他老妈中途来了学校，把他接走了。

唉，怎么办？项夏发愁地看向了从门外走进来的潘多多，她径直走过来，把项夏的作业本狠狠地摔在了桌子上，临走还瞪了项夏一眼。

恩将仇报也不过如此吧？

项夏心里好委屈，她好心帮潘多多出气踹了于圣杰，可惜潘多多一点儿都不买账，看她的眼神好像要将她生吞活剥一样。

无聊地把小册子从衣兜里掏了出来，项夏觉得一阵阵头痛，潘多多的储物柜一直都是锁着的，这东西留在手里怕要出事呀。

放学后，项夏背起书包，想趁着于圣杰不在，偷偷摸摸地溜掉。偏偏这个时候，张斌出现了，他一只手潇洒地撩了一下头发，做了一个自以为很酷但十分滑稽的动作。

“就知道你要跑，老大有请。”

“他还没走？”项夏伸了一下舌头。

“嘿嘿，小结巴，这次你完了，老大正在校门口，还不跑步前进？”

项夏黑着一张脸，硬着头皮去了校门口，于圣杰坐在校门口的花坛边，冲她招了招手，让她不想死就马上滚过去。

“滚过去就滚过去！”

项夏噘着嘴走到了于圣杰面前，耷拉下了脑袋。

“我得回家……我妈……”

“行，我跟你一起回家，怎么样？”于圣杰一副死猪不怕开水烫的神情，项夏哪里敢和他抗呢，立刻服软了。

“别，别，有话好好说。”

“走吧，护送我回去吧。”于圣杰拍了拍他的伤腿，说他不能走路了，站起来都吃力，不知道将来会不会落下什么残疾。他让项夏赶紧求神拜佛，让他快点儿好起来，不然……

听着于圣杰邪恶的笑声，项夏顿觉毛骨悚然，当他挣扎着要站起来时，她赶紧搀扶住了他的手臂。

“慢点儿。”

“算你识相。”

于圣杰的手臂搭在了项夏肩头，冲项夏勾了勾手指，说他这样一拐一拐地拐回去，万一拉断了腿筋就麻烦了。

项夏很无语，他的腿筋那么容易断？这样也不行，那样也不行，项夏不知道于圣杰到底想怎么样。

于圣杰戏谑地拍了拍项夏的脊背，项夏终于明白了，这小子疯了！

“你让我背着你？”

“怎么？不可以吗？”于圣杰耸耸肩。

“我这么矮，你那么高……”

项夏用手比画了一下，感觉两个人差了至少一个脑袋，于圣杰的脑袋里装的是屎吗？怎么能想到这么个馊主意？

“算了，我还是忍痛去找阿姨谈谈吧。”于圣杰愁眉不展地摇摇头。

“别……”

项夏立刻弯下了腰，内心不知把于圣杰咒骂了多少遍。

于圣杰一点儿都没客气，泰山一样的高大身躯压在了项夏肩头，项夏哎哟一声，差点儿趴在地上。

项夏支撑起了身体，艰难地走在大街上，她甚至能听到浑身的骨骼在咔咔作响。

路上，偶有行人向他们投来诧异的目光，于圣杰不以为耻反以为荣，用手轻轻地拍了一下项夏的肩膀，让她加快速度。

于圣杰的家距离学校大约三条街，与其说这里是他家，不如说是旅馆，进门后一股邪气扑面而来，项夏本就累得要虚脱了，再闻到这奇怪的味道，差点儿一头栽在地上。

“什么味儿？”项夏捂住了鼻子。

“僵尸味儿。”

于圣杰打了一个哈欠，他一路让人背着，好像也很累的样子。

项夏支撑在门边，一边喘粗气一边打量着于圣杰的家，和他说的一点儿不差，空气里弥漫着的就是僵尸味儿，可能是长时间没人气儿，整个房间都透着阴森森的气息。

门口的拖鞋都是只有左脚的。

“我可以走了吗？”

项夏已经安全地将于圣杰送回了家，这小子的腿筋看起来也没断，算是完成任务了，他该让她回家了吧？

“走？我还没吃饭呢。”

于圣杰一屁股坐在了沙发里，拿起了遥控器，胡乱地调换着电视节目，最终停在了《熊出没》动画片上，一边看一边哈哈大笑着。

“吃饭？”

“你觉得我不吃饭能活着？”于圣杰哼了一声。

他吃不吃饭，关她什么事？

项夏嫌弃地捂着鼻子，环视了客厅一周，终于找到了气味的来源——墙角里至少堆了十个便当盒子，里面应该还有没倒掉的剩菜剩饭，这家伙是不是猪呀，家里说有多乱就有多乱，地上到处都是垃圾。

“站着做什么？收拾一下呀，不觉得乱吗？”于圣杰冲项夏瞪了一下眼睛。

“我收拾？”

凭什么？她只是推他下了楼梯，又没弄乱他的家。

于圣杰放下了遥控器，眉头一皱：“如果不是你，我今天回家是要打扫卫生的，至少要让这里看起来像个家。”

“呵。”

项夏鄙夷地撇了一下嘴，这里连其他的活人都没有，怎么收拾也不像个家呀，于圣杰似乎从项夏的神情间看出了什么，眼珠一转，又多了一个请求。

“我已经吃够了外卖，今天本打算做饭的，却因为你……我什么都做不成了，你就这样走了，良心不痛吗？”

除了打扫卫生，还要做饭？项夏真的不知道该说什么好了。

强忍着呕吐的感觉，项夏把几个臭了的餐盒扔了出去，除了这些餐盒，地上还有于圣杰的臭袜子，她就好像一个老妈子转来转去，从里到外，忙得满头大汗。于圣杰却悠闲地看着电视，偶尔还发出让人讨厌的笑声。

当项夏收拾到于圣杰的书桌时，发现桌面上有一个倒扣过去的相框，在好奇心的驱使下，她翻开了相框，看到了一张全家福：一对年轻的夫妇抱着一个小男孩……

看小男孩的五官应该是于圣杰，他歪着小脑袋，眼神怯怯的，看着很乖巧。

哈哈，于圣杰小时候竟是这样子的！和现在有着天壤之别，那时的他好像小天使，现在却是恶魔，除此之外，于圣杰的书桌上还零散地放着几封信，都是从国外寄过来的，信纸已经很陈旧了。

《熊出没》播完了，于圣杰无聊地扭头看来，当他看到项夏手中的相框时，脸上那得意扬扬的神情消失了。

“喂，你在干什么？”

“收拾房间。”

项夏赶紧把相框放下，双眼望天，于圣杰已然青了面孔。

“谁让你乱碰我的东西的？”

“是你让我收拾房间的，你以为我愿意碰这些东西吗？”项夏有理可辩，毫不退让，于圣杰的脸色这才缓和了一些。

“你可以走了，走吧。”

“不做饭了？”项夏向于圣杰确认着，别等她准备走了，再反悔。

“不吃了，赶紧走，记得明天早上来接我。”

“接你？”

项夏张大了嘴巴，他这是打算和她没完了吗？

“我的脚，你觉得多少天能好？死丫头，如果耽误我踢球，我就打死你……”于圣杰举起了拳头，项夏下意识地缩了缩脖子。

“我接你……又不顺路……”

“怎么？让我去找阿姨谈谈吗？”

“好了好了，不就是接一下吗？又没说一定不行。”

项夏鼓了一下腮帮子，这个无赖，碰瓷儿的水平堪称世界一流，怎么不去申请吉尼斯世界纪录呢？

于圣杰继续换台看电视去了，项夏趁着他没反悔，拎起书包快速冲了出去，关上门的那一刻，她还想着，于圣杰这么大了居然还津津有味地看着《熊出没》，这个浑蛋，大脑果然又简单又平滑。

回家的路上，项夏还在想于圣杰书桌上的那张全家福，那时的于圣杰只有五六岁吧，应该是十年前的照片了，为什么没有换新的？还是于圣杰关于家的记忆早就停在了某个尴尬的时段？踢了一下地上的石头子儿，项夏又想到了那些零散放着的书信，现在已经是互联网时代了，长途沟通几乎都用邮件或微信，很少有人写信了，那些信应该是很早之前寄来的吧？

于圣杰身上好像有很多秘密，他平时表现出来的霸道无理，更像是将自己封闭在了一个狭小的空间里，不希望任何人介入。

进了家门，老妈也回来晚了，项夏拿出手机看了好几遍，也没收到来自靳韩的一条信息，他又开始玩失踪了，不知道晚上还能不能正常训练。

八点钟，项夏照例又去问“潘多多”题了，老妈对此深信不疑，项夏很担心谎言被揭穿后，老妈会不会对她棍棒相加。

匆匆忙忙赶到了足球场，大约是半个小时后了，本以为队员们已经开始踢球了，可她进入球场一看，他们几个人竟坐在场地边唉声叹气，张亮跷着一条腿，脚底板包着纱布，纱布上隐约还能看到血。

这家伙怎么又受伤了？

“这是怎么了？为什么不踢球？”

项夏跑上去问他们怎么回事，不能靳韩不来就这么懈怠呀。张亮无奈地把伤脚抬了起来，让项夏看看清楚，他现在伤的不是鼻子。

“用脚接球了？足球上插了刀子吧？”项夏嘲弄地笑了出来。

“不是足球，是球场。”

张亮指了指足球场，让项夏看清楚，这次的问题很严重。

“球场？”

项夏站了起来，借着路灯的光一看，足球场里满是一些亮闪闪的东西，她快速走了过去，差点儿踩在一个玻璃碎片上。

“这是……”项夏放眼望去，整个足球场都是啤酒瓶的碎片。

这是怎么回事？她不甘心地绕着看了整个场地，这里好像被人故意摔了啤酒瓶子，到处都是锋利的碎片，别说踢球，就连脚都下不去了。

“我刚才没注意，脚就这样了，好几天不能踢球了，不知是哪个王八羔子，干出这种缺德的事。”张亮咒骂着。

“靳韩知道吗？”项夏问张亮。

“他去参加一个活动，要很晚才能来。”

说曹操，曹操到，才说靳韩很晚才能来，一辆黑色的轿车便远远地开了过来。

车在球场附近停下后，车门打开了，靳韩跳了下来，他今天穿得有点儿特殊，一身笔挺的西装，还打了一个领结，若不是灯光足够亮，项夏差点儿没认出来，平时看着青春阳光的翩翩少年此时多了一份稳重。

张亮向靳韩说明了情况，靳韩快步走到了足球场边，抱着手臂，对于面前的情景，他也无能为力。

“我去清理。”

项夏决定亲自动手，就不信还能被几个啤酒瓶子难倒了，靳韩伸手拉住了。

“光线不好，别伤到了，明天再练吧，清洁工会清洁这里的。”

“这个场地会不会废弃了？这么偏僻，万一没人管理怎么办？”项夏很怀疑靳韩的话，若没有清洁工来打扫，是否还有其他的场地可以用？

靳韩皱着眉头，不大确定明天会不会有清洁工过来，他抬头看了一眼球队的人，问马一群和陈东铭在哪里。

“你通知他们来了吗？”项夏问靳韩。

“通知了。”

通知了，却到现在也没见到马一群和陈东铭的影子，是他们忘记了，还是有事耽搁了？就在靳韩准备让大家先回去的时候，马一群和陈东铭气喘吁吁地跑了过来，他们的解释是今天的作业太多了，怕完不成明天被老师批评。

“咦？球场怎么了？”陈东铭的眼睛很好，刚来就发现了球场里的碎玻璃片。

靳韩站在球场边，目光落在了陈东铭的手指上，他的手好像受伤了，用创可贴包着。

“你的手怎么了？”

“手？哦，削水果时割破了。”

陈东铭尴尬地笑了一下。

“不能踢球就先回去吧，我还有事……老张，你把项夏送回去。”靳韩看了一下手表，嘱咐张亮送项夏回家，和大家道别后，他匆匆坐车离开了。

偶像来也匆匆，去也匆匆，不知道什么活动赶得这么紧。

因为顺路，张亮开车送项夏回去的时候，也捎上了马一群和陈东铭。

一路上，马一群显得格外兴奋，陈东铭也喋喋不休，说的都是学校里的趣事，似乎球场的变故丝毫没有影响他们的情绪，而其他人的反应和他们正好相反，大家都没什么心情说话。

项夏不大喜欢马一群和陈东铭没心没肺的样子，怎么说大家都是一个团队的，不要求他们技术超群，至少在有困难的时候他们要帮忙分担一下，就算帮不上忙，也不该这么开怀大笑吧？

“有什么好笑的？”

项夏白了马一群一眼，马一群自觉笑得有些过分了，赶紧打住，脸上显出尴尬的神色来。

“靳韩的歌曲怎么样了？”

项夏转移了话题，谈及了靳韩自创的新歌。

张亮正在看手机，没能及时回答，马一群为了能融入项夏的话题，表明自己是靳韩的热粉，抢先开了口。

“好听，天籁之音，简直就是网络神曲，我和陈东铭都在听。”

“是呀是呀，我上课时都在听。”陈东铭随声附和。

项夏诧异地看着这一唱一和的两个人，什么“网络神曲”，他们两个怎么可能听到？

“上课时也在听？你听的什么呢？”

项夏全身的血液一下子涌上了头顶，脸也涨红了，眼珠子感觉要喷射出来了，感觉他俩的声音就像蚊子似的，一直在她耳边嗡嗡嗡。

“听过呀，真的，我们都是靳韩的粉丝。”

马一群搂住了陈东铭的肩膀，陈东铭用力地点着头。

“你们确定网络上有靳韩的歌？你们不会是在做梦吧？”

现在项夏可以肯定，马一群和陈东铭撒谎了，他们根本不是靳韩的粉丝，既然不是靳韩的粉丝，他们为什么非要冒充粉丝呢？答案只有一个——取得靳韩的信任。

项夏心绪不宁地看着陈东铭的手指，他的手会不会是被啤酒瓶割破的呢？毕竟打碎那么多空瓶子还是很危险的。

“在这里停车！”

车开到加油站的时候，项夏突然让张亮把车停下来。

车停靠在路边后，项夏推开了车门，让马一群和陈东铭下车，对于背叛者，她不会多留他们一分钟。

马一群朝窗外看了一眼，疑惑地摸了摸脑袋。

“这是哪儿呀？我们还没到吧？”

“让于圣杰给你们出打车钱吧，不然白白扔了那么久的瓶子，不累吗？”

不等陈东铭解释，项夏不客气地将他推下了车，马一群似乎觉察到了什么，也乖乖地下了车，他们两个站在马路边，还不等车开走就急着打电话了，应该是打给于圣杰的吧？毕竟这么大的阴谋被戳穿了，他们得向老大汇报。

“无耻，竟然安插奸细，还好我发现得早。”

项夏恨得牙根直痒，于圣杰什么时候变得这么龌龊了？

难以置信，若不是今天提到了靳韩的歌，马一群和陈东铭这两个奸细一直跟着球队到最后，会出现什么状况？在最终的比赛中捣乱，靳韩注定要输惨了。

“现在的孩子真浮躁，唉。”

张亮似乎也听出了什么问题，因为他最清楚靳韩歌曲的发行状态，若不是内部人员，根本没机会听到靳韩的歌，他感叹现在的孩子都不会脚踏实地了吗？怎么一个小小的比赛要玩这么多的心眼儿？

“他们想逼靳韩离开K高。”

“怎么靳韩没有说呢，他只说组建个足球队，参加一个小比赛。”

“他是不想你们担心。”

项夏把整个赌约的经过说了，张亮他们都紧锁住了眉头，觉得事情很严重，不能掉以轻心。

车奔跑在公路上，项夏托腮看着窗外。

现在，她和于圣杰之间的恩怨已经不仅仅局限于靳韩和潘多多了，对于他的人品，她也产生了极大的怀疑，桀骜不驯的他为了赢，几乎变成了另一个人。

一大早，项夏便凶神恶煞地出现在了于圣杰家门口，她用力地敲了两下门，然后双手叉腰、瞪着大眼，一副要将对方碾碎的样子。

门开之后，于圣杰慵懒地打了一个哈欠，眯缝着一双睡眼看着项夏，对她展示出来的凶恶模样视而不见。

“这么早？”他又打了一个哈欠。

“于圣杰！”

项夏吼了一声，于圣杰这才打起精神，上下打量了项夏几眼。

“你吃错药了吧？”

他伸出手指，不客气地在项夏脑门儿上弹了一下，让她清醒一下：“大清早的，演什么熊二？”

熊二？

项夏低头看了看自己，这个姿势哪里像熊二了？他看不出这是出离愤怒了吗？

“于圣杰！你给我老实交代！”

管他熊大还是熊二！姑奶奶今天就这副德行了，项夏鼓了鼓气，质问于圣杰是不是在靳韩的球队里安插了奸细。

“奸细？说什么呢，快点儿背我上学，要迟到了。”

于圣杰把手臂伸了出来，项夏不客气地将它打开了。

“马一群和陈东铭是不是你的人？”

“马一群？陈东铭？什么东西，跟我有什么关系？我对男生没兴趣。”于圣杰整理了一下衣服，又整理了一下头发，然后问项夏，是不是觉得他今天更帅了？

“谁稀罕看你帅不帅，我问你，马一群……”

“不熟。”于圣杰回答得十分干脆。

这算是否认吗？

项夏仔细观察了一下于圣杰的神色，又不像是在撒谎。可她怎么也不信马一群和陈东铭不是受了于圣杰的指使，从和靳韩有“过肩摔”的梁子开始，于圣杰就变得十分疯狂，还有什么是他做不出来的？

“啤酒瓶子扔得很精彩嘛。”项夏鄙夷地撇了一下嘴。

“你说什么呢？小结巴，我告诉你，敢再胡说，看我不踢……”于圣杰抬了一下腿，又尴尬地把腿放了下来，“什么瓶子？走，上学去。”

“男子汉大丈夫，敢做敢当，做什么缩头乌龟？”

“你说什么呢？”于圣杰有些不高兴了。

“如果你不承认马一群和陈东铭是你指派的，今天我们就哪儿都不去。”项夏已经打算好了，和于圣杰对抗到底，他瘸了一条腿，还能把她怎么样？

于圣杰懊恼地皱起了眉头，说他今天到学校还有急事，别浪费时间。

“你到底承不承认？”

既然他说有急事，项夏就更不急了，她伸出手臂挡住了房门。

于圣杰无奈地耸耸肩。

“兵不厌诈，安插奸细这种事，也没什么大不了的。”

“你这是承认了？”

“承认了，咱们走吧。”

于圣杰再次伸出了手，让项夏扶着他下楼，项夏阴险一笑，突然揪住了他的手臂，用力一甩，于圣杰感觉身体失衡了，他惊呼一声，差点儿又从楼梯上摔下去，待他站稳后，整张脸都青了。

“小结巴，你想摔死我吗？这里可不是学校……”

这里确实不是学校，学校的楼梯很缓，这里的楼梯很陡，若真摔下去，于圣杰的腿怕要摔成七八段了。

“卑鄙，你也怕被人暗算吗？”

“我说小结巴，你能不能好好送我上学？还是让我现在打电话给……”

不等他把“阿姨”两个字说出来，项夏直接塞了一块小面包在他的嘴里。

“闭嘴吧。”

这是项夏带出来的早餐，法式小面包，刚好可以堵住于圣杰的嘴。

于圣杰闻到了一股奶香味，忍不住咬了一口，味道好像还不错。

“早餐还没吃呢。”

他竟津津有味地吃了起来，吃完之后，问项夏还有没有。

“没吃饱。”

“没有了！”

项夏倍感郁闷，像于圣杰这种人，她到底是怎么招惹上的？告密？还是不小心走路撞了活阎王？

第十七章
偶像鼓励

这一路，不知道是不是于圣杰故意的，背着他，他就双腿拖地，扶着他，他便东倒西歪，项夏累得腰和胳膊都要断了。好不容易坚持到了学校，她把于圣杰扔在了校门口，自己则蹲在墙根边大口地喘着粗气。

靳韩好像也刚刚到，正站在车边和司机说话，嘱咐了几句后，他打开车门，拿出一只新的足球，然后转身大步向校门走来。

项夏试图避开于圣杰，却被他拽住了衣领，又被拉了回来。

靳韩走了过来，看到项夏和于圣杰后，微微愣了一下。

“这家伙……”

项夏很想说，这家伙被她一不小心推下了楼，之后她就被他碰瓷儿了，于圣杰根本不给她说话的机会，他站了起来，冲靳韩嘿嘿一笑。

“哟，偶像来了！”

“关你什么事？”

项夏气恼地挣脱了于圣杰，径直走到了靳韩身边，低声告诉了他关于昨天啤酒瓶子事件的真相。

“马一群和陈东铭？”靳韩的眉头紧紧地皱了起来。

“他们俩是于圣杰安插进来的奸细，不过还是被我们发现了狐狸尾巴。”项夏指了指于圣杰，丝毫不给他留余地。

于圣杰厌烦地挠了挠耳朵，冲项夏喊了一声："小结巴，你没完了吧？"

"刚刚你不是承认了吗？"

"刚刚……不承认就要出人命了。"

于圣杰耸耸肩，一脸无奈，好像项夏冤枉了他一样，靳韩单手托着足球，向前走了一步，厌恶地看着于圣杰。

"你就打算这么赢我吗？"

"怎么？没有他们，你就能赢我？"于圣杰不屑地看着靳韩，扬言就算给靳韩一个标准的皇家阵容，该输还得输。

讥讽完了，于圣杰冲项夏招了招手，让她小心扶着他，万一再摔坏了他的另外一条腿，他就要赖到她家去。

"真是可恶。"

就在项夏怒不可遏，思索着要怎么才能摆脱于圣杰又不会被他威胁时，靳韩做了一个十分可怕的动作，他把足球轻轻地放在了地上，突然一脚踢了出去，这一脚的力气很大，项夏甚至能听到足球飞过去时发出的呼呼的风声。

足球射得很准，飞向了于圣杰的伤腿。

"喂，不要。"

项夏想阻止靳韩已经来不及了，看着横冲直撞的足球，她快速脑补了一个画面：于圣杰坐着轮椅找到了她老妈，他各种狡辩，各种无赖，声泪俱下，好像项夏对他做了什么不可饶恕的恶事一样，老妈怒火中烧，拿着扫帚追了她好几条街，她吓得抱头鼠窜。

足球眼看打中了于圣杰，于圣杰竟然没怕!

作为校足球队的主力队员、经常踢球的体育健将，于圣杰几乎是本能地回应，受了伤的腿突然抬起，足球被他一个迅猛拦截，停在脚边，接着他用力一踢，足球被反击了回去，直射靳韩的脑门儿。

天哪!

于圣杰的腿不是受伤了吗？他还夸张地嚷嚷着腿筋要断了，怎么刚才那一脚好像没事人一样，一点儿受伤的迹象都没有？

足球在空中旋转着，靳韩一个胸部接球，球飞跃而起，又平稳地落在了他的脚下。他将足球定在脚下，眼眸微微抬起，看向了项夏，似乎在告诫她，别再被于圣杰欺骗了。

“于圣杰！你！”

项夏已然出离愤怒了，这家伙竟然骗她！

于圣杰的腿轻松地落在了地面上，他跺了跺脚，又抖了抖鞋子上的灰尘，冲项夏挤了一下眼睛。

“一个小小的台阶，摔不坏我的。”

“浑蛋！”

是可忍孰不可忍，项夏感觉脑袋要爆炸了，她在原地转了一圈，看到了一块砖头，几乎连想都没想便捡了起来。

“我要打死你！”

谁敢拦她，她就和谁拼命，今天她发誓要和于圣杰来一个你死我活。

于圣杰看了看项夏手上的砖头，脸上的肌肉抖了抖，晓得这丫头是真生气了。

“有话好好说，你看看，不就是让你背了一会儿吗？”

“那是‘一会儿’吗？”

项夏咬牙切齿地举起了砖头，用力扔了过去，于圣杰惊恐地避开了，回头再看项夏，疯丫头的眼睛都直了。

这个时候不跑，肯定要吃亏了，于圣杰狂奔进了校门。

他在前面跑，项夏举着砖头在后面追，所有经过的同学都傻眼了，今天小结巴这是疯了吗？怎么敢追打K高的老大？

传达室里的保安大叔觉得情况不对，纷纷跑出来拦项夏，却又怕项夏误伤他们，只能大声呼喝着。

好在于圣杰跑得飞快，一会儿工夫就不见了踪影，项夏失去了目标，也就冷静了许多。

“项夏，你在干什么？”

陈悦雯的声音从身后传来，项夏木然地举着砖头转过身，吓得陈老师脸色一变，没敢贸然走上前。

“先把砖头放下！”

“哦。”

砖头脱手，掉在了地上，保安大叔赶紧走过来把它拿走了。

陈悦雯松了口气，走过来后，劈头盖脸就是一顿批评，问项夏一个女生怎么敢举着砖头满操场追男生？还有什么是她干不出来的？

“我追的是于圣杰！”

项夏抿着嘴，委屈得眼泪都要掉下来了。

“追谁都不行，写检讨，两千字。”

“什么？”

又是两千字，项夏很想和陈悦雯砍价，像于圣杰那样的人，值两千字吗？她要怎么深切反省？要她向一个满肚子坏水的人忏悔？这不是扭曲她的世界观吗？

“就算是于圣杰，也不能拿砖头追他！去走廊里站着反省，一直到上课。”

一个字的折扣都没有，项夏还被勒令去走廊里罚站，还要站在最显眼的位置，几乎每个人经过走廊都能看到她。

脚尖靠着墙根儿，脑门儿顶着墙壁，项夏倾听着身后的脚步声，不用回头看，也知道是罗丽拉来了，她身上那股香水味顶风都能飘十里，还有孙歆，脂肪散发出来的热量，让这个夏季更显烦躁，应该还有潘多多吧？项夏的余光瞥见了潘多多那双暗紫色的鞋子，她竟也来凑热闹了？

都说好人不能做，大约就是这个道理吧，她帮了潘多多，潘多多竟要看她的笑话？

上课的铃声终于响了，项夏疾步走进教室，于圣杰好像锥子一样的目光朝她射了过来，他的同桌徐海超要拍案而起，冲上去给项夏一点儿颜色瞧瞧，却被于圣杰拉坐下了，现在，他不想惹她。

教室里的气氛有些诡异，大家都在看项夏，却没一个敢吭声的，连平时爱向项夏挑衅的罗丽拉也安静下来了。

“砖头女吗？”

项夏才坐下，一道尖细的、挖苦的声音突然响起，按理来说，这一嗓子应该引发哄堂大笑的，可教室里反而更安静了。

项夏用手遮住了脸颊，试图把那些奇怪的眼光抵挡在外。不经意间，她发现了另一个尴尬的状况——偶像竟然也在看她，深邃的眼眸中藏着两道犀利的光。

“看，看什么？”

项夏冲靳韩挤眉毛、瞪眼睛，他能不能别在这个时候跟着凑热闹？好歹她和他也算一个阵营的。

可靳韩似乎不打算将目光移开，他的手伸进了书桌，摸索着什么。

“我没心情吃零食。”

平时靳韩伸手到书桌里，掏出来的不是薯片就是虾条，偶尔还有巧克力，可项夏现在的心情，吃颗炸弹还差不多。

只是这次让项夏很震惊，靳韩掏出来的不是薯片也不是虾条，更不是什么巧克力，而是一块砖头。

“你，你，你……”

项夏彻底结巴了。

没有什么比偶像这个举动更让项夏难过的，别人嘲讽她用眼睛和嘴巴，偶像是用实际行动的，直接把她打人的砖头捡回来了，他这是想让她打死于圣杰吗？

消灭对手最好的办法，就是让他停止呼吸，这也太狠了吧？

“给你。”

靳韩悄悄地把砖头送到了项夏手中。

项夏看了看手里的砖头，又抬头看了看靳韩，一时之间哭笑不得，十六岁，伤人是犯法的，他这是怂恿她犯罪吗？

“你让我继续打于圣杰吗？两千字的检讨怕是不够……”项夏可怜兮兮地看着靳韩，能不能换个方式，不用砖头，用拳头行吗？

“你在想什么？”

靳韩窘迫得脸微微发红，他让项夏把砖头收起来。

“收砖头？它又不是金砖。”

“人最缺乏的就是胆量和勇气，今天你找回来了，留着它，也许可以时刻提醒你，不要退缩。”

胆量和勇气？

项夏捏着砖头，感受着它的冰冷和坚硬，也许靳韩说得对，这块砖头她应该留下来，不是为了打人，而是提醒自己，时刻都要鼓起勇气。

青春也许就该如此疯狂，而不是未老先衰。

项夏已经故步自封太久了，周围的嘲笑和鄙视让她不敢踏出一步，模仿别人并不能给她带来改变，她需要突破自我。

语文老师高分贝的声音在讲台上响起，今天要讲《过秦论》。

不管发生什么事，日子都细水长流地过着，时间不会停止，闹剧也不会停止。

一个小小的校园足球赌约竟玩出了奸细的戏码，靳韩应该见怪不怪了吧，毕竟演戏这种事，没有人比他更在行。他把马一群和陈东铭两人从队伍里除名了。虽然马一群跑回来，一再声明和自己没有关系，靳韩也没有理睬。

足球队还缺两个名额，一时之间又找不到合适的人选，赌约越来越近了，项夏的心也越来越烦躁。

于圣杰不再装瘸了，甚至腿脚比以前更结实了，每次从项夏身边经过都健步如飞，项夏的肚子都要气炸了，几次她都差点儿冲过去，把储物柜里的砖头拎出来，再追杀于圣杰半个操场。

奸细事件，让项夏怎么看于圣杰都不顺眼，靳韩却能泰然处之。

“看他做什么？学习。”

靳韩把一套练习题丢给项夏，让她半个小时内做出来。

项夏心烦意乱地将练习题扯过来，想知道靳韩为何能如此冷静，这都什么时候了，还想着做题？于圣杰就差骑在靳韩脖子上拉屎了，对付靳韩的手段层出不穷，先是在全校范围内下禁令，接着安插奸细，接下来呢？于圣杰又会耍出什么花样儿？

“做题吧。”

靳韩对项夏的急躁不做任何回应。

“你是大世面见多了，还是死猪不怕开水烫？”

“后者吧。”靳韩笑得云淡风轻，怎么看，死猪都和他不沾边儿。

慢吞吞地拽过练习题，项夏做得心不在焉，她在琢磨一个问题，两个奸细都被发现了，于圣杰会没有下一步的行动吗？

项夏一边做题，一边警觉地观望着教室里的动向，果不其然，她发现了一个情况……

教室门口，罗丽拉匆匆走了出去，门外好像有身影在晃，看着有点儿眼熟，那是马一群吗？安插奸细毕竟不是什么光彩的事，于圣杰不好出面，于是委派了罗丽拉？

啪，项夏把手中的笔放下，决定出去看个究竟。

“干什么去？”靳韩抬头问。

“厕所。”

上厕所总可以吧？她不信靳韩还能逼着她坐在这里。

“哦，去吧。”

靳韩垂下了眼皮，继续低头看辅导书。

项夏挑着嘴角，眯着眼睛，径直走出了教室，站在走廊里，她左右辨别了一下方向，发现罗丽拉在三楼另一侧的楼梯附近晃动，她快步跟了上去。

好像做贼一样，项夏躲避在了墙角，小心地伸出了脑袋，在二楼和三楼交界的楼梯口，她看到了马一群，而站在他对面的人正是罗丽拉。

他们好像在说什么，因为距离太远，听不太清楚，项夏蹑手蹑脚地走了过去，随着距离拉近，她听到了罗丽拉和马一群的对话。

“怎么被发现的？”罗丽拉的语气有些恼火。

“不知道呀，我到现在也没想明白，小结巴比猴子都精。”

“你们真是笨死了。”

“怎么办？”

“什么怎么办？”

“小结巴以为是于圣杰指使的，拎着砖头追了于老大半个操场，现在老大很恼火，要找我和陈东铭的麻烦，你得救救我们呀。”

马一群紧张地擦着汗水，让罗丽拉帮他找于圣杰说说情，他可不想以后在K高没好日子过，罗丽拉黑着脸。

“你敢说这事儿是我指使的，看我怎么收拾你和陈东铭。”

“我不说，绝对不说。”

马一群在举手发誓。

项夏听着他们的话，顿觉一阵蒙，马一群不是于圣杰安排的奸细，而是罗丽拉在背后搞破坏？

“张斌已经告诉我了，于老大放学后会在门口堵我们，呜呜。”马一群这个胆小鬼，竟呜呜地哭了起来，他是有多怕于圣杰呀。

项夏后退了一步，想着她一大早怒斥于圣杰的情景，他竟全都担了下来，替罗丽拉背了黑锅。被项夏拎砖头追了半个操场后，于老大很生气，问题很严重，事件的罪魁祸首要倒霉了。

马一群和陈东铭已然乱了阵脚，不得不找罗丽拉帮忙。

罗丽拉好像也不知道要怎么处理这件事了，她答应马一群找于圣杰说说情。

转身离开了三楼的楼梯，项夏倚在了教室门口的栏杆边，迟迟没有进入教室。被人误会是一件很难受的事，项夏经历了许多，所以能体会于圣杰现在的心情。

她是不是有点儿过分了？该不该去道个歉？

“我为什么要道歉？”

是于圣杰先骗她的，害得她现在还腰酸背痛，教训一下他也是应该的，何况她已经被罚站了，还要写两千字的检讨，算是扯平了吧。

“活该！”

项夏认为，于圣杰背黑锅也无可厚非，谁让他和罗丽拉的关系那么好？朋友就该有难同当。

想通了之后，项夏的心情无比愉悦起来，于圣杰知道马一群是罗丽拉安排的，很快会把矛头对准校花，一场好戏就要上演了，项夏很愿意看热闹。

“哈哈。”

想象一下校门口的情景，不再是于圣杰围堵小结巴，而是罗丽拉和于圣杰的精彩周旋，项夏就觉得兴奋，甚至开心地哈哈大笑起来。

“项夏，被老师罚了，还这么高兴？”有女生从她身边走过，不理解她有什么可开心的。

“人逢喜事精神爽。”

“你能有什么好事，于老大不找你麻烦了？”

“找我？呵呵，可能吧，放学后，校门口见。”

项夏巴不得事情闹大，以解她之前被罗丽拉围观、嘲弄的恶气。

不知为何，知道奸细事件和于圣杰没关系后，项夏竟释然了，也许在内心深处，她对于圣杰还是有所期待的，希望他就算是恶人，也要当一个光明磊落的恶人。

无聊地站在走廊里，项夏的目光由楼梯转向了东墙的一排储物柜。

为了方便学生的生活、减轻学生上学和放学的负担，学校专门为每个班级安装了储物柜，储物柜分上下两层，里面放置的都是学生暂时需存放的物品，例如个人衣物、球类等不常用的东西，每个储物柜的门上都贴着一个数字。

项夏的是634号，而611号是潘多多的。只是不经意的一眼，项夏就惊喜地发现了一个情况——611号储物柜的门是开的……

潘多多是有多粗心大意呀，怎么又忘记了锁门？

项夏快速摸了一下衣兜，小册子还在里面，她吞了一口气，回头看了两眼，好像没什么人，现在正是物归原主的最佳时机。

项夏从衣兜里掏出小册子，飞快地跑了过去，确认是潘多多的储物柜后，她把小册子放了进去。可惜，她的手还没抽回来，身后便传来了潘多多冷冰冰的声音。

“真的是你？”

项夏慌乱地松了手，小册子没放稳，从储物柜里掉了出来。

“什么，什么是我？”

还有什么比这个情景更狼狈的？送回去和偷出来，不过是一念之差。项夏懊恼得捶胸顿足，不知是自己倒霉，还是出现得不是时候。

潘多多看着掉在地上的小册子，眼睛充血，肩头在不断地颤抖，秘密被人这样窥视，她的内心是崩溃的。

“你误会了，我只是帮你……”

“帮我？”

潘多多一步步走过来，俯身捡起了地上的小册子，手指在小册子的封面上轻轻地摩挲着，良久之后，她抬起了头，眼眶里含着即将滚落的泪水。

“项夏，我到底怎么得罪你了？”

“没，没有。”项夏百口莫辩。

“你就这么想嘲笑我吗？模仿我、跟踪我，还偷我的东西，还有什么是你干不出来的？（6）班那么多人，干吗非盯着我？”

“我盯着你？”

项夏满心的委屈，难道模仿一个人就只能是嘲笑吗？还有潘多多说的跟踪……她发誓她没做过，只是每次都那么巧，她和潘多多会在某些场合不期而遇，例如小区外的超市、附近的快餐店，至于偷东西这个罪名，项夏无论如何也不愿承认。

“有人偷了你的东西，我好心帮你抢了回来，如果当面还给你，又怕你误会……”

“你说，你想偷着还回来？”潘多多紧握着小册子。

“是的。”

项夏点了点头，以为潘多多明白了事件的原委，可事实并非如此，潘多多快步走过来，一把推开了项夏。

“如果不是孙歆告诉我，你拿了我的东西，我还蒙在鼓里。”

“孙歆？”

项夏倍感吃惊，怎么是孙歆告的密？

“死肥婆！”

项夏懊恼地咒骂了一声。

事情已经不需细问了，孙歆发现项夏没有把小册子第一时间交给陈老师，而是默默地藏在身上，她觉得情况不对，担心项夏另有打算，为了不让项夏有翻身的机会，她直接找到了潘多多，撒谎说看到项夏偷了潘多多的东西。

潘多多正在为丢失了小册子而忧心忡忡，听到孙歆这么说，吓得六神无主。

孙歆告诉潘多多，项夏是个小心眼儿的人，说不定已经复印了小册子，私藏起来寻找机会对她进行猛烈的抨击。

“为了不让你起疑心，她可能会不动声色地把小册子还回来。”

为了证明孙歆说的是事实，潘多多决定守株待兔，她打开储物柜的门后，藏到墙壁后，当看到项夏走来时，她的内心还存有一丝侥幸，希望孙歆只是造谣生事，可让她感到难过的是，项夏终究还是掏出了她的小册子。

两个人面对面，竟一时都说不出话来了。

楼梯口，孙歆的身躯出现了，她探头探脑地朝这边看着，当发现项夏和潘多多并没有发生激烈的争吵时，稍稍有些失望。

项夏刚好正对着楼梯口，孙歆躲躲闪闪的样子尽数落入她的眼中，孙歆这是来看热闹的。项夏将目光重新移到了潘多多脸上，问了她一个问题。

“孙歆怎么知道我拿了这个小册子？”

“她看到的。”潘多多回答。

“既然看到了，为什么不当时跑去告诉你，却偏要选在这个时候？”

“可能……有事耽搁了。”潘多多在为孙歆找着借口，或许她也在怀疑什么。

“呵呵，孙歆的眼神可以的，她没告诉你，她把小册子的内容都看完了吗？然后跑去足球场，想借我的手把你出卖给陈老师，这样就可以一箭双雕，你学霸的优越感也没了？”

项夏的话让潘多多脸上的肌肉连抽了好几下，她紧握着小册子，牙齿都快要把嘴巴咬破了。

“事实是，小册子在你手里。”

“你见过哪个贼，坏事没做，就把东西还回来的？”

“你复印了。”

“需要复印吗？拿原件打击你不是更有力？”

项夏希望潘多多仔细分析一下，猪头才会放弃原件，用复印件做文章。

“我想害你，你早晚都会知道，何必多此一举？”

“这……”

潘多多的辩驳显得有些无力了，她的手捏着小册子，无法确定到底是谁说了谎。

“小册子还给你了，我该做的都做了，至于你是怎么想的，我也没能力控制。”

项夏不想再多说了，她让潘多多冷静一下，或许能理出一个头绪来。项夏无奈地摇摇头，从潘多多身边走了过去。

潘多多木然地站在储物柜前，脑袋里乱糟糟的。

项夏走了之后，孙歆跑了过来，她觉得事情不该这么不了了之，至少潘多多应该狠狠地给小结巴一个耳光出出气才是。

“怎么不揍她？”孙歆在潘多多身边煽风点火。

“我生病了，没力气。”

潘多多走过去，把储物柜的门关上了，小册子则揣在了衣兜里，她不敢再把它留在学校了。

孙歆噘了噘厚嘴唇，还是觉得潘多多这么轻易放过项夏，有些便宜她了。

“潘多多，你可要想清楚了，小结巴精得很呢，她已经知道你小册子里写的是什么了，知道你在偷偷关注于圣杰，万一她拿这个做把柄，以后就不好办了。”

孙歆自以为聪明的话，让潘多多警觉地挑起了眼皮。

“你不是说，只是远远看到项夏拿了我的小册子吗？”

只是远远的一眼，孙歆怎么知道小册子上写的是什么？假如不是项夏告诉她的，就是她自己偷看了小册子。

孙歆自知说漏了嘴，赶紧纠正：“呵呵，我也是猜的。”

“猜的？还是，你偷了我的东西？”

潘多多不知哪里来的力气，突然用力推了孙歆一把，孙歆站立不稳，一屁股坐在了地上，再想狡辩已不可能。

本打算陷害项夏一次，挑拨她和潘多多的关系，却没想到把自己绕了进去，孙歆的智商确实让人很着急。

在潘多多痛恨的目光中，孙歆狼狈地爬了起来，她已然破罐子破摔了。

“是我偷的怎么样？”

“你知道学校是怎么对待偷东西的学生的吗？去年还开除了一个。”

“潘多多，你，你敢把这件事说出……我，我就把你暗恋于圣杰的事捅出去！”孙歆确实怕了，如果因为一个小册子而被学校开除，岂不是得不偿失？强硬了几句后，她开始向潘多多妥协，希望大家都保守秘密，让这件事不了了之。

“你保证不说？”

“不说！”孙歆发誓。

“嗯，我也不会说。”

潘多多也有所忌讳，假如小册子里的秘密传出去，会有多少个复杂版本不说，她要怎么面对于圣杰？还有那些倾慕于圣杰的女生，她可不想成为众矢之的。

两人达成一致后，孙歆擦了擦汗，转身溜掉了。

小册子风波就这么过去了，项夏一直没想明白潘多多对于圣杰的那些关注代表了什么。若说是暗恋，还有些牵强，但说是友情，看起来他们只是普通同学的关系，没什么过深的交往。也许只有潘多多知道那是什么，但她对此三缄其口。

项夏不想再提小册子的事了，孙歆也老实了许多，或许很多年之后再谈起这件事，也只能会心一笑了。

青春有很多的风景，他们走过的只是其中的一处。

午休的时候，潘多多捧着一摞作业本进了教室，和往常一样，她开始挨个儿分发作业本。

项夏坐在位置上，等着潘多多不屑地把作业本扔过来，可让她意外的是，潘多多径直走到了她身边，把作业本展开，放在了她的桌子上。

项夏抬起头，和潘多多的目光相撞了，她眼中蕴藏了许久的厌恶消失了。

“项夏，你这道题虽然做对了，可解题过程太烦琐了，考试时会吃亏，换个思路可能会更简单一些。”

在项夏不解的目光中，潘多多拿起了笔，在草稿纸上写下了这道题的另一种解题思路，然后冲项夏微笑了起来，两颊的小酒窝深深地陷了下去。

“这，这样呀。”

项夏有些不适应潘多多转变的节奏，上午还对她虎视眈眈的，怎么才一个小时不到，就由敌人变成了朋友？

“需要解答什么，找我。”

潘多多是个话不多的人，写完解题过程，便转身离开了，项夏能深切地感受到她的诚意，从某一刻起，她不再排斥项夏了。

相对（6）班中午难得的和谐氛围，罗丽拉却显得烦躁不安，她几次站起来又坐下，眉头几乎扭结成了一个疙瘩。偶尔扭头看向项夏，眼里喷射着莫名的怒火。

“都怪她……”

罗丽拉狠狠地咬着唇瓣，如果不是项夏多管闲事，马一群和陈东铭现在还好好地待在靳韩的足球队里，她也不必陷入这种麻烦了。

孙歆甩着一身肥肉，跑出了教室，一会儿工夫又跑了回来，和罗丽拉耳语了一番之后，又跑了出去，这样来来回回七八次，她累得趴在门边呼呼地喘着粗气。

“不行了，不行了，真的不行了。”

也不知道什么不行了，罗丽拉的脸一下子白了，她后退了几步，一屁股坐在了椅子里，双眼直勾勾地盯着桌面。

孙歆连滚带爬地回了座位，抱着桌子，舌头一伸，说什么也不肯出去了。

项夏观望着情绪怪异的两个人，不知她们在搞什么名堂。

从午休开始到下午上课，一直都没看到于圣杰的身影，他的书包还放在桌子上，压根儿没打开过。

陈悦雯老师已经下了几次通牒，张斌也没能把于圣杰找回来。

“陈老师，够二十四小时了，可以报人口失踪了。”张斌嘿嘿笑着。

“闭嘴！”

陈悦雯用力一拍桌子，张斌吓得脖子一缩，不敢再开玩笑了。

第二节自习课，罗丽拉也不见了，连靳韩也不知道跑去了哪里，大家好像玩起了集体失踪，只有项夏表现得十分乖巧，利用一节课的时间，写好了两千字的检讨，其中一句话她觉得写得太精彩了，自己都想给自己点赞了。

“和坏人学习，是为了更好地发现自己的缺点。”

项夏把于圣杰定位为坏人，认真地检讨了在操场拎着砖头追赶坏人的恶劣行为，通篇都是对坏人的“表扬”、对自己行为的反思，不知道陈老师看了会不会吐血。

检讨写好了，项夏亲自把它送去了陈悦雯的办公室，很巧，陈老师开会去了，这正如了项夏的意，她放下了检讨，美滋滋地走出了老师办公室，站在操场上，她放松地伸了一个懒腰。

完美的一天就这么结束了，项夏期待明天更美好。

快放学的时候，项夏收好了书包正准备离开教室的时候，罗丽拉突然冲了进来。她好像受到了极大的刺激，那张令人忌妒的漂亮脸蛋上挂满了泪水，下眼皮上一条条污迹，平时否认打了睫毛膏的她已经无法遮掩谎言了。

不对，项夏抱住了书包，怎么罗丽拉直奔她冲了过来。

“项夏！你到底干了什么？”她吼着。

项夏被她吼得一头雾水，不知道自己干了什么，整个下午她都在教室里好好学习呀。

“快期中考试了，我还能干什么？”

“你！”

罗丽拉气不过，一巴掌打了过来，项夏抱着书包机敏一闪，罗丽拉的手打空了。

“喂，罗丽拉，你疯了吗？有话不能好好说吗？如果想打架……咱们出，出去一对一。”

项夏指着教室门，让罗丽拉别叫帮手，就她们两个人，看到底谁能打过谁。

罗丽拉气恨地咬着唇瓣，知道没有孙歆和那几个跟屁虫，她根本打不过项夏，怎么说项夏也是将孙歆摔倒过的钢铁战士。

“项夏！”罗丽拉含着泪水大叫着，头发都跟着乱飞起来了，她这是有多生气呀？

教室外，越来越多的女生聚集了过来，趴在门口、窗口比比画画的，也有男生挥动着手臂，大喊着加油，都嫌事情闹得不大。

项夏知道这样的场合不适合笑出声来，于是拼命忍着，但笑容还是呈现在了脸上。

“打呀，打呀，怎么不打？”

不知是哪个王八蛋，期待项夏和罗丽拉赶快扭打在一起，还有人吹着口哨，这是期中考试近了，学习太枯燥了吗？

当然，也有平时暗恋罗丽拉的男生，利用这个机会表现自己的热情，偷偷地朝项夏扔纸球儿，纸球儿虽小，但打在身上还是很痛的。

就在教室内外一片混乱的时候，一阵沉重的脚步声响了起来，呼啦啦，人群散开了，于圣杰出现在了教室门口，他冷着一张脸孔看着教室里追打着的两个女生。

罗丽拉发现于圣杰来了，立刻停止了追赶，项夏则抱着脑袋蹲在一张书桌后。

“刚才是谁用纸团打我的？”

项夏生气地看着教室外，几个男生缩了一下脖子后退了。

于圣杰走了进来，罗丽拉好像变了一个人一样，老实地回到了自己的座位，教室里刚刚激起的硝烟竟默默地平息了。

于圣杰从罗丽拉身边走过，竟一眼都没看她，冷漠得好像路人。

莫名其妙地被罗丽拉追打了一通，项夏憋了一肚子气，拎起书包，她几步走到了罗丽拉的桌子前。

“罗丽拉，我的忍耐是有限的，你差不多行了。”

狗急了还跳墙呢，何况是人？

项夏知道罗丽拉在生什么气，因为她揭发了马一群和陈东铭两个内奸，但罗丽拉在靳韩的队伍里安插奸细也不是什么光彩的事，有什么资格来找麻烦？

只许州官放火、不准百姓点灯这种事儿，在现在早就不行了。

“你的行为，真让我瞧不起。”

扔下了这样的话，项夏头发一甩傲慢地走出了教室。

项夏出了校门才知道于圣杰干了什么，难怪罗丽拉那么愤怒，甚至情绪失控。

校门口聚集了不少人，几乎可以用人山人海来形容，他们有的观望，有的议论，目光都集中在人群的中间。

“发生了什么？”

出于好奇，项夏推开人群站到了中间，当她看到里面的一幕后，内心稍稍有些凌乱。

人群的中间，马一群和陈东铭耷拉着脑袋，一人脖子上挂着一块牌子，一个牌子写着“再也不做内奸了”，另一个牌子上写着“做内奸可耻”。

乖乖，他们什么时候有这么高的觉悟了，知道做内奸对不起靳韩了？可这也太激进了吧？瞧他们的神情，怎么看都不是自愿的。

“‘内奸’是什么意思，他们给谁当内奸了？”

“不知道，但我知道，他们得罪了于圣杰！”

“啧啧啧，这两人平时也不干什么好事，活该。”

看热闹的人从不嫌事大，还用手机拍了照片留作纪念，当校领导发现校门外有骚动后，给保安亭打了电话，保安大叔这才走出来，驱散了围聚的学生，他们把马一群和陈东铭脖子上的牌子拿下来，挥挥手让他们赶紧回家去。

保安大叔明知道这事是于圣杰干的，却也只能装作不知道，若校领导真追究起来，惩罚了于圣杰，这两个孩子也别想在K高待着了。

马一群和陈东铭自认倒霉，不敢胡说八道，拎起地上的书包灰溜溜地跑掉了。

项夏没想到于圣杰会来这一手，既教训了马一群他们，又能公开向靳韩证明，他不屑于做任何影响赌约公平性的事情。

于圣杰这次狠辣得让人佩服。

闹剧结束了，项夏正准备离开时，余光瞥见于圣杰从大门里走了出来，他走得很急、很快，甚至没发现项夏，而他的身后跟着的是罗丽拉，她红着眼睛，一路小跑着。

他们穿过人行道后，于圣杰突然回头瞪视着罗丽拉，她吓得停住了步子。

这到底是怎么了？项夏伸长脖子朝那边看着，却什么都听不清。

“嘿，看什么呢？”

张斌不知突然从哪里跳了出来，用力拍了一下项夏的肩膀，项夏吓得一激灵，回头白了他一眼。

“知不知道，人吓人能吓死人呀？”

“你这是……跟踪于老大吗？”张斌顺着项夏的目光看了过去。

“我跟踪他做什么，只是觉得他和罗丽拉有些奇怪，这是闹什么别扭呢？”

“嘘！”

张斌做了一个噤声的动作。

“别过去，现在于老大火着呢。”

“虽然这事做得不够光彩，但是……罗丽拉的出发点是好的，她帮了他呀。”

“这话说得就不对了，于老大虽然够狠，也想赢，但做事从来不藏着掖着，罗丽拉这次……是抽风，跟我们老大没关系，呵呵，估计她，以后都别想有特殊关照了。”

“嘁！”

项夏才不信张斌的鬼话，于圣杰不过是觉得罗丽拉打乱了他的计划，让他没了面子而已，等风头过去，他们还是一家人。

“他们关系那么好，怎么会因为这么点儿小事就闹起来没完呢？”

“这个你又说错了，在我看来，于老大没那么欣赏罗丽拉，她一次次的胡闹，他已经很容忍了，说句不好听的，于老大那么照顾她，处处迁就她，就是因为同病相怜。”

“同病相怜？”

项夏突然有点儿听不明白张斌的话了，这是什么意思，于圣杰和罗丽拉那么有优越感的两个人，怎么可能同病相怜！

“你还不知道吧？”

张斌压低了声音，告诉了项夏一个秘密……

听了张斌说的秘密后，项夏的心久久难以平复，一直以为她才是被这个世界遗忘的人，却没想到被遗忘的人还真不少。

张斌的大嘴巴向来藏不住什么秘密，他一股脑儿说了出来，说完之后才觉得自己多嘴了，他用力打了自己一个嘴巴，左右瞄了两眼，然后嚷嚷着要去美容院，匆匆溜掉了。

“喊，这么晚了还美容？”

他分明是怕于圣杰，还找什么美容做借口？

张斌走后，项夏抬头看向了街道对面，于圣杰已经离开了，只剩下罗丽拉一个人站在那里低低地啜泣着。

这个时候走过去，无疑是不合时宜的，项夏只能当没看见离开了。

她才走到第一条小巷，包里的电话就响了起来。

“来电话了，来电话了。”

项夏拿出手机一看，是老妈打来的，接通之后，老妈噼里啪啦地说了一大堆，中心思想是让她赶紧去香洲街的“蟹子楼”，小姨回国请客吃海鲜。

收了手机，项夏看了一眼拥挤的车站，一辆公交车开了过来，车门才打开，便有人往下冲，也有人往上涌。几十个肩膀、胳膊肘、屁股、大腿、膝盖相互交错着，感觉好像蒸了一锅的包子，连个缝隙都没有，这个时候让她怎么去香洲街“蟹子楼”呀？

但老妈催得紧，项夏身上又没带多少钱，只能挤着上公交车了。

上了车后，她好像一个标准的立方体被填充在了车厢的角落里，随着人越来越多，她的身体在不断地收缩、再收缩。

车门啪的一声合上了，燥热的气息瞬间将她包围住了。

汗臭、脚臭，混着浓烈的口气，项夏觉得周围空气的味道好奇葩，当一缕淡淡的香气飘来时，项夏才觉得可以喘口气了，只是这个味道……好像罗丽拉身上散发出来的那种，只不过没那么浓烈罢了。

当然，罗丽拉不可能和她一样挤公交，K高有名的"富二代"，走到哪里都有豪车接送。

随着公交车有节奏的摇晃，项夏昏昏欲睡起来，车开到农贸市场站，车身突然一个剧烈颠簸，项夏打了一个激灵，整个人都精神了起来，也就在这时，项夏注意到了一个人——罗丽拉，她竟也在这辆公交车里，她们之间只隔着一个肥胖的男人，此时此刻，罗丽拉的目光正透过男人的肩头，死死地盯着项夏，即便项夏发现了她，她也没把目光移开过一秒。

看到罗丽拉，项夏的脑海中快速浮现出了张斌说的话。

关于那个秘密……

项夏到现在还无法相信，于圣杰虽然有钱，却是个留守少年。

张斌说，于圣杰的父母长年在美国工作，好像是做大生意的，分身乏术，很少回国，他一直都是由爷爷照顾的，父母为了弥补他的缺失，每个月都会汇一大笔钱回来，甚至还给他雇了保姆，只是于圣杰喜欢一个人在家，把保姆轰走了。但所有的关爱只限于钱，于圣杰不缺钱，他缺爱。

初三的那年，于圣杰的爷爷去世了，父母只是回国看了一眼，便又匆匆离开了，从此之后于圣杰就真的成了孤家寡人。甚至在夜深人静的时候，于圣杰都会怀疑，这个世界是不是根本不存在那样的两个人。

这个不为人知的秘密，让项夏想到了于圣杰房间的脏乱、桌子上倒扣着的照片，还有零散放着的书信，虽然他没说什么，项夏却能感觉出来，他在意着一些东西，却又痛恨着它们。

至于罗丽拉，所谓的同病，是因为她和于圣杰的情况有些相似。

虽然罗丽拉的父亲和母亲都在国内，却很少回家，他们经常全国各地到处奔跑，偶尔还会出国一段时间，即便逢年过节回家了，也是各种应酬，极少能看到人影，罗丽拉唯一能得到的东西就是钱，家里陪着她的只是一个与她无血缘关系的保姆。

相似的灵魂在互相吸引，于圣杰了解罗丽拉，就好像看到了另外一个自己，厌恶并同情着。

然而，于圣杰从不认为他和罗丽拉之间存在什么友谊，他放任罗丽拉利用他的身份在K高作威作福，只因为她看起来就是他。

车厢里，肥胖的男人换了一个位置，罗丽拉和项夏之间再无障碍，她的目光变得更加犀利了。

“这么巧……”项夏无法装作没看见了，硬挤出了一个微笑。

罗丽拉僵立着，有人挤过来撞了她一下，她的身体向窗口倾斜了一下，从紧锁着的眉头可以看出，她也感到不舒服，项夏想不出是什么理由让罗丽拉放弃豪车，挤上了这辆破旧的公交车。

罗丽拉的表情木然，看项夏的眼神就好像看陌生人一样。

虽然猜不出于圣杰和罗丽拉说了什么，但项夏坚信和她没什么关系，或许罗丽拉是受了刺激，才想着挤在公交车里尝尝人间百味，她甚至怀疑罗丽拉根本没看到她。

公交车到了香洲街，项夏快速挤开了人群冲了下去，车门关上的一刻，项夏还能看到罗丽拉，她的脸几乎贴在了车门上。

香洲街的“蟹子楼”不管什么时候都是人满为患，项夏进去的时候老妈和小姨都在了，桌子上摆满了美味佳肴，什么蛋黄焗飞蟹、清蒸海胆、辣炒花蚬，都是项夏爱吃的海鲜，围坐在桌子前的有七八个人，她简单看了一眼，没几个认识的。

因为有老妈在，项夏懒得应酬，礼貌地打了一声招呼后便坐了下来，她拿起筷子，刚夹起一个花蚬，就听见对面传来一个声音。

“项夏？”

项夏抬起头，看到了一个熟人。

花蚬掉了下去，她愣住了，不会这么巧吧，在这里竟能遇到他?

若说这个时候不紧张是假的，坐在她对面的不是别人，正是她上星期在体育馆认识的大学生冷峰。

其实遇到冷峰也没什么，问题在于老妈也在这里，而自己和冷峰的相识源于足球，但足球是老妈最痛恨的。

“夏夏，这是我的学生冷峰，说起来，他爸爸和你爸爸以前还是同事呢，后来他爸爸调走了，他们也就没什么联系了。”小姨向项夏介绍着冷峰。

项夏想说不认识，可人家已经叫出了她的名字，她想躲是躲不掉了。真没想到冷峰的爸爸竟和她的爸爸认识。

冷峰不知道是故意的，还是心直口快，丝毫没给项夏留余地。

“认识，一起踢过足球。”

呃!

虽然项夏看不见自己的脸，但能想象自己的表情一定很可怕，即便不是苍白如纸，也应该是铁青乌黑。

啪，老妈的筷子落在了餐桌上。

冷峰似乎不打算就此打住这个话题，谈及那天踢球的情景，大肆地夸赞项夏的技术，还说和项夏约好了，每个周六都去练球，他收了她这个徒弟。

“她踢得不错，真难得，项夏，这周别忘了，体育馆见。”冷峰笑着。

“呵呵。”

虽然包间里很热，项夏却感到一阵阵发冷，手里的筷子却怎么也夹不起掉落的花蚬，小心地瞥了一眼身边的老妈，项夏随时做好准备，等待老妈的狂轰滥炸。

冷峰不把项夏打入十八层地狱决不罢休，继续讲述踢球的细节，偶尔说到精彩的环节还会哈哈大笑。

老妈已经坐立不安了，若不是有朋友在场，她一准儿爆发。

好好的一顿饭吃出了火药味儿，冷峰恰如其分地充当了导火线，只要有人再配合一下，包间里肯定会发生大爆炸，好在这个话题没再继续。

某一刻，项夏怀疑冷峰是故意的，因为他说完之后竟然在笑。

这顿饭是怎么吃完的项夏不知道，她只知道回到家之后，老妈冲她吼了至少半个小时，然后质问她为什么瞒着自己重新开始踢足球了？什么女孩子不要踢足球，什么踢足球影响学习，甚至，老妈把项夏的足球和老爸联系在了一起，甚至把他们离婚的原因归结到关于她踢足球的矛盾上。

项夏安静地听着老妈的训斥，泪珠大颗大颗地滚落下来。

“我让你踢，让你踢！”

老妈冲进项夏的房间，把足球翻了出来，用刀子刺破，一刀一刀好像刺在了项夏心上，一片殷红的血污染了她的眼睛。

“为什么要这么对我？”

在老妈的哀鸣声中，项夏关上了房门，躺在床上许久还能听到老妈委屈的哭诉声，她在抱怨中年离婚的凄苦，还要带着一个不听话的女儿，到底她上辈子做了什么错事，这辈子要遭受这样的折磨？

听着客厅里的啜泣声，项夏委屈得连哭泣的力量都没有了。

一直到晚上八点多，老妈的唠叨终于停止了，干瘪的足球可怜兮兮地躺在地上，老妈顷刻间的一个念头终结了它的生命。

此刻，手机突然响了一下，项夏拿起来一看，是靳韩发来的信息，他问她怎么不去踢球，球场已经清理干净了。

“完蛋了，我妈知道了。”

“阿姨不让你踢球吗？”

“禁区。”

“好吧，不等你了，明天学校见。”靳韩发了最后一条信息，对此他无能为力。

项夏长叹了一声，从床上滚落下来，趴在了地板上，她侧目瞥着身边的足球，用手指推了一下又推了一下，足球好像不愿意离开，晃了一下又回到了原位。

有人说，生活就像跷跷板，你并不总是会处在下降的一段，压得越低，是为了将你弹得越高，项夏相信，一切都会好起来的。

一大早，为了避免和老妈再次发生争吵，项夏早饭都没吃就离开了家。

那群熊孩子还在街边踢足球，一个个生龙活虎，踢得热火朝天，书包堆在一边被一条宠物狗撕咬都浑然不觉。

项夏耷拉着脑袋，迈着缓慢的步子，差点儿撞在靳韩身上才把头抬了起来。

“我才知道，阿姨不支持你踢足球。”

“唉。”

“用不用我找阿姨谈谈？”靳韩问。

“别，别。”

项夏哪里敢让靳韩出面找老妈？早恋的事老妈还耿耿于怀，忍着没有爆发，若靳韩为了踢足球的事去找她，不知道老妈要怎么歇斯底里，她已经够麻烦的了。

“你打算放弃吗？”靳韩走在了项夏身边。

“其实已经放弃几年了。”

“希望你能考虑清楚。”

一路上，靳韩的眉头都紧锁着，眉间凝结了一个疙瘩，现在足球队还缺两个人，假若连主力项夏也不能踢球了，他还有什么资格和于圣杰争？或许项夏说得对，他鲁莽了。

虽然心蒙着阴霾，但整个世界是清亮的，阳光透过淡淡的雾气，温柔地抚慰着项夏的脸颊，一丝沁人心脾的暖意，在努力驱散聚集在她心头的烦忧。

靳韩是个会适时沉默的人，由街头到学校，他都好像阳光投下的影子，踏上台阶进入教学楼的一刻，他停下来，目光转向了项夏。

“项夏，你还是我的粉丝吗？”

“当然是了。”

项夏觉得靳韩这个问题问得奇怪，任何人都可能脱粉，唯独她不会。

“为了我，请不要放弃。”

项夏从未听靳韩说过如此恳切的话，他眼中流露出的真诚轻易便打动了她，让她怎么也无法说出一个“不”字来。

“踢球吧，勇往直前。”

“我能做到吗？”

项夏不知道自己将要面临的困难还有多少，仅老妈这一个阻碍便让她头痛不已，她想得到应有的尊重和支持，可在某些人眼里，她还只是一个可能走错路、不能迷途知返的孩子。

第十八章
达成约定

十六岁，一个勾画未来的年龄。

也许有人会说，未来是未知的，但项夏想说，未来是可知的，因为我们的所思所想所作所为决定了我们的未来。

十六岁，理想也好，狂想也罢，一切皆有可能！

项夏没有给靳韩明确的答复，但她的内心深处已经藏了这个答案，她唯一需要做的是将这个答案大声地说出来。

一个上午，项夏的思绪都处于混沌状态。中午吃过饭，她一个人偷偷地爬上了教学楼的天台，站在天台的一角，她俯瞰着整个K高，心擂鼓般狂跳着。

上个月，通往教学楼天台的门还是锁着的，这个月不知怎么锁坏了。项夏是第一个发现这个秘密的人，并将天台当成了自己的秘密基地，每当心情不好的时候，她就会爬上天台，一个人坐在那里吹吹风，呼吸呼吸新鲜空气。

这里是K高所有建筑中最高的地方，每当太阳升起，天台就会沐浴在阳光之中，每个角落都明亮得耀眼。站在这里，可以俯瞰校园，那些平时嬉皮笑脸的家伙都变成了举手可拎的小蚂蚁。

当你的视野变得宽广时，你才会发现，原来你一直在乎的世界那么小，脚下是苍茫的大地，头上是无尽的天空，理想却被局限在狭小的空间里，无法放飞出来。

“你缺的是什么？”这是曾经靳韩问过她的话。

“勇气吗？”项夏也问过自己，答案似乎并不全面，她缺乏的是突破自己的勇气。

足球场上，矫健的身影在跳跃，单刀、渗透、直塞、反越位、远射……每个动作都让人心潮澎湃，她无法抵抗对足球的喜欢，怎么可能放弃它？

噔噔噔。

身后传来一阵脚步声，天台虚掩的门被人推开了，罗丽拉跑了进来。许是不知道项夏站在这里，她愣了一下。项夏也很意外，这个秘密天地也被她发现了吗？

罗丽拉的样子不太好，眼睛浮肿着，白眼球里布满了一条条血丝，因愤怒而紧绷的脸颊让她的表情看起来那么僵硬。

她看着项夏，项夏也看着她，好像目光能穿透身躯，看到对方的灵魂一样。

“这次你开心了！”罗丽拉用手遮挡着刺眼的阳光。

“开心什么？”

项夏不觉得现在有什么好开心的。假若罗丽拉这话的起因是自己看到了她的难过，这个理由就太牵强了，对一个无关紧要的人，项夏连看都懒得多看一眼，何况情绪。

高估自己是罗丽拉最大的缺点，项夏不想当面揭穿，她漠然地转过身，面对校园，希望在某个活跃的场景中捕捉到鼓舞自己的动力。

身后，罗丽拉几步走上来，一把扯住了项夏的手臂。

“你以为这样就可以挑拨我和于圣杰的关系吗？”

“于圣杰？”

项夏用力将手臂抽了出来。罗丽拉这是抽什么风？她什么时候挑拨他们的关系了？

“你又不是没看见，昨天我拿着砖头追了他半个操场，现在连话都不说了，挑拨什么？”

“你那么做，是为了引起他的注意！”

“啊？”

项夏吃惊地看着罗丽拉。她见过哪个女生为了吸引男生的注意，拎着砖头好像泼妇一样追着人打的吗？她的理解力果然有限，不是一般的笨。

“这点不用否认，他确实注意到了我，估计这会儿想着怎么打死我吧。”

项夏的解释并不能让罗丽拉信服，她紧握拳头，眼里好像能喷出血来。

“他为什么让我不要惹你？一定是你……你……”罗丽拉也结巴了。

“不要惹我？”

项夏不大确信这是于圣杰说的。

“怕我也拎砖头打你吧？”

“项夏！”

罗丽拉积郁难发，羞恼地指着项夏，让项夏等着，如果于圣杰真的不理她了，她一定不会让项夏好受。

“理不理，关我什么事？”项夏撇了一下嘴巴。分明是他们窝里斗，非要把外人扯进去，太不讲理了。

罗丽拉咬牙切齿地站在项夏身后，却又不能把项夏怎么样，只能一跺脚，愤怒地转过身，拉开天台虚掩的门飞奔了出去。许是摔门的力量太大，项夏听见了砰的一声。

糟糕！

待项夏飞奔过去，用力拉拽天台的门时，才发现门已经关严了。

天台的门锁坏了，每次爬上来，项夏都会把门虚掩上，假若不小心关上了，从里面可以打开，外面就算你拉断了手臂，也休想打开。

就这样，罗丽拉一个鲁莽的动作，将项夏困在了天台上。

“该死的。”

项夏转身跑去了天台边，探头朝外看着，期待什么人能发现她，把她从天台上解救出去，可这里的位置太高了，又空旷，任她喊破嗓子，也没人能听到。眼看着同学们一个个走进了教学楼，项夏只能放弃了呼喊。

“唉。”项夏叹息一声，身体贴着墙根坐了下来，任由阳光直射在她脸上。她有些担心，如果一天没人来天台，是不是要在这里过夜了？

就在项夏百无聊赖，望着天空发呆的时候，天台的门被人从外面打开了。

“嘿！”

项夏惊喜地跳了起来，看到靳韩走了进来。

真是难得，书呆子也知道看风景吗？

“你怎么在这儿？”靳韩和罗丽拉的反应一样，没料到项夏会在这里。

“哦，随便来看看。”

就在项夏最后一个“看”字说出口后，靳韩做了一个让她十分头痛的动作——他用力甩上了身后的门，门再次关闭了。

“不要，门……”

靳韩应该是第一次来天台吧，他不知道随手一甩带来的灾难。

“门？”靳韩皱了一下眉头。

“算了，无所谓了。”

项夏重新坐在了墙边，抬头看着天空，期待有下一个人好奇进入天台，打开这扇门。

靳韩走回到门前，用力拽了一下，发现门打不开后，才无奈地耸耸肩。

“怎么不早说？”

“我想说来着，可你的动作也太快了。”

一看就是练过的，敏捷得可以用“迅雷不及掩耳”来形容了。

“没办法，等吧。”

靳韩走了过来，坐在了项夏身边。

一等就是半个小时，连个人影都没见到，靳韩垂下了头。

“你怎么知道这里的？”项夏问。

“看到罗丽拉跑下去，才好奇来看看，门一推就开了。”

靳韩问项夏和罗丽拉之间有什么过节吗，感觉罗丽拉处处在针对她。

“我和她能有什么过节？一个默默无闻，一个全校皆知……不过，她刚才莫名其妙跑来，说我挑拨了她和于圣杰的关系，神经病吗？她和于圣杰闹别扭都会怪在我身上。”

项夏噘着嘴，越说越生气，靳韩却哈哈笑了出来。

“你笑什么？”

“在我看来，罗丽拉说得也没错。”

“不会吧？”

项夏龇牙咧嘴，连靳韩也这么认为吗？

“记得我们刚认识的时候吗？你在学校里让于圣杰对付我，我还以为……”

“误会，天大的误会，于圣杰能帮我，是因为我要挟了他……我那天不小心发现于圣杰的一个秘密，说他不听我的，我就把秘密泄露出去，不然你以为……‘高岭之花’会帮我吗？我算老几啊。”

现在那个秘密仍是秘密，项夏已经不愿再用它要挟于圣杰了，也许他那天哭泣，是因为看到了父母的书信吧，她哪里还下得去手。

“你后转学来的，当然什么都不知道，于圣杰之前跟我有仇的，非说我告了什么密，天天在校门口堵我，找我的麻烦，我上学都是要跳大墙的。”

项夏掀开袜子给靳韩看，她有一次跳大墙划破了脚踝，到现在还留着疤瘌呢。

“呵呵……”

靳韩掩嘴笑出了声儿，项夏生气地瞪了瞪眼。

“于圣杰欺负我，罗丽拉也欺负我，说实话……如果有机会，我还真想挑拨他们的关系，可惜，我没机会。”

摸了一下鼻子，项夏翻了个白眼。

“算了，君子不计小人过，原谅他们了。”

不原谅还能怎么样？项夏觉得自己的阿Q精神可以的。靳韩笑得更大声了。

项夏侧头观察着靳韩，总觉得他的笑没那么开心，隐约在眼底最深处流露出一抹无法驱散的烦恼来。

“足球的事，让你不开心了吗？”

“没有，不是因为足球。”

靳韩摇摇头，可以解决的都不是难题，怕的就是解决不了的。

“阿姨这两天又来接你了，是不是又有片约了？”项夏猜想，能让靳韩烦恼的也只有这个了。

“嗯。”

靳韩点了点头。

“恭喜啊。”

项夏的眼睛一亮。一年多了吧，也没看到靳韩出什么作品，这次应该是大制作吧？韩晓波替儿子接的片子都不会太差，至少有大牌明星主演，上得了院线的。

靳韩的手臂支撑在膝盖上，手掌自然垂落着，他扭头看着项夏，问了她一个问题："你觉得我最近这几年演的角色怎么样？"

"最近几年啊……"

项夏挠了挠耳朵，回想了一下最近几年靳韩的作品。他虽然长大了，但角色仍停留在原有的形象上，没什么突破。就好像他最后一部作品演的是一个精灵小王子，感觉年龄和气质已经不符合小王子的童真了，若是再小一点儿的孩子演或许能好一些。

项夏虽然不懂演戏，却看过很多新闻，一些小童星，年少成名，小小年纪就在荧屏上大红大紫，家喻户晓，不但是孩子们的偶像，也是父母口中的"别人家的孩子"，但这些童星好像都会陷入一个魔咒——小时候闻名全国，长大后无人问津，难逃"过气"的命运，渐渐淡出人们的视线，成为大街上的甲乙丙丁。

靳韩虽然没有变成路人甲，却也没曾经那么辉煌了，假若他再演一两个垃圾角色，相信淡出人们的视线也是迟早的事。

"我对演戏不在行，怕说得不对。"

"说吧，没事的。"

靳韩这几天一直在思考他的演艺之路，却怎么都无法摆脱母亲给他定下的人设，他曾经做过一个噩梦：自己被一群小人国的怪物包围了，怪物们啃着他的脚、他的手，还有几个小东西钻进了他的鼻子。日有所思夜有所梦，靳韩知道自己的内心排斥那些角色。

"难得这样清闲，不用学习，不用赶片约，只有我们两个，想听听粉丝的心声。"

这两年，靳韩的粉丝越来越少，微博脱粉的有十几万了。

项夏犹豫了一下，告诉靳韩，假如他能演一个高中生或者同龄人，符合他现在的气质和性格的，或许能好一些。

"现实一点儿，接地气，嗯，我觉得会更好……"

她竖起了大拇哥。以靳韩的演技，突破一下童星角色的限制，也许能成为下一个实力派偶像啊。

"所以我推掉了这个片约。"

靳韩如释重负，知道自己的决定没有错。

昨天晚上，靳韩和母亲第一次发生了激烈的争吵，内容就是这个片约。角色的局限让靳韩忍无可忍，他爆发了。韩晓波很伤心，她辛苦为儿子争取来的角色被靳韩一个电话推掉了。韩晓波认为靳韩是从童星走红的，就该发挥他的优势，像搞笑小妖的角色有什么不好？给他配戏的可是大明星啊。

靳韩坚决拒演，并向老妈正式下了通牒——他要自己选角色、选作品。

“你选的作品，没有大牌明星参演！”韩晓波提醒儿子，没有大明星一起搭戏，观众根本不买账。

“我只想演戏，不想哗众取宠。”

这是靳韩给母亲的回答。韩晓波气得呜呜直哭，抱怨靳韩长大了不听话了，小时候她说什么是什么。

“我已经长大了，知道自己该做什么，你太累了，休息吧。”

母亲曾经为他的付出，靳韩懂得，也会珍惜，但现在他长大了，有判断能力了，母亲不必再为他操心了，她给他安排的人设已经不能满足他对人生的探知了。

韩晓波惊呆了，一种失落感侵袭了她。

没人开诚布公地对韩晓波说过，她一手打造出来的靳韩，只是她人生的另一个精彩，好像一件被打磨完好的作品，展示在世人面前，她自觉毫无瑕疵甚至为之骄傲，但这件作品并非真正的靳韩，他感到困惑，感到迷茫。当有一天，靳韩猛然清醒之后，才发觉这不是他想要的，他需要一个自我体现。

韩晓波应该放手了，只有放手才是她对儿子最好的爱。

“我换了经纪人。”

靳韩的声音略显低沉，项夏听出了其中的无奈和伤感，靳韩觉得他的决定伤害了母亲，却又无法避免。

天台上，有风吹过，清清凉凉的，发丝随风拂过面颊时有些酥痒，靳韩把头抬起来，项夏甚至能听到他深呼吸的声音。

“我知道，我伤害了她，但这是我必须做的决定。”

“必须做的决定……”

靳韩的话让项夏禁不住开始反思自己，同样面对无法挣脱的瓶颈期，她不但没表现出和靳韩一样坚忍不拔的意志，还在一步步退缩，也许就是因为她的气馁和不自信，让老妈觉得足球对女儿来说没那么重要。

深吸了一口气，项夏让自己的肺腑注入了足够的氧气，然后又将浊气吐了出来。

“我决定了。”

“决定了什么？”靳韩对项夏突兀的话感到不解。

“踢球，哪怕这是人生最后一次踢球，我也要把它踢好。”

“哈哈，这个决定啊。”

靳韩笑了出来，项夏终于想通了。

“嗯，我不争取怎么知道老妈不会妥协？为了足球，为了梦想……噗。”

项夏觉得目标有点太远大，自己说完都忍不住哈哈大笑起来。梦想是什么东西，梦里的想法是虚无缥缈的，还是踢足球来得实惠。

靳韩伸出手，和项夏的手掌用力一击。他说他也一样，演戏生涯能不能有所突破，能不能走出瓶颈期，就看这次的决定了。

“莫让初心败给泪水，没有什么是克服不了的。”

“这句话……”

“偶像靳韩说的。”

难得的默契，两人相视而笑。

吱呀！

天台的门开了，孙歆的脑袋探了出来，见到项夏和靳韩后，吓得缩了一下，但很快又把脑袋伸了出来，咧嘴一笑。

“嘿嘿，你们也在啊。”

孙歆从门后跳了出来，一步步蹭到了靳韩面前，肥嘟嘟的嘴巴一翘，露出了一个献媚的表情。

“靳韩啊，其实我没想和你作对的，都是那个罗丽拉……如果我不听她的，她就要找人收拾我，你们知道的，她和于圣杰的关系挺好的，嘿嘿……”

孙歆假笑时几乎看不到眼睛，只有那么一条狭窄的缝隙透着黑黝黝的光，她的嘴巴也够大，每次假笑都几乎咧到了耳根子。

“昨天，我发现了一个秘密——她和于圣杰吵架了。”

孙歆绘声绘色地描述着那个场面，好像她亲眼所见一样，中心思想就是，于圣杰和罗丽拉决裂了，她的曙光也来了。

曙光吗？项夏怎么觉得孙歆在罗丽拉这座山倒了之后，想找更强大的靠山了，毕竟在操场拿着砖头追K高老大，到现在还安然无恙的，只有小结巴一个了。

孙歆肥胖的身体好像巨山一样，轰隆一声巨响坐在了靳韩身边。原来她要找的靠山不是自己，项夏稍稍有点儿失望。

“偶像……”孙歆又开始假笑了。

“噗！”项夏真笑了，笑得有点儿收不住闸门。

孙歆翻了个白眼，问项夏在笑什么，没见过路人转粉的吗，就算以前有过节，总得给粉丝一个改过的机会吧。抱怨完了之后，她又眯着眼睛看向靳韩。

“有没有领饭盒的角色给我一个，好像星爷那个《西游伏妖》里的胖丫头，我的体形和她差不多啊。”

“噗！”

项夏笑得肚子都疼了，孙歆连连翻着白眼，却忍着没有发火。

“行吗，偶像？”

靳韩好像也受不住了，尴尬地站了起来，说了句“还有事”，便头也不回地离开了天台。

“都怪你，笑什么笑？”

孙歆生气地推了项夏一把，项夏笑得眼泪都出来了。

“确实好笑啊。”

“刚才，你怎么不帮我说话？”

“你觉得我跟你有那么好吗？干吗要帮你说话？”

项夏轻哼了一声，孙歆这是失忆还是故意忘记的？当初是谁用肥胖的大屁股把自己挤在墙角里？又是谁趁着自己不备，拿粉笔头打自己的脑袋？这些仇自己还没报，怎么可能去帮她？

孙歆的鼻子抽了两抽，下面的话直接咽回了肚子。

“我有事走了，你多吹吹风，清醒清醒。”

项夏随后也离开了天台，门砰的一声关上时，里面传来了孙歆杀猪一样的叫喊声：“小结巴，放我出去！”

“哈哈！”项夏站在门后，哈哈大笑了起来，让她在上面先待着，等自己什么时候心情好了，自然会上来解救她。

有些决定一旦做了，就要坚持下去。

项夏放学后先跑去菜市场买了菜，趁着老妈没回来，她把饭菜都做好了。夏秀珍原本憋着一肚子火气，回到家看到一桌子饭菜之后，竟不知该怎么爆发了。

这是一次十分耐心的谈判，项夏计算了一下时间，花费了一小时二十四分钟，没有争吵，没有战争，甚至筷子都没敲一下。

项夏和夏秀珍难得坐在一起，和平地解决了家庭争端。

虽然老妈的情绪从始至终都很平稳，但末了，还是给了项夏一个惊天炸雷。

“我同意你踢球！”

“妈？”

项夏盯着老妈的眼睛，确认着老妈的眼神，想知道她说的是真心话，还是给自己设置了一个陷阱，等着自己往里跳。

兵不厌诈，她们母女已经周旋了好几年了，不能掉以轻心。

“不过，我们得做个交易。”

果然，老妈还是有撒手锏的。

“交易？”

项夏的内心一阵骚动：谁家老妈还和女儿谈交易？这是家里，又不是生意场。

“期中考试考进全校前一百五十名，你想怎么踢球就怎么踢，我不干涉。”

“啊？我的妈呀！”

项夏绝望地看着老妈。这是交易吗？分明就是刁难！不让她踢球就直说好了，谁能让一个全校四百多名的学渣在这么短的时间内一下进入前一百五十名？何况还是她这种粗心大意，熊瞎子掰苞米一样，学了这个忘记那个，偶尔还魂不守舍的超级学渣。

“到底行不行？”老妈瞪圆了眼睛。

“行！”

项夏感觉自己不答应都不行了，这怎么看都是一个陷阱，也许老妈早就想好了对策，只等着女儿先开口呢。

为此，她们还立了字据，按下了手印。

字据拿到手之后，没出半个小时，老妈就从超市买回了一个新足球，把足球往项夏手里一放，她撇嘴笑了出来。

“乖女儿，好好学习吧，我等着你的好消息。”

“妈……”

项夏突然感觉未来好遥远，一百五十名更遥远。

美好的生活从那一纸契约开始，老妈的脸上见了微笑，项夏也可以正大光明地带着足球出门了。

“早点回来！”窗口传出老妈的声音，不真实得好像在九霄云外。

到了球场之后，靳韩也告诉了项夏一个好消息：又有两名年轻的队员加入了。他们曾在靳韩参演的电视剧中跑过龙套，偶然的一次机会遇到了他们，靳韩随口说了一句他在踢足球，这两个人立刻自告奋勇参加了进来。

“人终于齐了，接下来就看我们的力量有多大了。”

球场上可以感受到生龙活虎的气息了，项夏充当了前锋，每一脚球踢出去，都有使不完的力量，她觉得仿佛在空中飘移，久违的感觉又回来了。张亮“老当益壮”，攻防到位。守门员小梁好像猴子一样上蹿下跳，比想象的要优秀多了。

一场球踢下来，大家仍意犹未尽，他们一边擦汗，一边总结优缺点，准备下一场要加强改善。

靳韩递给项夏一瓶水，好奇她是怎么说服她妈妈的。

“答应得这么痛快？好像没你之前说的那么困难。”

提到这个，项夏整个人又蔫了，她无力地望望天，忧伤地叹了口气。

“唉，姜还是老的辣啊，你以为我老妈会无条件妥协吗？大家各退一步，我要踢球，她要我考进全校前一百五十名，好难啊。”

“一百五十名？有什么难的……哈哈！”

靳韩听完竟大笑了起来，问项夏这是在开玩笑吗，一百五十名算什么交易条件。

项夏的脸一阵阵发烫，无地自容，不知该说什么才好。靳韩能不能不要这么直接？她可是学渣，超级学渣啊，他觉得轻而易举的事，对她来说，比登天都难啊。

“喀喀，我还以为要你考第一呢。”靳韩想忍住不笑，却还是笑了出来。

项夏懊恼地转过身去，打开矿泉水咕咚咕咚地喝了起来。

一边喝水，项夏一边抱怨，偶像实在太可恶了，她和老妈那么认真地谈交易，还严肃地立了字据，怎么变成笑话了呢?

“好了，不笑你了。”靳韩转到了项夏面前，还没来得及开口，项夏又把身子转向了另一边。哼，敢笑话她，她就敢不搭理他。

靳韩赶紧收敛了笑容，一本正经了起来。

“好了，我不笑，你想不想考进前一百五？”

“当然想了，做梦都想。你和于圣杰的赌约在期中考试之后，我如果达不成老妈的目标，结果就是惨兮兮。”

“那就听我的。”

靳韩让项夏按照他的要求来学习，为此他还列了一个计划表，说假如项夏能认真对待，一丝不苟，前一百都不成问题。

“吹牛吧。”项夏撇了撇嘴巴。

“照做就是。”

“好，我照做，如果进不了前一百五……”

面对偶像，项夏还真说不出狠话来，她拿起计划表看了又看，还是决定按照靳韩说的做，不是为了靳韩的保证，而是为了自己的足球。

“我们要为了做出的决定而努力，向她们证明，我们自己可以的。”靳韩鼓励项夏。虽然这个过程可能很艰辛，但一定要努力克服困难。

“我会的。”

项夏踩住脚下的足球，决定一切从脚下开始。

周六，项夏在体育馆见到了冷峰，开口的第一句话不是责备，而是谢谢，冷峰先是一愣，随后笑了。

“为什么要谢我？”

“谢谢你的助力。”

项夏的感谢是由衷的，若没有冷峰的助力，她也不会被推到风口浪尖上，不在风口浪尖上，她怎么可能被逼着做出那个决定，所以这声谢谢一定要说。

“什么谢不谢的。踢好你的球才是最重要的，毕竟理想这东西不是随便说说的。”

冷峰拍着巴掌，开始了他魔鬼式的训练。这家伙果然苛刻，他要求项夏攻防都要做到滴水不漏，半点疏忽都会遭到他的严厉训斥。

“谁让你拦截的？”

“这个时候你要当呆猪吗？”

“冲，冲啊！”

冷峰叫喊着。刚开始，项夏还有些吃不消，渐渐就适应了他的节奏，也明白了为什么他会取得那么好的成绩——对己对人要求都很高。

冷峰的训练体现在反应和速度上，至于技术，他强调得不多，他认为技巧是个人领悟的问题，如果领悟力不高，就算有高手指导也无济于事。

小半天的训练结束后，项夏已经累得筋疲力尽了，坐在长椅上恨不得躺下睡一觉。在她眼里，冷峰就是个疯子。她怎么会遇上这么一个家伙，还冲动地拜师了？

“好了，回去吧，等我电话，有时间再练。”冷峰觉得这次的训练差不多了，才放过项夏让她回家了。

项夏刚走出体育馆不久，冷峰的电话就响了，他看了一下电话号码，来电显示是“项叔叔”，电话接通之后，他礼貌地打了个招呼。

“项叔叔，还在担心项夏吗？没事了，我一定会帮她的。上次……呵呵，虽然有点危险，可结果是好的……嗯嗯，我知道了，一定会好好教的，您别说谢谢，太客气了。”

冷峰挂断电话，长出了一口气，然后拎起背包走出了体育馆。

项夏永远也想不到冷峰怎么会突然出现在她面前。冷峰的出现不是一个偶然，也不是一个意外，是她父亲默默为她付出的一份爱，他希望女儿能站起来，勇敢面对自己的理想，不要再退缩了。

没有压力便没有动力，项夏的父亲也在忐忑中等待着结果。

正如靳韩说的那样，过程是艰辛的，需要用意志去克服。

项夏坐在书桌前时，困倦得眼睛都睁不开了，但她还在坚持，按照靳韩的计划表完成今天的学习任务。

夏秀珍很吃惊女儿的变化，她认为是足球导致了女儿的堕落，却没想到足球也能让女儿振奋起来。也就在这个时候，夏秀珍深深地意识到了一个问题——不经意之间，她的宝贝女儿长大了，她不能再左右女儿的生活了。

最近，夏秀珍也开始关注足球了，翻看各种女足新闻，她甚至会产生一种幻想：也许项夏会成为一个球星。每次幻想出现后，她就会掐自己一下，让自己现实一些，对女儿别太苛刻了，只要项夏不是学渣，有一口饭吃就行。

高中的学习生活，你若认真起来，会连滚带爬、人仰马翻的。

自从和老妈有了约定之后，项夏便体验到了什么叫头悬梁锥刺股了，上学、放学、吃饭、踢球、复习功课，连喘口气都要计算时间。

就在这种忙碌渐渐成为一种习惯之后，高二（6）班出了一件大事。

那天，当孙歆风风火火地冲进陈老师的办公室，把刚准备出去倒水的王老师撞了一个人仰马翻时，陈悦雯正在和项夏谈话，她对项夏最近的学习成绩的变化表示不解，怀疑她是不是抄袭了靳韩的作业。为了证明她的猜测，陈老师把靳韩和项夏一起叫到了办公室。

“老师，我没抄！”

当项夏愤怒地面对陈悦雯的质疑时，孙歆冲了进来，王老师连同她的水杯一起摔在了地上，水一滴都没浪费，全洒在了她身上。

“老师，老师……”

“怎么了？冒冒失失的！”陈悦雯抱歉地扶起王老师，让孙歆赶紧给老师道歉。

孙歆上气不接下气地说了一声对不起，然后一把抓住了陈悦雯的手。

“老师，老师，罗，罗，罗丽拉自杀了！”

孙歆好像撞了鬼，陈悦雯的脸也白了。

“自杀？”

好像当初有人说项夏自杀一样，突兀的消息让办公室里的老师都震惊了。

“到底怎么回事儿，罗丽拉怎么会自杀？”

陈悦雯让孙歆好好说话，这种事不是开玩笑的。

项夏愣愣地看着孙歆。“自杀”两个字，她一点儿都不陌生，当初她也“自杀”过，只不过那次自杀纯属闹剧，失足坠楼和轻生完全是两码事儿。

“割腕，割腕！”

孙歆在手腕上比画了一下，项夏的脸一下子白了，胸口一阵窒闷，她好像看到鲜血从罗丽拉手腕上一滴滴流淌下来，以往对校花的厌恶瞬间都变成了同情。

孙歆的话引发了所有人的恐慌，旁边的白老师正集中精力批改作业，被孙歆的话吓得钢笔差点掉在地上。

孙歆吞咽了一下口水。

“罗丽拉自杀了，人现在还在中心医院呢，老，老师，是真的。”

“我马上去医院。”

陈悦雯感到了事态的严重。昨天放学的时候，她已经发现罗丽拉的情绪有点儿不对，但因为马上要期中考试了，班级要出成绩，她又忙于印刷整理试卷，就没过多追问，现在想想，确实是自己疏忽了。

放下了手头的工作，陈悦雯匆匆离开了办公室。

项夏看了靳韩一眼，靳韩也看了看她，两人心照不宣地一同跟了出去。

当项夏走到操场上时，刚巧看到于圣杰进了校门。他今天的打扮有些奇怪，没穿校服不说，还穿了一条学校三令五申不让穿的牛仔裤，头上戴了一顶灰旧的帽子，遮着半张脸，社会气十足。

孙歆也看到了于圣杰，她激动地跑上去，告诉于圣杰，罗丽拉自杀了。

于圣杰只是抬了一下头，眼神中的冷漠让孙歆下面的话都没说出来。他很快又低下了头，继续往教学楼里走。

“喂，于圣杰，罗丽拉自杀啦！”项夏冲着他的背影重复了一遍。于圣杰这才转过身，用一种十分慵懒的眼神看着项夏。

“跟我有关系吗？”

冷血，无情，项夏不知该用什么词汇形容这个家伙了，难道一条生命都不足以引起他的重视吗？那般不屑的眼神，好像罗丽拉只是无关紧要的人一样。

项夏平时怕于圣杰，是因为不想招惹无谓的麻烦，现在是生死攸关的时刻，还有什么值得畏惧的？“于圣杰！”项夏冲着于圣杰又喊了一声，问他到底有没有听清楚她说的是什么。

于圣杰用淡漠的目光看着项夏。

“别跟着掺和，没你什么事。”这算是一种善意的提醒吗？听起来是那般麻木。项夏气得浑身发抖，正要和于圣杰理论，却被靳韩拉住了手臂。

“没什么可说的，他根本不在乎。”

“真是个浑球儿！”

在靳韩的拉拽下，项夏出了校门，直到坐上出租车，她还不敢相信罗丽拉自杀的事实。

项夏和靳韩陪着陈老师一起赶到中心医院后并没有见到罗丽拉，一个男人守在病房外，说罗丽拉现在不方便见人。

“我是她的班主任。”

陈悦雯表明了自己的身份，可男人并不买账。陈悦雯见不到罗丽拉，也不敢走开，只能在走廊上等着罗家的人来。

走廊的另一端，小保姆吓得瑟瑟发抖，陈悦雯问她到底怎么回事儿，小保姆支支吾吾的，什么都说不明白，她说她听到声音，推开罗小姐的门后，看到小姐的手腕上都是血。

“通知她的父母了吗？”陈悦雯问小保姆。

“通知了，那个人……”

小保姆冲病房门口的男人努了努嘴，说他是罗先生派来的。

“派来的？”

陈悦雯皱起了眉头。女儿自杀，父母不应该第一时间赶到吗？

小保姆沉默地站在一边，不敢走进病房也不敢离开。半个小时不到，医院里来了一个烫着鬈发的时髦女人。女人自称是罗丽拉的小姑姑，她握住陈悦雯的手，说着抱歉的话，什么她哥和大嫂在南方开会赶不及回来，现在所有的事都由她来处理。

有什么会议比女儿还重要？陈悦雯脸色微沉。

“罗丽拉怎么样了？”

“没事了，没事了。”

罗丽拉的姑姑让陈悦雯别担心，没什么大碍。

“我能见罗丽拉吗？”

"刚才问了，睡了。让陈老师跟着费心了，我们实在过意不去，这样吧，医院旁边有家咖啡馆，不如我们过去坐坐，也说说我侄女儿的情况。"

"好吧。"

见不到罗丽拉，陈悦雯站在这里也没用，不如了解一下罗丽拉的家庭情况。陈悦雯让靳韩和项夏先回学校。

罗丽拉的姑姑和陈老师走后，项夏越想越觉得不对劲儿。侄女儿自杀，姑姑的表情看起来是不是太淡定了？还有心情和老师一起出去喝咖啡？莫非罗丽拉的自杀有什么猫腻？

和靳韩一起走出医院，项夏停住步子，回头看着住院部的窗户，犹豫了片刻，还是决定再去看看。

"你先走。"

"不是一起回去吗？"靳韩问。

"我等下再回学校。"

项夏让靳韩先离开，她又匆匆返回了医院。

中心医院的住院部在门诊部的东侧，一共十三层，刚才和陈悦雯一起来探望罗丽拉的时候，项夏记得病房是1103号，应该是一楼，在住院部最里面拐角的位置。

项夏绕着住院部的外墙寻找着，确定一扇窗是1103号后，她使出吃奶的劲儿搬来一块大石头，然后踩着石头探头向窗里望去。虽然项夏海拔不够高，却刚好能看到里面的病床。

看清里面的一幕后，项夏倍感气愤，心口好像堵了一块大石头，落不下去，又掏不出来。

罗丽拉这是自杀了吗？

第十九章 

校花秘密

病房里，罗丽拉正坐在床上，身前放着病人专用的餐桌，餐桌上摆着各种美食，什么螃蟹、炸鸡、薯条，还有一只赤红的大龙虾……她正抓着半只螃蟹，啃着白花花的螃蟹肉，吃得津津有味。

罗丽拉左手的手腕包了纱布，看着是割腕了，只是为什么动作那么自如，一点儿看不出疼痛难忍的模样？

有这么开心的自杀吗？

矮了一下身子，项夏暗暗咒骂：“死丫头，敢骗人，傻子都能看出来这是假的。”

“我爸和我妈呢？”病房里传出罗丽拉的问话声。

“还在广州开会。”

“你打电话说了我的情况吗？”

“按照小姐说的汇报过了。”男人回答。

啪！

罗丽拉气恼地把螃蟹扔在了盘子里，质问男人：“你确信是按照我告诉你的说的？”

“一字不差。”

“那他们怎么不回来？”

罗丽拉发了脾气，把餐桌掀翻了，男人站在门口，木然地眨了一下眼睛，没做任何回应，似乎已经料到是这个局面。

罗丽拉下了床，在病房里来回走动着，显得有些焦虑，也很烦躁，走了几圈后，她突然停下来，询问男人有没有一个叫于圣杰的男生来过医院。

“于圣杰？没有，不过刚才来了一个老师带了两个学生，不知道是不是。”

“两个学生？”

“嗯，一个短发的女生，另外一个男生长得斯斯文文的，好像叫靳什么的。”

“靳韩？”

“对，是靳韩。”

“谁要他们来的？”罗丽拉忸怩地甩着手臂，一张小脸气得通红。

“你告诉孙歆了吗？”

“告诉了，不然你的班主任怎么来了，她没见到你，也不肯走。”

“这头蠢猪。”

罗丽拉愤恨地跺着脚。孙歆这个笨蛋，不是应该第一时间跑去告诉于圣杰吗，怎么告诉了陈老师？现在麻烦了，该来的人没来，不该来的人却迟迟不走。

“项夏笑没笑？”罗丽拉的这个问题差点没把项夏的鼻子气歪。她的人品有那么卑劣吗，别人自杀，她在笑？

“你说那个短发女生吗？没见她笑。”

“不信她是好心来看我的。”

以小人之心度君子之腹，罗丽拉果然心胸狭窄，项夏连连吞气，怕自己忍不住跳出来和她理论。

“他们没说什么时候回来吗？”罗丽拉继续问。

“他们？”

“我爸和我妈。”

“这几天就回来。”

“还真是不着急啊，呵呵。”罗丽拉嘲讽地笑着。男人仍保持着原有的冷静，回答罗丽拉的每一个问题都不紧不慢，让人感觉他只是个执行任务的人，丝毫不带有个人感情色彩。

罗丽拉快步走到窗前，用力推开窗户。项夏下意识地缩了一下身体，防止被罗丽拉发现。

罗丽拉盯着窗外的花坛，很长时间没有说话，风从外面吹来，撩动了她的长发，静默中夹杂着一抹无法释然的忧伤。

“为什么不来？”

这是一句失望的自问，罗丽拉在问自己，也在怀疑自己是否从未真的被于圣杰接受过。

男人问罗丽拉要住几天院，他让院长通融一下。

“院长和你爸是旧交，虽然住院部床位紧张，但多住几天也没关系。”

“谁要住在这里！”

罗丽拉生气地抓住窗框，男人跑上来阻拦时，她已经跳到窗外。

没有什么比这种情况更尴尬的了，项夏和罗丽拉打了一个照面。

“你怎么在这里？”罗丽拉的脸明显变了。

“刚才有只蝴蝶，咦？飞哪儿去了？”

项夏假装在花坛里寻找蝴蝶，却不想一只蜜蜂受到惊扰，突然振翅冲她飞来，她吓得惊叫一声，手舞足蹈地跳了起来。蜜蜂不依不饶地追了项夏好几圈，最终放弃，重新落回了花丛中。

罗丽拉抱着肩膀看项夏表演。小结巴分明是来刺探她的，非要装什么扑蝴蝶。

“你确信是蝴蝶？”

“奇怪，飞哪里去了？”

项夏原地转了两圈，没敢再靠近花坛。

“刚才病房里的一幕，你都看见了吧？再隐瞒也没什么意思了。”罗丽拉抬起手腕，傲慢地把纱布摘掉了。

“你……”

项夏惊呆了。

罗丽拉的手腕上除了一点儿浅浅的红印之外，连个伤口都没有，原来她真的在做戏。

“你怎么能开这种玩笑？”项夏对罗丽拉的厌恶又多了几分，这种事怎么可以拿来开玩笑？若她看到陈悦雯着急的样子，不知道还能不能笑出来。

罗丽拉不以为耻反以为荣，把手腕举起来，摸了摸红印的位置。

“我没死，你很失望吧？”

“我没你那么无聊。”

项夏懒得看罗丽拉的手腕，一个拿“自杀”当筹码吓唬人的女孩儿，一点儿都不值得同情。

罗丽拉笑了，笑得十分开心。

“该来的人一个都没来，我装得也没什么意思了。”

“你这么做，有意思吗？陈老师知道你自杀住院了，手头的工作全放下了，急三火四地跑来了医院，你却玩得这么开心！”

“她一向不喜欢我的……跑来做什么？”罗丽拉虽然还在嘴硬，却心虚地垂下了眼眸。

“你把保姆还有我们都吓坏了。”

“番茄酱，电视剧里不是都用吗，有什么好怕的？”

“真会玩。”

项夏觉得和罗丽拉交谈根本是在浪费她的时间，说了一句“好自为之”后，她转身就走，却被罗丽拉几步追上来抓住了手臂。

“你不会把看到的……到处宣扬吧？”

“你喜欢玩，我还不想配合呢。”

嫌弃地推开罗丽拉，项夏头也不回地快步向前走去。罗丽拉冲着项夏的背影阴阳怪气地喊了一嗓子：“去告诉陈老师吧，我什么都不在乎！”

罗丽拉的闹剧让项夏感到一阵阵心寒，她加快步子，穿过人行道，走出了很远，还能听到身后男人的喊话声：“罗丽拉，衣服，你还穿着病号服呢。”

“院长不是和我爸关系好吗，缺一两套病号服有什么关系？”

“住院……”

“我爸神通广大，让他处理吧。项夏，你等等我。”

罗丽拉赤着双脚，跟在项夏身后，也走得很快。她竟跟着自己吗？项夏紧张地回头看了一眼，罗丽拉已经沿着自己走过的路追了上来。

为了甩掉罗丽拉，项夏故意走进了树丛。罗丽拉没穿鞋子，树丛的地面上横七竖八有很多干树枝，这让她不得不放慢了步子，渐渐被项夏甩出了很远，当干树枝越来越多时，罗丽拉放弃了追赶。

“别告诉于圣杰，不准说！”罗丽拉在项夏身后大喊着。她不担心父母，不担心老师，却唯独担心于圣杰知道真相，她到底有多在乎K高的老大。

一辆黑色轿车停在了罗丽拉身边，罗丽拉虽不情愿，但还是上车离开了。

自私、骄纵、任性，在罗丽拉身上淋漓尽致地展示了出来，这就是于圣杰虽和罗丽拉同病相怜，却怎么都不能真心和她当朋友的原因吧。

看着远去的车影，项夏无奈地叹了口气，心绪平静下来后，她想到了于圣杰，于圣杰对于罗丽拉自杀的消息无动于衷，会不会早已猜到罗丽拉自杀是假的呢？张斌不是说过吗，罗丽拉不但刷脸还刷存在感？

只是罗丽拉这样任性地刷存在感，反而让她失去了存在感。

马路边，一个小孩子不知怎么突然摔倒了，虽然摔得不重，他却趴在地上不依不饶地不肯起来，直到大人走过来扶起他，他才止住了哭声。

蓦地，项夏笑了，她竟觉得罗丽拉的行为和这个孩子的表现一般无二。

“我们都不再是小孩子了。”项夏自言自语了一句，转身向公交车站走去。在站台前，她看到了靳韩，靳韩正双手插兜倚在护栏边，无聊地仰望着天空。

“怎么还没走？”项夏走上前问。

“等你，不过……现在回去也差不多放学了。”

靳韩看了一下时间，距离放学大约还有一个半小时，与其来回折腾，不如去书店买几本英语书。

“还要买书吗？”项夏真想摸摸靳韩的脑袋，他是不是发烧了？现有的辅导书都快摞成山了，看也看不完，哪还有时间看什么英语？

“期中考试又不是终结。”

靳韩让项夏好好想想，所有的努力都是为了高三的最后一次拼搏，考取理想的大学，这期间的考试不过是一次次检测。

偶像就是偶像，每个想法都具有深远的意义，相比来说，她的目光便显得短浅了许多，想的只是怎么应付老妈，怎么应付老师，至于未来，她从未真的考虑过。

新华书店在图书馆旁边，进门就能闻到一股书籍特有的油墨香味儿。这学期高二的英语辅导书很多，整整装了两个书架，项夏看得应接不暇，不知选哪本才好。靳韩站在书架前，一本本翻看着，看到中意的便放在购物篮里。一会儿工夫他选了七八本，项夏的购物篮里却只有一本。

“刚才在医院外，我好像看到罗丽拉了？”靳韩一边选书一边问。

“嗯，是她。”

“这么快就出院了？”靳韩很诧异。

“没看到她还穿着病人衣服吗？不是出院，是跑出来了。”

项夏的解释让靳韩满头雾水，割腕住院不是应该躺在医院里吗？刚才看到她行走自如，不像受伤的样子。

“她好了？”

“哪能那么快，大概……想回家休息吧。对了，陈老师那里要怎么解释啊？她怎么能怀疑我抄袭呢？”项夏转移了话题，问靳韩要怎么解释才好。

“哈哈！”靳韩笑了起来，“你在老师的黑名单里，从名单里出来之前，有这样的怀疑也正常。”

“呃？”

项夏倍感失望地看着靳韩，连他也不想替她辩解吗？

至于那张黑名单，每次提及，她心里都会感到一阵阵冰冷。陈老师的评判标准是什么？只要学习不好就毫不留情地打入黑名单？其他优点不看了吗？例如于圣杰，虽然是个学渣，可对班级的贡献也不少，如果没有他的付出，高二（6）班怎么会在历届足球比赛中脱颖而出？当然，上次任性地放弃比赛是一个意外。

“我的好，她从来看不到，只会抓着我的缺点不放。”

“倒数第三，确实让人很难相信你的进步。”

靳韩毫不留情地戳着项夏的伤口，项夏拿着英语辅导书无奈地看着靳韩，忍不住笑了起来。

“我终于发现了你的一个缺点。”

“什么？”靳韩问。

“毒舌！”

“……”

靳韩的毒舌不是一般的毒，不用脏字，不用含沙射影，只须抓住你的缺点，轻轻来那么一下，就够你舔好久的伤口。

为了争这口气，项夏决定更加努力地学习，让陈悦雯反思那张黑名单错得有多离谱，也让靳韩明白，倒数第三只是她的一次失误。

当暮霭笼罩了整个城市的时候，街灯亮了，霓虹闪了，一个不眠的夜晚又开始了。

罗家别墅的平台上，罗丽拉蜷缩在一条长椅上，目光呆滞地看着一处盆景，良久没有移开过。一条拉布拉多跑了过来，被她不耐烦地一脚踢开了。

“小姐，吃饭了！”小保姆推开了天台的门。

“不吃！”

罗丽拉一点儿胃口都没有，心情低落得什么都不想做，觉得自己做人好失败，从假装自杀到现在，除了保姆偶尔出现一次，整个别墅都是空的，空得好像她也不存在一样。

“先生和太太打电话回来，说明天就到。”

“哦。”

明天回来和今天回来的意义完全不同，罗丽拉看着自己的手腕，觉得自己就是个笑话，哭也哭了，闹也闹了，好像一个小丑卖力地演出后，却连一个掌声都没有，只能灰溜溜地滚下台去。

小保姆转身要走，罗丽拉叫住了她。

“还有其他电话吗？”

“没有了。”

“哦。”

罗丽拉把头垂在膝盖上，拉布拉多又摇着尾巴走过来，这次她没有踢开它，而是伸手抚摸着它的皮毛，拉布拉多温顺地蹲在她身边。

“小拉，还是你好，每天陪着我，他们都不要我了。”

罗丽拉抱住了拉布拉多的脖子。

夜色更浓了，寂寞也就更浓了，她恹恹地闭着眼睛，不知不觉地在长椅上睡着了。

对于罗丽拉自杀的消息，陈悦雯一直是信以为真的，她让孙歆不要随便说出去，其间还和罗丽拉的父母沟通过一次。罗丽拉的父母向老师保证会时刻关注孩子的动向，尽量少离开这座城市，但听说他们第二天从南方飞回来后，没待上两天便又离开了。

罗丽拉的座位只空了三天，她便出现在了教室里，手腕上还绑着一块纱布。

是什么信念让罗丽拉能继续装下去？她甚至真当自己割了腕，进门时表现出一副虚弱无力的模样。陈悦雯让她回了座位，还委托她的同桌帮她把落下的课程补上。校花因为“自杀”得到了特殊优待，连值日生都不用轮值了。

割破了血管，三天就能上学吗？罗丽拉什么时候这么热爱学习了？只有项夏知道，罗丽拉想通过自杀闹剧博取同情。

罗丽拉回来后也警觉地观察了许久，发现项夏并没有把她假自杀的事说出去，才放了心。

校花不用轮值，项夏的任务就繁重了。

罗丽拉回来后，故意围着于圣杰转了两圈，于圣杰却漫不经心地将一条腿搭在邻座的椅子上，手里拿着一本书，专注地翻看着。

“我回来了，于圣杰。”罗丽拉又转了一圈，实在忍不住了，问于圣杰到底有没有看到她。

“看到了。”

于圣杰又翻了一页书，许是看到什么有趣的内容了，撇嘴笑了起来，窘迫的状况让罗丽拉憋得满脸通红。

“我的手腕……”

“看到了。”

于圣杰甚至眼皮都没掀一下，罗丽拉感觉胸口憋闷得要窒息了。

没得到于圣杰的重视，罗丽拉沮丧地回了座位，坐下后，她烦躁地拿起圆珠笔，疯狂地按压着笔帽，似要把所有的情绪都宣泄在笔上，咔嚓咔嚓的声音让周围的人无法专心学习，却没一个人敢开口制止。

几分钟后，按笔帽的咔嚓声停止了，罗丽拉好像想到了什么，扭头看向靳韩，眼神中带着几分琢磨。

“靳韩！”罗丽拉站了起来。

靳韩茫然地抬起头，有些不大确定，大黑粉刚才叫了他的名字？

从靳韩转学到现在，罗丽拉和他三句话都没说上，这样公开叫他还是第一次。

项夏也警觉地站了起来，随时准备帮靳韩迎接罗丽拉的挑衅。

“有啦啦队吗？”

任你怎么想，也想不到罗丽拉会问这个问题，全班同学都知道，靳韩的足球队勉强凑齐了人，哪里敢奢望什么啦啦队。

“没有。”靳韩如实地回答了。

“我带人给你当啦啦队，怎么样？”

形势急转直下，罗丽拉这是在主动投诚？

不但靳韩愣住了，连项夏也感到意外，校花这是吃错药了吗？

罗丽拉说完后，得意地看向于圣杰，期待着于圣杰的反应。项夏看到这个眼神后，立刻明白罗丽拉的用意了——她这么说不过是想引起于圣杰的注意而已。

项夏用手肘轻轻地碰了一下靳韩，靳韩好像也懂了。

“踢球要不要啦啦队都行。”

靳韩的回答虽没直接拒绝，却也给了罗丽拉面子，大家都是同学，差不多各退一步可以了，但罗丽拉并没有借着台阶下来，而是得寸进尺地又上了一步。

“没说不行，我就当你同意了。”罗丽拉拍了拍巴掌，大声宣布，“我的啦啦队以后支持靳韩了。”

校花突然倒戈相向，让周围的人震惊不已，他们的目光纷纷投向了于圣杰，想看K高老大会做出什么反应，于圣杰啪的一声扔下了手里的书，不耐烦地站了起来……

教室里，每个人都绷紧了面孔，屏住了呼吸，静静地等待着于圣杰的爆发，甚至有人悄然缩到了桌子底下，防止被无辜累及。

校花对K高老大的挑衅，K高老大会视而不见吗？项夏也担心这将是一场血雨腥风的战斗。

教室的最后面，高大的身躯几乎挡住了整个后广告墙，一种压迫感让人透不过气来。罗丽拉刚才还趾高气扬，见于圣杰这般气势，吓得抓住了衣角。她期待于圣杰能做出回应，却又怕他的回应太过激烈，像被压迫许久的弹簧突然弹起来，产生的力量是她所不能承受的……

可令所有人咋舌的是，于圣杰只是站了起来，他张开双臂，慵懒地伸了一下懒腰，又打了一个哈欠，然后迈开大步悠闲地走出了教室。

就这么走了？

罗丽拉不可置信地看着教室的门。

教室里安静得出奇，连喘息的声音都听得很清楚。门外，陈悦雯拿着一摞卷子进来了，发现教室里的气氛不对，不觉皱起了眉头。

“于圣杰呢？”她问。

“刚才出去了。”有人小声回答了一句。

“后天就要期中考试了，还人影不见？不知道一天天到学校干什么来了！你们难道看不到靳韩吗？平时演戏那么忙，数学竞赛拿了第一不说，考试成绩也都排在前面，同样坐在一个教室里，你们到底和他差了什么？”

陈悦雯一句话，把全教室里的人都炮轰了，潘多多低着头，虽然看不到她的脸，但相信那张脸一定好看不到哪里去。

知道自己的言语有些重了，陈悦雯清了清嗓子。

“当然，潘多多同学也不错，你们和她一起走过了高一，她一直名列前茅，你们就没什么感想吗？”

陈悦雯的思想教育一旦开始，没半个小时是不会结束的，从成绩说到平时的表现，由平时的表现上升到未来的成就，她好像天生的演说家，每句话都不重复。当然，陈悦雯的思想教育对于圣杰是没用的，因为每次教育进行到最后一刻，也是于圣杰踩着点儿进门的一刻。项夏怀疑于圣杰是不是一直在门外站着，只等陈悦雯的碎碎念结束后才推门进来。

“于圣杰，你站住！”

陈悦雯忍于圣杰半个学期了，他不但没收敛，还越来越放肆了，一声怒喝，她喊住了于圣杰。于圣杰停在门口，转身面对着陈悦雯。

“拉肚子，老师，真拉啊，站不起来。”

“拉肚子这个借口，你能不能换换？”

“真的……不信去厕所看看？”

于圣杰指着门外，教室里立刻响起一阵哄堂大笑。他是疯了吧？要带着老师去看便便吗？

陈悦雯气得手指都在发抖，深吸了几口气之后，她指了指教室外。

“跟我去办公室。”

“去就去，拉肚子还不让上厕所了？”

于圣杰大摇大摆地走出了教室。

不用猜也知道接下来会发生什么——陈老师会专门给于圣杰上一节只有他能享受的思想政治课，相信这堂别开生面的课程会让于圣杰体会到一个人生哲理：他可以和任何人抗衡，唯独不能和陈悦雯作对。

于圣杰跟着陈老师离开后，罗丽拉得意的姿态没有了，她好像霜打的茄子一样垂下了头，弄巧成拙的感觉并不好，全班都知道她的啦啦队支持靳韩了，她想改口也找不到台阶了。

孙歆不识相地凑到罗丽拉面前。

“啦啦队真的支持靳韩吗？”

“闭嘴！”

罗丽拉怒火中烧地推开了孙歆，手腕收回来时不小心蹭了下桌角，纱布脱落了。孙歆吃惊地看着罗丽拉的手腕，惊呼出来：“你，你不是……”

“叫你闭嘴！”

罗丽拉狼狈地捡起纱布套在了手腕上，然后冲孙歆瞪了瞪眼睛，孙歆立刻心领神会，她舌头一伸，脖子一缩，跑开了。

课代表把期中考试前的最后一期试卷发了下来，据说都是拔高题。

项夏展开试卷一看，心中一阵窃喜，试卷的大部分题目她都会做，这算不算一种进步？隐隐地，项夏觉得距离要达成的目标更近了。

罗丽拉自杀的风波很快被期中考试的大潮淹没了。别看大家平时悠闲自在，到考试全都发蒙，恨不得和学霸是一个妈生的，能拉关系的拉关系，平时不认识的同学，若分在一个考场，都会称兄道弟，希望得到一点儿特殊“照应”。

期中考试这天的清晨，阳光格外灿烂，微风格外轻盈。

走在熟悉的街头，项夏能感觉到有阳光在心头欢跳，也就在这不经意之间，她发现了一个事实——有什么东西在悄然改变，是她的信心，第一次面临考试，她没有紧张。

十字路口，项夏默默地伫立着，好像一尊等待希望的雕像在静静守望着那个路口，直至一道熟悉的身影走来。

风撩动着他的短发，拂动着他的校服，青草的香气随着他的到来而变得更加浓郁。

偶像来了，项夏的微笑和阳光一起迎接他。

“有信心吗？”靳韩走到项夏面前。

“算有吧？”项夏嘿嘿地笑着。

“什么叫算有吧，应该回答‘有’！”靳韩纠正项夏。连正面回答都不敢，怎么面对考试？

“有！”

简单的一个字，让项夏感觉整个人都不一样了。

到了学校后，项夏发现校园里的氛围也不一样了，一些平时叽叽喳喳的家伙都安静了，一个个左顾右盼地寻找着什么，铃声响起后，大家陆续进了考场。

项夏和潘多多分在了六号考场，潘多多在考场最前面的左上角，项夏在最后面的右下角，靳韩分在了隔壁的五号考场。

张斌一早就在弄小抄，裤兜、腰带、袜子里都是缩印的字条，连手臂上都写满了各种答案，不仅如此，他还带了手机，想偷偷摸摸通过手机查询答案。可惜到了考场门口，监考老师勒令把手机通通放到考场外，他只能依靠字条了。

张斌也分在了项夏的考场，很巧，他就坐在项夏身边，看到项夏后，张斌一直失望地唉声叹气：“怎么和学渣坐在一起了。”

“你说谁？”项夏瞪着眼。五十步笑百步，张斌的成绩也不怎么样。张斌呵呵一笑：“倒数第三，难道是学霸？”

“你想死是不是？”

项夏一拳头打了过去，张斌闪身一躲，却不小心被椅子腿儿绊了一下，身子歪斜出去时，裤腿儿里的小抄哗啦啦掉出来至少十几个。项夏吃惊地看着他，这小子何等神通广大，就算抄，也得知道哪个是哪个吧。

张斌脸一红，赶紧把小抄收起，然后威胁周围的人：“不准说，谁都不准说出去，我和于圣杰可是哥们儿。”

唉，这种时候还拿于圣杰当后盾，张斌的心态够冷静的。周围的学生都只是看看，伸伸舌头，把目光移开了，有几个人也打了小抄，看到张斌的露馅了，赶紧看看自己的小抄有没有掉出来。

监考老师拿着一摞卷子进了门，放下试卷，轻咳了一声。

“考场规则班主任应该提前都和你们说了吧，为了杜绝抄袭，保证成绩的真实可靠，学校在教室里多安装了一个摄像头，大家可以回头看一下，三百六十度无死角，想抄袭的同学要慎重了。”

“三百六十度无死角？我的天……”

张斌回头看去，果然教室后面不知何时多了一个摄像头。许是心虚，张斌怎么都觉得是针对他的。擦了一下冷汗，他有些不确定能不能抄到了。

监考老师把试卷发了下来，又进来一名老师坐在了教室后面。

项夏打开卷子，让她感到欣慰的是，前面的题几乎都是她练习过的类型，拿起笔，她信心十足地答了起来。

考场里很安静，除了唰唰落笔的声音外什么都听不到。

张斌一边答题一边挠头发，盯着试卷上的题目，它们认识他，他却不认识它们。好像喝了热汤烫着了，他龇牙咧嘴地吸着气。这次是省里统一出题，题目十分灵活，他事先准备好的小抄派不上什么用场。

教室的左上角，潘多多低着头，不知是天太热了还是紧张，她出了不少汗，整张小脸憋得通红，监考老师几次从她身边经过都露出了担忧的神色。

时间飞速地流逝着，最后一道题实在做不出来了，项夏赶紧放弃，回头检查做过的题。

啪！

什么东西飞来掉在地上，项夏眼角的余光瞥见了一个小纸团。张斌快速出脚把纸团踩住，假装橡皮掉在地上，把纸团和橡皮一起捡了起来。

张斌哈腰的动作刚好挡住摄像头，而纸团飞来的一瞬间，若不回放摄像头录制的内容，监考老师很难发现这个小举动。

“干什么呢？”后面的老师发现张斌动了，走了过来，张斌嘿嘿笑了一下：“橡皮掉了。”

“给我老实点儿，我看得很清楚。”

虽然说“看得很清楚”，但监考老师还是没发现张斌的小动作，张斌抄得不亦乐乎。也不知道是哪路大神飞来的答案。项夏回头看了一眼，觉得可能性最大的是潘多多的同桌周旭航，那小子平时和张斌关系不错，学习成绩也是可以的。

项夏很佩服这些打小抄的家伙，不管监考多么严格，他们都能抄袭成功。

项夏低头继续算题，演算完所有题目后，考试结束的铃声也响了。

“好了，把卷子扣在桌子上，从右侧走出去。”

学生放下试卷，陆续走出教室，操场上挤满了人，大家都在讨论试题的答案，远远便能听到孙歆惊天动地的声音。

“妈呀，怎么又错了？”

“不可能是310，我答的是250！”

“这次彻底完蛋了！”

孙歆原地转着圈圈，捶胸顿足地抱怨怎么没和学霸分在一个考场。

“靳韩坐得那么远，我就算戴三层眼镜也看不到啊。”

听着周围的抱怨声，项夏忍着没笑出来。这真是平时不努力，临阵抱佛脚，可这佛脚也不好抱啊。

就在大家议论考试的题目有多变态的时候，项夏身后突然传来了扑通一声响，她转过身，发现潘多多倒在了地上。

“她怎么了？”大家停止了议论，纷纷围了上去。

潘多多休克了，满头大汗，人倒在地上失去了知觉。

项夏推开人群，把潘多多扶了起来，按照之前医生交代的，用力掐住她的人中，几秒钟后，潘多多苏醒了。

“你没事吧？”项夏问她。

潘多多抬头看了一下周围，无力地摇摇头：“我没事。”

她试图站起来，却又虚弱地蹲在了地上。陈老师闻讯赶来，劝她去医务室看看，可下一场考试马上开始了，潘多多说什么都不愿错过考试。

“我没事的，喝点儿水就好。”

潘多多喝了两口水，精神好了一些，进考场继续坚持考试了，但她的状态并不好，项夏几次抬头，都看到潘多多的手在发抖。

一天的考试下来，项夏答题答得手都软了——从来没这么认真地写过这么多字，最后一个科目考完后，她走出了考场。

站在操场上，项夏深吸了口气，觉得浑身都变得轻松了，靳韩走了过来，轻轻地拍了一下她的肩头。

“考得怎么样？”

“我能写满试卷了。”项夏傻乎乎地笑了起来。

“真容易满足。”靳韩抱住肩膀，让项夏再把目标放得远大一点儿，写满试卷不算什么本事，达到百分之九十的题目都对才是。

“百分之九十啊……”

项夏尴尬地笑了一下。那怎么可能？她再努力十倍也不行啊，何况也没有十倍的时间可以花费。

“不管考得怎么样，我们要都迎接新的挑战了。”

项夏握紧了拳头。考试已经结束了，下周足球比赛就要开始了，希望最后的时刻，大家能拿出十万分的热情来，把偶像留在K高。

“比赛！”

“对，比赛，一定要赢！”

“走，练球去。”

靳韩准备和项夏直接去球场，踢完球再去吃饭，可他们才走出几步，靳家的车便缓缓开了过来，韩晓波从车窗里探出头来，冲靳韩挥动手臂，当她发现儿子身边的项夏后，手臂极不自然地停在空中。

虽然韩晓波不再是儿子的经纪人了，但有些事情还会过问，偶尔也会出现在靳韩身边，给一些有建设性的意见，却不会再过分干涉靳韩的决定了。

“我有事，得先走了。”

“好吧，明天见。”

“明天见。”

靳韩和项夏道别后走向轿车，到了车门边，韩晓波好像问了什么，靳韩回头看了项夏一眼，回了一句“没事”，然后拉开车门上了车。直到轿车离开，项夏还能感受到韩晓波质疑的目光。

和老妈的反应一样，大概韩晓波也在怀疑什么吧。

期中考试的第二天是个周六。不知是不是太过兴奋，项夏五点多就醒来了，躺在床上怎么也睡不着，她干脆换了衣服去街心公园跑步。

街心公园一早锻炼身体的人还真不少，有跑步的，有打拳的，还有站在湖边闭目调息的。

项夏穿着白色运动背心、黑色运动短裤，沿着湖边的青石大道慢跑，跑到街心亭的时候，远远看到一个穿着白色T恤和蓝色运动长裤的少年迎面跑了过来。那不是靳韩吗？他一身搭配衬着清晨的阳光看起来格外清爽。

“嘿！”项夏冲他挥动手臂，靳韩看到她，快步跑了过来。

“你怎么也开始跑步了？”

“睡不着就出来跑跑，你不会天天跑步吧？”

“除非早上忙了，不然都会来跑两圈。”

靳韩让项夏跟着他，他知道哪里人少，风景也好。

就这样，他们沿着湖边跑去了林荫小径。沿途人确实不多，风景也别致，随处可见盛开的野花，还有一处处秋葵。当然也有偶尔飘来的羡慕目光，靳韩这样的帅气少年，不管走到哪里，都是大家关注的焦点。

靳韩很配合项夏的速度，发现自己跑得快了，项夏跟随吃力的时候，他就会放慢速度等她跟上来。

“我能……不能……休息一下啊。”跑了半圈，项夏便吃不消了，她弯下腰呼哧呼哧地喘着粗气。

靳韩没有停下来的意思，他让她坚持一下，可以暂时放慢速度，但绝不能停，项夏无奈，只能跟了上去。突破跑步的困难时刻后，她发现自己的呼吸竟慢慢顺畅了起来，疲惫感也消失了。

“怎么样？”

“奇怪了，突然感觉轻快了。”

“这就是慢跑的好处。”

靳韩解释慢跑的好处，晨光斜照过来，让他五官的线条看起来更加明晰了。清风轻轻拂开他前额的一缕发丝，时而扬起，时而垂下，飘逸的感觉让项夏想起了一个形容——“风一样的少年”，他就好像这抹夏日清晨的风，温柔而潇洒，若即又若离。

清爽的空气萦绕在鼻端，湿润的水汽充盈着皮肤，项夏感到整个身心都被浸透了。

他们一直并排慢跑着，最后停在了出发点。

又有人陆续进入公园锻炼了，空气里飘散着大量的负离子，比任何时候都清新宜人。一些不知名的植物和垂柳相映成趣，阳光从缝隙洒下来，斑斑点点，项夏看到有鸟儿在林间飞动，还有蝴蝶在花丛中隐现。

停止慢跑后，浑身立刻燥热了起来，靳韩让项夏等着，他跑去买了饮料。

靳韩拿着饮料回来的时候，项夏隐约看到他身后跟着一个女生，女生鬼鬼祟祟的，边跟边躲，那不是跟踪狂王家妮吗？

王家妮也穿了一身运动装，难道她也来晨练？可怎么额头上一点儿汗水都看不到呢？脖子上挂着一部相机。

项夏的心猛跳了一下，想跑上去抓住王家妮，问她到底想怎么样。王家妮一眼看到了项夏，眼睛眨巴了两下，掉头就跑。

“算你识相跑得快。”项夏愤恨地说。

“谁？”

靳韩走过来，递给她一杯热饮。

热的？靳韩的脑袋没问题吧，她已经燥热得想跳湖了，还喝热的？

靳韩不紧不慢地给项夏讲大道理：人在运动之后，大量喝冷饮对消化道和胃是一种强冷刺激，会让血管突然收缩，引起消化吸收功能失调，造成消化不良或其他疾病。

“夏季，还是以热制热的好。”

靳韩说得有鼻子有眼，俨然一位资深老专家。项夏奇怪他都是在哪里看的这些东西，知道得还真不少，想想自己平时，只要热了便不管不顾大口灌冷饮，难怪总是胃痛或拉肚子。

即便是在街心公园跑步，靳韩也能遇到熟人——迎面跑来一个看起来年纪很轻的女子，她和靳韩寒暄着，从谈话内容判断，她并不是什么粉丝，好像之前有个什么合作。

项夏站在旁边，一边喝热豆浆一边倾听。

“我在片场等你，你可以来试试镜。”女子说。

“这次不去了。”靳韩拒绝了她的提议。

“上次，你妈妈不是说……”

“她已经不是我的经纪人了，谈的片约都推掉了。”

靳韩抱歉地笑了一下，女子对此表示震惊，自顾自地说，韩晓波可是业界资深的经纪人，不少明星想和她签约，她为了儿子都一一拒绝了，靳韩怎么可以这样做，这不是伤韩晓波的心吗？靳韩的脸涨得通红，良久才冒出一句话：“这么多年，她为我们付出得太多了，也该休息一下了。”

“哦，是吗？”

女子用不解的目光审视着靳韩，眼神中流露出些许嘲讽，又和靳韩随意聊了两句后，她继续沿着湖边跑步了。

和女子谈话之后，靳韩的情绪明显低落了许多。关于他不信任母亲的新闻，网上已有人发布了，言辞还很犀利，很多粉丝骂靳韩忘恩负义，不孝顺，甚至还有人搜到了靳韩的电话，发短信骂他是个不孝子。

叹息一声，靳韩坐在湖边的长椅上，凝视着湖心良久，眼中映出湖蓝的颜色。

“知道当明星的感觉吗？”他问项夏。

“开心，骄傲，自豪，如众星捧月，每天都活在赞美之中。”

项夏一直羡慕像潘多多那样的“别人家的孩子”，走在路上都有人投来羡慕的目光，课堂上更是信心十足，时刻能得到老师的称赞、同学的吹捧，回到家里，父母宝贝疙瘩一样地捧在手心里。

当然，靳韩比像潘多多那样的“别人家的孩子”更优秀，收获的夸赞应该更多吧？

靳韩笑了，笑得有些苦涩。也许这就是各有各的童年，各有各的经历吧。

“并不像你说的那样，作为童星的我，虽然众星捧月，却不快乐。当我学表演的时候，其他孩子在街头踢球，我会偷偷地从窗口看出去，羡慕他们的自由自在。当我学跳舞的时候，其他孩子在上学，我会远远瞭望学校的操场，倾听升旗仪式上他们高昂的朗读声。当我去片场试镜的时候，其他孩子在游乐场里坐摩天轮，那种和蓝天亲近的感觉，即便只有一分钟，我也体会不到。我在接受采访的时候，甚至羡慕下面坐着的人，他们可以旁若无人地观看，而我必须衣装得体，举止文雅……”

靳韩说出了那些他曾有过的心态，声音中夹杂着无法弥补的深深遗憾。

“我曾这样劝解过自己，一切付出都将是值得的，等我成为挺拔少年的时候，会依然屹立在星光璀璨的舞台上，被众人追捧，可事实并非如此，十六岁的我，竟站在了陌生的十字路口……”

靳韩的话让项夏莫名地感到心酸，他所处的十字路口虽然和她的不同，感觉却是一样的，迷茫，彷徨，不知哪里才是方向，站在原地孤立无援。当这种迷茫不被周围的人理解时，就变成了焦虑和不安。

靳韩能从十字路口走出来吗？

“我不想成为过去，不想让人说我是没落的童星，我要从童星的光环里走出来，我是靳韩，十六岁的靳韩。”

“当然，你是靳韩，十六岁的靳韩。”

项夏伸出手，和靳韩紧紧相握，希望能给予他一份力量。

“唐僧取经还要经历九九八十一难呢，通往西天的路不好走啊。”

“哈哈哈！”

项夏打趣的话语把靳韩逗笑了，他的笑声变得十分爽朗，好像有无穷的力量回荡在整个湖面上一样。项夏也忍不住跟着笑了，虽然想假装一下淑女，却还是笑得好像取经途中的猪八戒一样，嘴巴咧开。

就在项夏和靳韩敞开胸怀交谈的时候，湖边的一棵大树后，王家妮探头出来，对准项夏和靳韩抢拍了七八张照片，她查看了一下照片，觉得十分满意后才悄然离开。

对王家妮，项夏只知其一不知其二，仅仅一条微博又怎能满足她?

王家妮其实是K高隐藏最深的人物，平时安静少言，独行，没有朋友，被人欺负的时候连句话都不反驳，成绩也是平平，她默默无闻得好像沧海里的一滴水，还是随时会被推上沙滩马上蒸发的那一滴，但就是这么一个小人物，若掀起巨浪，会惊天地泣鬼神。

后来项夏才知道，王家妮是网络上赫赫有名的大人物“巨头虾”，仅靠出卖新闻、聚粉，她就赚了不少钱。

王家妮抓拍靳韩的生活照片也是蓄谋已久，不仅是因为受到靳韩竞争对手的委托，也是想“巨头虾”在网络上再起一波巨浪。

跑步之后，项夏和靳韩去球场练球了。最后的拼搏总是最精彩的，汗水落在地上都能听到声音，希望最后是一个不一样的结局，靳韩能再次成为K高的黑马。

他俩踢球的时候，球场边缘也有一个鬼祟的身影——为了有力证明自己所述为事实，王家妮在争取拿到更多证据。

第二十章
学渣逆袭

周一，期中考试的成绩公布了。看到学校张贴的大红榜单后，全校哗然。这张成绩单震惊的不仅仅是全体高二学生，还有所有的老师——最大的期待潘多多仅仅考了全校第十六名，如此大的落差还是第一次。

榜单根本不在大家预期的范围内，一群人蒙了。

当时，潘多多就站在榜单前，呆呆地看着大榜，她的眼睛是模糊的。虽然事先知道自己的状态不好，不会取得特别理想的成绩，却怎么也没想到会落到十六名这么凄惨。

从小到大，潘多多不是考第一就是第二，从来没掉出过前五，现在可好，名字在前面都看不到了。她不知道回家该怎么面对父母，面对那些以她为荣的邻居，无休止的争吵将会持续至少一个月，父亲会把责任推给母亲，母亲又会责备父亲没有看好孩子，战争很快会延伸到她身上。

周围议论纷纷，都在关注公告板上的红色榜单，没人注意到潘多多就站在人群里。

潘多多成了K高最大的话题，而本次期中考试最大的黑马其实也没有什么悬念——明星少年靳韩考了全校第一名，成为新一任超级大学霸，他的各科成绩都很出色，尤其数学，拿了满分。

“看到了吗，潘多多才考了十六名，十六名啊，第一的是靳韩！

靳韩！”

“太厉害了，刚转学来就拿第一！”

“省里的竞赛他也是第一。”

“果然出色的人处处都优秀，不敢比，不敢比。”

“我的天哪，这榜单没法看了，你们看看第二三名……”

第二三名也发生了变化，但都是十名之内的起伏，大家只关注前十名的名单，没人注意到最大的变化是项夏，她考了全校九十八名。

K高二年级组，学生一共五百五十一人，项夏进步了好几百，这是什么概念？连她自己都被吓到了。

“九十八！”

这对她来说是奇迹了。

项夏挤进人群，瞪大眼睛看着自己的名字，随后拳头一握，高高地跳了起来。

“太好了！”

没有什么比这个更让项夏兴奋的了。这次老妈无话可说了，不会再反对她踢球了。还有陈悦雯老师，关于抄袭的话题，她是不是该反省一下？还有那份黑名单，是不是真有列出来的意义？

人一旦认真了，潜力该有多大？项夏没办法就这个问题给出解答。

“要怎么感谢我？”耳边传来靳韩的声音。项夏转过身，他就站在她身后，双手插兜，脸上洋溢着微笑。

靳韩的微笑立刻感染了项夏，也感染了周围的人，一片欢呼和尖叫声响起。

“是靳韩，靳韩！”

女生们恨不得把靳韩的头扭过去，让他多看她们一眼；男孩子们也纷纷投去羡慕的目光，恨不得自己就是靳韩。

此时此刻，少年明星光芒四射，但靳韩很淡定，好像榜首那个人不是他一样。或许他已经习惯了这样的殊荣，对任何骚动都可以做到风平浪静。

欢呼声中传来一个不和谐的声调，有人怪叫了出来：“哎呀！火星撞地球了吗？小结巴成精了？”

怪叫声的主人是于圣杰，他不知何时站在了榜单前，捏着下巴，歪着嘴，表情有些琢磨不透。

“什么火星撞地球？我就不能超常发挥一次吗？”项夏不服气地瞪了他一眼。能不能看到她的进步后给点鼓励？什么叫成精了？

“抄袭吗？”

“抄袭你大爷！”

项夏真想给于圣杰一拳头。这小子说话能不能动动脑子？她在六号考场，就算想抄袭，身边也没有学霸啊，张斌平时连书都不爱看一眼，难道要抄袭他的？至于学霸潘多多，距离她十万八千里，翻筋斗云也得有那个本事啊。

项夏下意识地在榜单上寻找于圣杰的名字。其实真的不难找，榜单最后一名就是，她忍不住扑哧一声笑了出来。

“五百五十一！全校倒数第一！你怎么做到的？”

“呵呵，不用羡慕。”

于圣杰抱着肩膀不以为意地笑着，考出这个成绩在他预料之中。

“不能一鸣惊人，就要遗臭万年。”

于圣杰就是这样的人，对于自己做的任何事都表现得十分坦荡，包括考倒数第一。

人要脸树要皮，项夏记得自己考全班倒数第三的时候谁都不敢见，每天上学放学跟贼一样，早早出发，很晚才回来，就怕邻居见到她问她考得怎么样。

于圣杰的手指摸了摸鼻子，不屑地撇了撇嘴巴。

“总得有人考倒数第一不是吗？交白卷成全了所有人。”

于圣杰虽然来参加了考试，却全部交了白卷，连选择题都懒得胡乱猜答案。

“你不交白卷，能答出几道？差不多也倒数第一。”项夏对此嗤之以鼻，考零分还需要借口吗？

于圣杰皱了皱眉头，问项夏到底抄袭谁的了，小结巴怎么可能考出这么好的成绩。

“进步几百名，你逗我吧？”

“喂，于圣杰……你觉不觉得……嘿嘿。”

项夏很想对于圣杰说，她和他明明都是学渣，一条起跑线上的人，突然一个期中考试就拉开了距离……

“我以后是不是可以用另外一种眼神看你了？”

“什么眼神？”于圣杰问。

“胜利者看失败者的眼神。”

“哎呀，小结巴，你最近很嚣张啊。”

于圣杰的腮帮子绷紧了。自从项夏发现了他的秘密后，他们的关系发生了很微妙的变化，项夏不但敢和他顶嘴，还敢拿着砖头追着他跑了半个操场，甚至开始嘲笑他了。拳头举起，于圣杰正要揪住项夏好好教训她的时候，突然，一道尖细的声音响了起来：“我怎么可能五百零一？这是不可能的！”

于圣杰身后，张斌举起双手，不可置信地看着榜单。红纸黑字写得清清楚楚，第五百零一名是张斌。

项夏也觉得不可思议，张斌分明抄袭了周旭航的，怎么才考了全校第五百零一名？比上学期又掉了十个名次。再看人家周旭航的成绩，全校六十七名，虽然和上学期有些差距，可怎么都是百名之内啊。

“我这是被坑了吗？”张斌深深地怀疑他被周旭航坑了，这小子表面答应给他答案，实际上有猫腻。

张斌愤怒地转过身，刚好看到了周旭航。周旭航用手推着眼镜，正为自己不理想的成绩难过呢，张斌一个大鹏展翅扑了上去，将周旭航扑了一个四仰八叉。

“哥，怎么了？”周旭航吓得魂飞魄散，（6）班的张斌不可怕，可怕的是张斌和于圣杰关系好，打死他也不敢得罪张斌啊。

“你六十七，我五百零一，不想解释一下吗？”

张斌气得双眼冒着血光。他冒着被学校处分的危险抄袭，这小子竟敢耍他？他要杀人了！

“哥，哥，我给你的都是我的答案啊，全部选择题的，一个不少。”周旭航哭丧着脸，发誓他没给错误的答案。

考试前半个小时，张斌知道周旭航坐在他后面，于是他找到周旭航，让周旭航照顾一下。周旭航战战兢兢地说他答题速度慢，怕给不了全部，张斌也很讲道理，让周旭航只给他选择题的答案就行——选择题答对一半成绩就不至于落到后面。

结果呢？张斌的选择题好像也没对几道。

“你是不是耍我？”张斌的拳头举得高高的，周旭航委屈地告饶着：“没，没有，我真的没有，给你的答案一个不差，除非我不会的。不会是……你抄错了吧？”

“抄错了？”

“从上到下。”

“不是从左到右吗？”

“啊？”

两个人的对话引发了一阵大笑，闹了半天，是张斌抄袭时出错了。

周旭航怕监考老师发现，把字条压在卷子边，从上往下写的答案，为了防止张斌抄错，他还在旁边写了提示“自上到下”。结果张斌光顾着抄答案，没看提示。之后的几场考试，周旭航以为张斌理解套路了，也就没再做什么提示，于是出现了现在的结果。

周旭航委屈得要哭出来了，他考得也不好，还不知道找谁发泄呢。

张斌的肠子都悔青了，嚷嚷着要是自己答题，怎么都不至于落到这个名次。于圣杰对此嗤之以鼻，说那么辛苦地抄袭，还不如学他交白卷轻松地走出考场呢。

期中考试的大红榜单前，各种议论声、争吵声、叹息声，还有大笑声混杂在一起，只有一个人是安静的——潘多多站在一边，已无法掩饰泪眼婆娑，她的脸越来越白，身体摇晃了两下后倒在了地上。

“潘多多晕倒了！”

有人高声大叫了起来，所有人的目光都从榜单移向了潘多多，就见她僵直着身体躺在地上一动不动。项夏飞奔过去，俯身查看潘多多的情况，发现和上次在图书馆里遇到的情景一模一样——潘多多休克了。

“送医务室！”

于圣杰一个箭步冲过来，二话没说将潘多多背了起来，项夏和靳韩跟在后面，把潘多多送去了医务室。

医务室的医生给潘多多做了检查，结果仍是压力过大导致的休克。

“没事了，躺一会儿就好了。”医务室的老师说潘多多没什么大碍，让来探望的同学只留下一个，其他同学先回去。

“我在这里陪着她吧。”

项夏虽然知道潘多多不大喜欢自己，但还是自告奋勇留了下来，其他同学陆续离开了。

“我先去开会，有事打我手机就行。”

医务室的医生叮嘱了一些注意事项之后便离开去开会了，医务室里只剩下项夏一个人陪着潘多多。

十分钟后，潘多多醒了过来，她睁开眼睛看着项夏，良久没说一句话，眼里仍含着泪花儿，却不愿哭出来。

劝解的话有很多，但对潘多多来说，一句都没用，项夏不知该说什么。

“是于圣杰背你来的。”

“于圣杰”三个字说出来后，项夏便后悔了，因为潘多多的脸色明显变了变，眼神也有些慌乱，她还无法忘记于圣杰拒绝接受那瓶饮料的尴尬。很多同学背后笑潘多多丑人多作怪，自作多情，却没人知道她的真实想法。

停顿了一下，项夏想转移话题，却又冒失地说错了话：“一次考试不算什么的，你不要……”

话还没说完，潘多多的泪水便滚落了下来。项夏紧张地站起来，解释自己不是那个意思，希望她不要多心。

“我没多心，只是……不能接受这个事实。”

潘多多终于开口了，简单的一句后，她呜呜地哭了出来，泪水好像断了线的珠子，一颗接着一颗，满肚子的委屈都在此刻发泄了出来。

项夏尴尬地站在床边，内心好自责：这张笨嘴怎么专挑人家的痛处下手？

“对不起啊，潘多多，我不会说话，让你难过了。”

“这不能怪你，是我自己的问题。”潘多多吞咽着泪水说，“我知道自己状态不好，已经连续一个月了，精神恍惚，无法集中精神……考试才会这样。”

“只是一次而已，还有期末。”

“我没信心，没有。”潘多多摇着头，泪眼婆娑地看着项夏，“我害怕考试，每次都怕。”

“怕考试正常啊，我也怕，只不过谁也不能保证永远第一啊，偶尔有失误也是正常的。”

“你不明白第一对我来说多重要……”

潘多多垂下了眼眸。偶尔的失误也许在别人那里可以，在她这里却不可以，她不能有一点儿疏忽，全校十六名，对她来说就是天塌了。

“考第一真的那么重要吗？”项夏问潘多多。第二不可以吗？第三又有什么不好？十六名也是不错的成绩。

“重要吗？”潘多多也在问自己这个问题，她考第一是为了什么？

“你想考清华北大吧？”

“不是！”

直截了当的回答让项夏愣住了，考第一不是为了考取更好的大学吗？

众所周知，只要在K高能进入前十，就能考取清华北大，大家拼命学习就是为了进入这两所圣殿，她却不是吗？

潘多多抬头看向项夏，问她最近这么努力考进前一百是为了什么。

“我啊……嘿嘿。”项夏难为情地挠了一下头发，告诉潘多多，她和老妈做了约定，如果能考进前一百五十名，她就可以随便踢球了。

“踢球？为了靳韩吗？”

“刚开始是为了帮助偶像，现在不是了，我为了我自己。”

“为了自己。”潘多多失神地重复了一遍，然后又啜泣了起来，“我考第一，是为了他们。”

“为了他们？”

“爸，妈，还有那些天天看着我的人，为了他们，我才去努力考第一，从小学到现在，只是为了考第一。”潘多多的声音沮丧泄气，她开始对自己考第一的目的产生质疑。

曾经为了考第一，潘多多承受了巨大的压力，不管周考、月考，还是大考，成绩一出来，她第一个跑去看，生怕名次掉下来。那种时刻紧绷着的心弦，让她几乎崩溃了。

为了考第一，潘多多不出去玩耍；为了考第一，她不去锻炼，身体素质每况愈下。每次考第一，她都要拿着成绩回去，看父母的笑脸，听他们的夸奖；一旦出现了差错，她便在自家门口瑟瑟发抖。这样的生活久了，她变得敏感、寂寞，甚至有些孤僻。

“我羡慕那些体育好的男生，特别是于圣杰……”

潘多多每次坐在教室里向外看，都能看到于圣杰的身影，她做梦都想成为那样的人，无拘无束地活跃在操场上、阳光下，做自己想做的事，不为了考第一，也不为了别人的眼光。

“我做不到他那么洒脱。”

“像我敬佩靳韩一样，感觉他身上有那么多值得我学习的地方。”

“可能是吧。偶尔学习累了，我就会去操场看他踢足球、打篮球。很想有机会能和他说句话，可惜，他没搭理过我。”

潘多多在观察于圣杰，用一本小册子记录他每天的活动。

“我也不知道为什么会记录那些东西。最初是想知道于圣杰更喜欢什么体育项目，花在什么运动上的时间比较多，渐渐地变成了一种习惯，因为……我除了这件事和学习，不知道还能做什么。”

潘多多一直在寻找机会，想让于圣杰关注一下她，知道他要过生日了，她偷偷去买了一本笔记本。

“只是一个礼物，我想让他知道，仰慕他的女生中，也有我一个。”

潘多多眼中又涌出泪花儿。项夏知道她难过什么——那天于圣杰不客气地将她的礼物扔了出去。

在K高，潘多多是众人瞩目的学霸，不但老师重视，很多学生也羡慕她，但在于圣杰眼里，学习什么的都是浮云，他只在乎他感兴趣的东西。

潘多多好像回忆起了什么，声音哽咽了：“那天……我鼓起勇气买了饮料，只是……”

足球场的一幕到现在还很扎心，项夏也因为于圣杰对潘多多的奚落太过分，一怒之下拿着扫把拦截了他，却不小心被于圣杰碰了瓷儿，害她白白背了他一天，气得她第二天一早差点儿用砖头打了他。

“我真的……希望能有一个体育好的朋友。”

“体育好的朋友不是很多吗？只要你肯接受，身边有很多人愿意和你成为朋友，毕竟你是学霸嘛，哈哈。”

“大家都讨厌我。”

“怎么会？我就不讨厌你。如果你不嫌弃，以后我就是你的朋友。嘿嘿，实话告诉你啊……我的足球踢得也挺好。”

“和于圣杰一样好吗？”潘多多吃惊地抬头看着项夏，项夏神气地点点头：“自我感觉良好，还要参加足球比赛，帮靳韩赢于圣杰。”

“帮靳韩？”

“是啊，全校差不多都知道了，你也太不关心周围的事了。”

项夏真心“佩服”潘多多，除了学习，她果然什么都不关注，这么大的事都不知道吗？项夏重新坐下来，耐心地介绍了于圣杰和靳韩的赌约，潘多多这才瞪大了眼睛。

“有这种事？”

“嗯，你打算支持哪一边？”

“我啊……”潘多多犹豫了一下，眼眸微垂，有些难为情，“当然是……于圣杰了。”

“哇！”

项夏惊呼出来。潘多多也太直接了，这是帮于圣杰对抗靳韩吗？

“这不妨碍我们……是朋友吧？我不大喜欢靳韩。”潘多多的声音很小。虽然明知道这不是靳韩的错，但她心里莫名地排斥他。

“因为他考了第一吗？”

“嗯，算是吧，毕竟每次第一都是我。”

潘多多吸了一下鼻子，试图将所有的泪水吞咽回去。她要面对的人很多，同学，老师，还有对她期待很高的父母。

和项夏谈话之后，潘多多发现自己身上缺少了一样东西，而这样东西是项夏拥有的——项夏的目标那么明确，甚至为了目标废寝忘食，而她呢？却只是为了别人在考第一。

躺在医务室的床上什么都不做的时候，潘多多有了更多时间思考自己，十六名确实是个打击，却也让她突然释然了，一直紧绷着的弦儿松开了：还有什么比现在更糟糕的？

“其实，我也羡慕你……”潘多多突然冒出了一句让项夏不解的话。

什么？潘多多羡慕她？

“我？我有什么好羡慕的？”

项夏有些难为情，她紧张时会结巴，学习也不好，还无聊地模仿了潘多多，无论怎么看，潘多多都没有羡慕她的理由。

潘多多缓慢地摇摇头。

“你敢于尝试，不管成功不成功，都会去试试，就算碰壁了也要去做，这种胆量是我没有的。”

“我吗？嘿嘿。”

这点潘多多说对了，项夏确实是这样的，她只要觉得可行，都要去尝试一下，例如模仿潘多多，成为老妈眼里“别人家的孩子”，虽然这条路行不通，但她没后悔经历过。

“只有尝试了，才知道哪条路不通，我却连迈出一步的勇气都没有。”

“我们现在是朋友吗？”项夏伸手问。

“嗯。”潘多多也伸出了手。

“我们一起努力。”

“好。”

双手相握的一刻，项夏能感觉到潘多多手指的微微颤抖。

“项夏，你有奋斗目标吗？”

“目标？成为球星，像国家女足那样的前锋，哪怕只让我当三天，我都会开心得要死，嘿嘿。你呢？潘多多，你的奋斗目标是什么？”

“我的……”

潘多多摇摇头，她不知道自己为了什么在奋斗。曾经的目标是考第一，现在呢？那个目标听起来那么幼稚。

“会有的。”

潘多多在寻找，好像项夏当初一样，站在不能确定的十字路口，寻找属于自己的正确方向。

期中考试成绩公布的那天，项夏感觉什么都不一样了，特别是老妈的态度。夏秀珍看着女儿的成绩单，激动得不知干什么才好，她先是去了一趟厨房，又转身回了客厅，接着又去了厨房。

“这些菜不够，夏夏爱吃鱼，我去买鱼。”

“妈，你不是买了鱼吗？”

项夏指着厨房里的鱼。这么大一条鱼，她看不到吗？

“哦哦，你看看我，怎么给忘记了？”

夏秀珍走上来握住了项夏的手，好长时间眼睛都是红的，却一句话都说不出来，末了，她又去了厨房，觉得一条鱼不够吃，脱下围裙，她又去了菜市场。

一个小时后，项夏坐在了餐桌前，让她感到尴尬的是，老妈做了十二道菜。

“妈，知道浪费可耻吗？非洲的孩子都吃不上饭呢。”

“妈这不是高兴吗？吃，夏夏，使劲吃。”

老妈太激动了，给项夏夹了一盘子菜，项夏因为吃得太多消化不良，大半夜地蹲在卫生间里出不来。

和项夏家激动的氛围相比，楼上似乎更热闹，隔着厚厚的楼板，项夏都能听到潘多多父母高分贝的争吵声。

据说那个晚上，潘多多把自己锁在了房间里，不敢出去。她的父母轮番来敲门，质问她到底怎么回事儿，为什么会考出十六名的成绩。接着她的母亲指责父亲只知道忙工作，不关心女儿，才导致女儿分心，学习成绩下滑。父亲立刻把责任推到了母亲身上，斥责她不该让女儿那么早出院，医生明明说了要多观察几天，她非不同意，现在可好，孩子考试期间晕倒，怎么可能出好成绩？

“连楼下的学渣都考得不错，你让我出去怎么见人？左邻右舍的，哪个不问？”

“你以为就你一个人出去难堪吗？我单位里的同事……”

“爸，妈！”卧室的门开了，潘多多走了出来，“我考第一，是为了向外人炫耀的吗？”

“这个……”

父亲有些尴尬，母亲却阴沉了脸。

“难道考倒数第一好看？”

“如果考倒数第一能让我放松下来，有时间思考，知道自己想要的是什么，我宁愿考倒数第一，也不想要什么第一！外面的人喜欢说什么，随便他们吧，我不想再为了赢得那些称赞的话学习了，我要停一停。”

“停一停？怎么停？你知道停一停会被多少人甩在后面吗？楼下的项夏就是例子，她……”

母亲的话还没说完，潘多多便打断了她。

“她已经思考过了。”

潘多多抓住门把手，在父母不解的目光中，她慢慢把门拉上了。

倚在门上，她看着自己卧室里的书架，上面是堆积如山的辅导书、习题册，除了应试读物之外，她竟连一本其他的书都没有。

身后传来一阵敲门声，潘多多打开房门。门外，母亲的脸色已不像刚才那么激动了。

“多多，妈妈知道你有压力。”

“我的压力来自你们。”

“我们？”

母亲皱起了眉头，没料到女儿会这么说。他们所做的一切都是因为爱她，对她要求严格，也是为了她能考上清华北大，为此，他们花费了大量的财力和精力，而这些爱，却无形之中变成了潘多多的压力。

泪水大颗滚落下来，潘多多已泣不成声。

“妈，我觉得累，真的累……”

她想有属于自己的空闲时光，出去走走，锻炼身体，结交朋友，甚至有时间去冰激凌店坐一会儿，不慌不忙地吃完一个冰激凌，她要在阳台上晒晒太阳，吹吹风，打几个电话，侃侃大山，或者她也该追追星。

“我想让生活更丰富一些，至少……至少我该有一个为之努力的目标。”

“爸爸和妈妈已经给你规划好了啊。”

“考第一，当学霸？打破脑袋考清华北大？然后呢？”

“多多……”

“我很迷茫。”潘多多沮丧地擦着脸颊上的泪水，诉说自己心中的苦闷，“就算我考上了清华北大，还是不知道想要实现的目标是什么。你们经常笑楼下的项夏，笑她笨，笑她是学渣，其实她比我强了不知多少倍。”

面对情绪低落的女儿，母亲也沉默了，似乎只有此时，她才觉得自己忽略了什么。

阳光总在风雨后，一次期中考试悄然改变了许多东西，也是这次期中考试，让十六岁的他们开始审视自己、剖析自己，勇于面对内心最深处的梦想。

陈悦雯拿着成绩单，呆呆地坐在办公室里，潘多多的成绩让她很心酸，虽然平时她也能感受到潘多多的压力，但怎么也没想到她会跌落十名之外。还有另外一个人让陈悦雯很不解，就是项夏。在这个孩子身上到底发生了什么，能让一个倒数的学渣一跃进入全校前一百名？

“你们班这次的成绩，即便有一个于圣杰，也没被阻挡成为全年级组第一，了不起。”一名年纪五十开外的老班主任对陈悦雯竖起了大拇哥，论抓教学，谁也比不了这位年轻的新秀。

“于圣杰，我的心病啊。”

陈悦雯很苦恼，她总觉得于圣杰有什么不对劲的地方，每次上课，于圣杰都表现得心不在焉，但看他的习题册，答案都是对的，以于圣杰的性格，他宁愿不答题，也不可能去抄别人的，他没有理由交白卷的。

“如果我是你，那么多处分，足够开除于圣杰一百遍了，高中又不是义务教育，没必要留着他拖班级后腿。”

“我不想那么做。”

陈悦雯皱着眉头。这种话，她不知听了多少遍了，每次学校准备对于圣杰做出开除学籍的决议时，她都第一个站出来反对。

“他是我的学生，我不想放弃他……”

不想放弃，却又感到无力，陈悦雯急于知道于圣杰的内心到底有什么郁结，对症下药也许还有机会挽救这个孩子。

办公室门外，另一位女老师走了进来，她戏谑地对陈悦雯道：“你们班的项夏抄得不错啊，成绩提升了一大截。”

“她抄谁的？”

陈悦雯不高兴地抬起头。这话怎么说的？她亲眼看到项夏抄袭了，还是有证据证明？

“我只是说说……”女老师自知有些过分了，赶紧解释，一般这种情况都是抄的，所以她才会这么想。

“我的学生我了解，考场安排我也看了，她周围没有成绩特别好的学生，又有监控正对着她，如果你们不信，可以去调监控出来看看，我敢拿我的人格做保证，项夏没抄任何人的！”

大家没想到陈悦雯的反应这么激烈，女老师翻了翻白眼，不敢多说话了。陈悦雯拿起试卷快步走出办公室，直奔（6）班的教室而去。

当陈悦雯找到项夏的时候，项夏只说了一句话：“老师，我以后可以随便踢球了！”

“为了踢球吗？”

陈悦雯想过无数可能，唯独没想过项夏是为了足球才这么努力。原来孩子的理想竟有这么大的动力，只可惜并不是所有的孩子都有理想，例如于圣杰。

陈悦雯和于圣杰面对面的时候，于圣杰的姿态是这样的：双手插兜，叉开腿，歪着脖子，眼睛乜斜着操场，不知道看什么那么出神。陈悦雯朝他目光的方向看了一会儿，问他在看什么。

“学校。”

“学校有什么好看的？你天天都来。”

“你说，这儿是托孤所吗？”

“什么？”

“没什么……”

于圣杰吊儿郎当的态度一直没变过，直至他和靳韩的赌约开始了，什么都变得不一样了，翻天覆地的变化才让于圣杰变得急躁不安。

周五放学后，为了迎接第二天和于圣杰的赌约，项夏和靳韩临时决定早早去球场练球，所以回家晚了一个小时。

担心老妈等着急了唠叨，项夏踢完球后火速赶回了家。

推开家门的一刻，项夏愣住了，客厅里除了老妈之外，多了一个人，那是……潘多多吗？算起来，潘多多和项夏楼上楼下好几年了，这是第一次两人的距离这么近。

潘多多正在和夏秀珍聊天，两人不知说到了什么话题，竟开心地笑了起来。夏秀珍见女儿回来了，立刻准备饭菜去了。

“你找我有事吗？”项夏奇怪地放下书包，想不出什么事能让潘多多主动来找她。

“阿姨叫我来的。”潘多多站了起来，冲项夏挤了挤眼睛。

挤眼睛是什么意思？项夏有点发蒙。

夏秀珍把热气腾腾的饭菜端了上来，埋怨项夏怎么回来晚了，让潘多多等了这么久，肚子都饿得咕咕叫了。

“没事，阿姨，我不饿。”

“多亏你了，如果不是你替项夏辅导，项夏也不能取得这么好的成绩。早就该请你过来吃饭，又怕耽误了你的学习，现在好了，期中考试完了，阿姨做了你最喜欢吃的，喜欢吃就随时过来。”

原来是因为辅导的谎言？

项夏恍然大悟，连忙点头。

“是啊，多亏潘多多帮我。”

潘多多和项夏相视一笑，两人心照不宣地把谎言变成了事实，项夏一颗悬着的心也算放下了。只要老妈不知道靳韩帮了她就好，不然早恋的话题会没完没了。

吃过饭之后，项夏带着潘多多回了她的卧室，当看到满墙的照片后，潘多多惊呼了出来：“哇，这么多照片，靳韩真是你偶像啊！”

“是啊，他身上有很多闪光点，在我最难过的时候，他帮了我。”

“他帮你？”

“精神支柱。”

“你崇拜他，一定有你的道理，可我……不大喜欢他。”

“因为考试吗？”

“可能吧。”潘多多不好意思地笑了。如果没有靳韩，她的压力也没那么大。

“慢慢你会了解他的。”项夏相信，了解靳韩的人都会佩服他的勇气，即便在他最脆弱的时候，他也有一颗不寻常的心。

潘多多拿起来项夏床头的相框，里面竟也是靳韩的照片，靳韩几乎无处不在。

“忠粉。”

“嗯，我为靳韩而战！”

明天，最后的战斗就要打响了，项夏一定实现自己的承诺，让那个噩梦彻底滚出她的生活。

潘多多拿着靳韩的照片发呆了好一会儿，或许她也需要一个偶像成为她的明灯，指引她前进的方向。

周六，一丝曙光照亮天际时，最终的赌约期到了。

虽然这天K高放假，操场上却人山人海，比上学时还要热闹。保安大叔不知道发生了什么，几次出来劝阻，都无法让学生退出学校，反而围观的人越来越多，他只能打电话向校长汇报。

很快，校长来了，主任也来了，连陈悦雯也风风火火地跑来了学校，他们到了学校才知道，还有很多外校的学生参与。

“又是（6）班，好也是它，坏也是它！”校长很生气，不知该怎么评价这个班级了。陈悦雯的脸色更加难看，周五才被校长公开全校表扬，她可不想自己的学生马上拿一个记大过处分。

“我去看看。”陈悦雯想去问问情况，却被赵主任制止了：“等一下，应该没什么大问题。”

“这么多人，万一打架……”保安大叔不放心，陈悦雯也担心于圣杰闹出什么大事来。

赵进摇了摇头说：“没看到靳韩也在吗？他不是个闹事的孩子。”

“就是因为靳韩在，我才担心。”陈悦雯知道于圣杰和靳韩平时关系不好，有私人恩怨，这次不会是约出来打架的吧？万一出了乱子，她作为班主任有不可推卸的责任。

“放心，有我在呢。”

赵进拍了拍陈悦雯的肩膀。虽然只是一个简单的动作，却让陈悦雯浮躁的情绪顷刻间平复。

“我问过了，是于圣杰和靳韩的球队比赛踢球，不是闹事，先观察一下，我也想趁这个机会看看孩子们的足球水平。”

“听说还有女孩子参与，太不像话了。”校长皱着眉头。他已经连续两个月没休周末了，好不容易等期中考试结束了，想休个周末，竟闹出了这样的大事。

“哈哈，谁说女孩子不能踢球，说不定还是个热门呢。”赵进让校长少安毋躁，和他一起去操场观战。

校长摇摇头，他才没兴趣参与孩子们的闹剧呢。

“也许这不是闹剧。”

“都是因为你，支持什么特长……”

操场上，陈悦雯和赵进站在一起，她懊恼地皱着眉头。如果没有赵进的纵容，项夏一个女孩子怎么可能和男生一起疯？

“你每次都这样，能不能平心静气地想想？”赵进语重心长。已经好几年了，陈悦雯的脾气就不能改一改吗？

“不能！大学时这样，现在还这样。”陈悦雯白了赵进一眼。为什么改变的那个人不是他？

“唉。”

赵进摇摇头，不想和陈悦雯争吵。

陈悦雯还有急事要处理，却不敢轻易离开学校，操场上的两个主角都是她班级的，一个是学渣，一个是学霸，不管出什么事，她这个班主任都是跑不掉的。

项夏坐在更衣室里，手里拿着一套红色的球衫，心跳得好像擂鼓一样。即使隔着窗户，她也能听到外面的议论声，大多数学生在嘲笑她，还有外校的人跑来看热闹。这不仅仅是于圣杰和靳韩的对决，还是一个小丑一样的女生的表演。

小丑吗？

项夏盯着脚上的球鞋，嘴角微挑了起来。如果是从前，她一定会落荒而逃，可现在她不会，即便这是给小丑准备的舞台，她也要走上去，证明自己。

深吸了口气，项夏站了起来，才迈开步子，门就被人从外面推开了，罗丽拉冲了进来，她的神情有些慌乱。

“你确定要出去吗？”

“为什么不出去？”项夏问。

“外面那些男生……如果我是你，我是不会走上足球场的。”

罗丽拉可能是出于好心，也可能抱有某种见不得光的目的，但无论她说什么，对我都已经没影响了，因为今天这个决定我早就做了，不会因为外面几个痞气男生的话便放弃。项夏心想。

“倒是你……啦啦队还支持靳韩吗？现在后悔还来得及。”

“谁说我后悔了？”

罗丽拉仰起下巴，避开项夏质疑的目光，走了出去。

罗丽拉出去后，带着啦啦队的几个女生在足球场外转圈圈。她仍寄希望于圣杰能临时改变主意，恳求她站在他的一方，可惜比赛马上开始了，于圣杰也没多看她一眼。罗丽拉虽然气恼，却倔强地不想表现出来。

孙歆抖着一身肥肉跑过来，问罗丽拉是不是真的想清楚了，啦啦队是不是真要支持靳韩这一方。

“你不会转粉了吧？”孙歆问。

“转什么转？走开！”

罗丽拉气急败坏地推开孙歆，咬了咬嘴唇，还是忍不住走向了于圣杰。

于圣杰正在做热身运动，见罗丽拉走来，他立刻转过身去，拿起足球跑向场地。

罗丽拉气得眼睛通红，眼泪差点儿滚落下来。他竟连句话都不肯和她说吗？

“于圣杰，要不要我支持你？”她含着泪水，冲着于圣杰的背影大声喊着。校花放下倨傲的姿态，决定向于圣杰妥协了，只要他开口，她立刻带着啦啦队转向他的一方。

于圣杰没有回头，只是抬手向后很随意地打了一个响指。

“不需要！”

“为什么？”罗丽拉声嘶力竭地喊着。她只不过是在靳韩的队伍里安插了两个奸细而已，为什么他就是不肯原谅她？

“没有理由。”

于圣杰从不屑于回答这样的问题，他做事就是不需理由。他潇洒地放下手臂，大步走上了足球场，他就好像一匹孤单的狼，落单的时候更加坚强。

转身的一刻，罗丽拉的泪水还是滚落了下来。她承认她利用过于圣杰，利用他的势力、他的名气来稳固自己在K高的地位，甚至有恃无恐过，但这份友谊，她一直都十分珍视，也希望于圣杰能和她一样在乎，可惜……

孙歆站在一边看着罗丽拉，不敢相信，校花这是在哭吗？

第二十一章
比赛开始

绿茵场上，于圣杰的人都到位了，他们一个个摩拳擦掌跃跃欲试，只等时间一到立刻给对方点颜色看看。

“哇！这阵容！”

围观的同学们纷纷惊呼出来。于圣杰的球队不容小觑，前锋是校队的前锋，守门员是校队的守门员，其他人也都是身体素质极好的体育生，靳韩拿什么和这样的阵容对抗？

体育生们一字排开站好，仅大长腿就吸引了不少目光，于圣杰站在最前面，斜觑着前方，气势何等飞扬跋扈；而球场的另一面只有靳韩一个人，他过分斯文儒雅，怎么也不能和体育生的气势相比，显得单薄无助。

“靳韩的人呢？怎么就他一个？”有人奇怪地问了一句。没人踢球还比什么？

“不知道，听说有项夏啊。”

“噗，少年明星和小结巴，两个人能对抗于圣杰一支队吗？不说球技怎么样，一个文弱书生，一个结巴女生，能掀起什么大风浪？这可不是演偶像剧。”

“哈哈，我在等她裙底飞扬呢，项夏怎么还不上场？”

“你有病吧，什么裙底飞扬？”

“校裙啊，你不想看看她穿着裙子怎么踢球吗？”

“神经……”

在喧闹的嘲弄声中，学校门口，一个女生悄然溜了进来，她避开了人多的地方，沿着墙根儿往里走，在球场后方的边缘找了一个还算隐蔽的位置，探头朝球场里看去。

“潘多多！你也来了！”

一个女生走过来，用力拍了一下她的肩膀，潘多多回过头，尴尬地笑了一下。

“嗯，听说有比赛，家离得近，来看看。”

“你不用学习吗？”

又有几个女生走了过来，她们用异样的眼光打量着潘多多，似乎想从潘多多脸上看出什么异常来印证她们的想法一般。

自从潘多多从神坛上跌落下来后，关注她的人更多了。潘多多懂得这些眼神的意义，她需要一段时间适应。

“今天不用补课。”

“补出来的学霸，也够辛苦的。”

女生的手还放在潘多多的肩膀上，潘多多缩了一下身子，女生的手落了下去。

“项夏是你们班的吧？”

“嗯。”潘多多敷衍地回应了一声，不想再和这些女生说话，她们却没有走开的意思。

“你觉得项夏想干吗？哗众取宠，还是脑袋有问题？敢和男生一起踢球。”

“呵呵……”

潘多多不自然地笑了一下，没有赞同女生的话，也没有反驳。

“我一点儿都不喜欢你们班的小结巴，你呢？”

“我也……不大喜欢。”

为了不成为被攻击的目标，潘多多说了违心话。她红着脸，把目光转向球场，看着球场上活跃的身影，她的心翻江倒海一样无法平息下来，潘多多痛恨自己的懦弱和虚伪，为什么她不能坚持立场，像项夏那样无所畏惧？

几个女生对潘多多的回答很满意，继续热络地谈论这场比赛。她们都看好于圣杰，认为于圣杰一定能把靳韩打得落花流水。

“你呢？潘多多，你希望谁赢？”

“我……”

潘多多看向球场，虽然她没直接回答这个问题，目光却落在了于圣杰身上，她希望赢的那个人是他。

距离比赛开始还有不到十分钟，靳韩仍孤零零地站在另外半场，没见任何人出现，也没听见有人喊他的名字，无论怎么看，这都是一场没有胜算的赌约。

有人怀疑靳韩的球队根本没有人，甚至连项夏也临阵退缩了。

场外，赵进看了一下手表，不由得皱起了眉头，陈悦雯很是担心。

“怎么只有靳韩一个人？不是要比赛吗？”

“再等等。”

赵进让陈悦雯少安毋躁，靳韩不是一个做事没分寸的人。

果然，等了不到两分钟，校园外不远的公路上，一辆军绿色的吉普车疾驰而来。吉普车在校门口一个急刹车后，有人从车上跳了下来，清一色的红色球衫，虽然个头胖瘦参差不齐，却能看出来是一支球队的人。

“这些人是……靳韩的球员？”

这些人能踢球吗？

在大家质疑的目光中，张亮带人冲进了球场，他气喘吁吁地向靳韩解释路上堵车了，差点儿赶不过来。

“赶紧做热身运动。”靳韩吩咐队员做热身运动，比赛马上就要开始了。

“项夏呢？”张亮问。

“也来晚了，在换衣服。”

“知道了，大家赶紧跑几步，别傻站着。”

张亮组织大家做热身运动，小梁不知怎么了，踢腿的时候一个不小心摔趴在了地上，顿时周围响起了一阵大笑声。

“你干什么呢？”张亮瞪了小梁一眼。

小梁嘿嘿一笑道：“不摔个跟头，对不起他们这么小瞧我们。”

“胡闹！”

张亮现在可没心情开什么玩笑，他是来帮靳韩的，不是来添乱的，虽然录音棚的人见过的世面不少，但这样的场合仍让他们有些紧张。

“这些人真的能踢球吗？”

“不是开玩笑的吧？那小子腿那么短，还有那家伙，胖得跟待宰的猪一样，这可不是吃货比赛！”

“什么吃货比赛？”

孙歆嚼着一个巨型汉堡凑上来，大家笑得更欢了。

球场上，于圣杰看着靳韩还有他的乌合之众，忍不住笑了。

“这是黔驴技穷了吗？找这些人和我踢球，哼！”

“胖子，矮子，再加上一个女生，靳韩这是大杂烩啊，还打个屁啊，干脆认输算了。”张斌伸展着双臂。

“认输？便宜他了。”

于圣杰才不会让靳韩有机会认输呢，他要打得靳韩屁滚尿流，让他知道得罪K高的“高岭之花”是什么下场。

“项夏呢？”张斌左右张望着，怎么大家都来了，唯独少了小结巴？

于圣杰用力拍了一下手里的球，嘲弄地撇着嘴巴。

“跑了吧？”

“真有可能，死丫头哪见过这样的场面啊，怕吓得爬回家躲起来了吧，哈哈哈。”

张斌和于圣杰一唱一和，猜测项夏如何胆小如何逃避的时候，教学楼的侧门开了，一个穿着红色运动短袖球衫的女孩儿跑了出来，她好像一团跳动的火焰，意气风发的气场瞬间感染了整个操场的人。

于圣杰抬起头，看到项夏后皱起了眉头。

“她来了。”

“死丫头还真来了！”

张斌伸了一下舌头，不敢怠慢，跑进了球场。

项夏的出现让整个操场都沸腾了起来。当然，这种沸腾并不励志，大多数是男生在起哄、嘲笑，还有人恶意地吹口哨，想看项夏在绿茵场上出丑。

K高的足球场不欢迎女生，男生们觉得项夏侵占了专属于他们的风采。

赵进抱着肩膀，稳如泰山地站在场地外，看到项夏出现后，他脸上浮现出一抹欣慰的微笑。陈悦雯听着周围的闲言闲语，有些沉不住气了，她不能就这么看着大家嘲笑项夏，怎么说项夏也是她的学生。

“我去劝她离开。”

陈悦雯激愤地迈开步子，却被赵进拦住了。

“给她一个展示自我的机会。”

“这叫什么展示自我的机会？大家看项夏好像看猴子表演一样，我是她的老师，不能让她这么胡来。”

“这是胡来？这是她用努力换来的机会。”

“机会？”

陈悦雯停住了步子，她想到了项夏最近的表现，还有期中考试成绩——九十八名，为了这场足球，孩子付出了很多，赵进用“机会”来形容项夏的举动一点儿都不为过。

“他们不再是孩子了。”

“是啊，不再是孩子了。”

陈悦雯眉间的一丝担忧消散了。

虽然早有了思想准备，周围的嘲笑声仍让项夏心如擂鼓，似乎整个操场的人都想看她的笑话，她必须小心再小心，不能落下让他们永远嘲笑的话柄。她跑到靳韩面前，抱歉地告诉他，球鞋出了一点儿问题，所以来晚了。

“不晚。”

靳韩伸出手掌，项夏会意地和他一击。

“加油吧。”

“加油！”

项夏挺直脊背，迈开大步走进绿茵场，张亮将足球踢给她，她娴熟地用脚勾住。

足球到了项夏脚下，好像中了魔法一般，被控得没了脾气，周围终于有人惊叹了出来，但说出的话让项夏很恼火。

“她会踢球啊！”

项夏很想大声反驳：小姑奶奶不但会踢球，还踢得很好呢。

球场上，哨子声尖锐地响起，比赛开始了。

足球凌空飞了起来，双方开始了拼命的争抢。

在团队优势上，于圣杰的蓝方队伍明显优于靳韩的红方队伍，在技术上也略胜一筹，绿茵场上，双方你踢我扫，争抢得十分激烈。

于圣杰不愧是校队的主力，凭借强健的身体，他虚晃了一招，突然横插过来，一个精彩的“倒挂金钩”，足球被勾走，转了方向，飞到了蓝方一名体育生脚下。靳韩试图拦截却失败了，项夏伺机断球，也落空了，足球从张亮身边飞过，又传到蓝方一名前锋脚下……

才开场不到两分钟，蓝方就组织了一次有力的进攻，项夏分身乏术，只求小梁能拿出最佳状态来，把这个球扑出去。

“射门！”

嗖，足球带着呼呼的风声飞向球门，角度很刁，速度也快。

这一刻，仿佛空气都凝结了一般，场内场外的人都屏住了呼吸，眼睛圆睁，等待这一球的最终动向。

足球比赛就是这样，有时候一球便能定输赢，丢球就等于丢掉了比赛。

守门员小梁全力扑救，可惜他的身材实在矮小，即便弹跳力再好，也只是手指尖儿碰到了足球，足球虽受力反弹出去，却毫无力量，仍在禁区之内，对方的前锋一脚补射，蓝方轻松地进球了。

开场不到五分钟，于圣杰的球队就进了一球。

“进球了！进球了！”

蓝方进球是众望所归的结果，只是没想到会这么快。

“天哪！”

靳韩粉丝的脸青了，于圣杰的拥戴者们欢腾了起来。

项夏失望地捂住了脸，眼角的余光瞥向靳韩，见靳韩也失望地甩着手臂，神情没之前那么释然了，张亮在叹息，小梁哭丧着一张脸。

“这是实力碾压，怎么比？”有人给出了客观的评论。

“有个女生还想赢？这又不是选美比赛，何况选美她也不行啊。”

……

项夏从未这么愤怒过，周围人嘲弄的重点都在她身上，还有人扬言，就是因为有女生参与男生的运动，靳韩的球队才必输无疑。

靳韩走上来，轻拍着项夏的肩膀，让她不要急躁，比赛还没有结束，不能因为他们先进了一球便放弃了。

“我知道。”

项夏深吸了口气，重新回到自己的位置上，比赛继续。

形势对红方太不利了，罗丽拉的啦啦队虽扬言支持他们，却只吆喝了两声就没了动静，校花花枝招展地站在看台前，目光追随着于圣杰。她虽然嘴硬，心里却期盼着于圣杰能赢。这种心态，项夏并不怪她，只是刚才蓝方进球的时候，项夏清楚地听到罗丽拉也欢呼了一声，这样是不是有点儿过分了？

相信在场百分之五十的人想看到少年明星被赶出K高大门的情景，虽然那样的结果对他们不见得有什么好处，却也没有坏处，他们乐于寻找这种不一样的刺激。

足球又在绿茵场上滚动了起来。

虽然靳韩鼓励了大家，但开场二十多分钟过去了，红方仍没有组织过一次有威胁的射门，甚至很难带球进入对方禁区——蓝方的后卫很强悍。

中场休息，靳韩走出球场，坐在看台边，大口喝着水。有女生跑过来问他累不累，靳韩只是摇摇头。他现在没有心情理会粉丝，一双幽深的目光凝视着绿茵场，他在想对策。张亮走到他身边，问他怎么办。

“对方的防守很严密，我们突破不了。”

“他们看我看得很紧。”靳韩把水洒在头上，水顺着他的发丝流淌下来，湿透了球衫，让他看起来更加英俊迷人。

于圣杰的人几乎都盯着靳韩，靳韩没办法带球突破，他把希望寄托在了项夏身上。

“项夏，你下半场要注意走位，他们对你很放松，你要找机会控到球。还有张亮你们几个，看好形势，如果下半场他们还紧盯着我，你们就找机会把球传给项夏。”

“知道了。”

大家点了点头，击掌后走向球场，下半场比赛开始了。

事实上，于圣杰确实没把项夏放在眼里，不仅仅因为项夏是女生，还因为她看起来很瘦弱，轻轻一撞就倒了，谁都没把她放在眼里，所以项夏的走位相对来说比较自如。倒是靳韩被围困得厉害，即便他的球技再好，也施展不开。

下半场进行了十分钟，双方均没有进球，项夏紧张得手心里都是汗水。她想要的结果不是这样拖延下去，而是进球再进球！四十五分钟后如果还是这个状态，靳韩的赌约就宣告失败了。

于圣杰已经进了一球，他不急不躁，几次从项夏身边跑过时还不忘冲她打个响指。

“浑球儿。”

项夏白了于圣杰一眼，于圣杰笑得更加开心了。

“让你做我的替补，你不同意，现在后悔了吧？”

“无聊！”

项夏机敏地选择了弧线跑，远离后卫，给了红方一个塞球的机会。

球场上，张亮突然从对方脚下断球成功，带球飞奔，项夏的位置在他的斜对角，于圣杰刚刚招摇地跑了过去，项夏恰好被放空了。

“嘿，小丫头！”

这是张亮对项夏的习惯称呼。她瞥见他一个假动作好像要把球传给靳韩，实际上球受力的方向对准了她。

足球带着风声向项夏飞来，她急中生智一个勾球，把足球控在了脚下。对方的后卫都在关注靳韩，来不及奔过来，项夏一路冲杀，球到了对方球门附近。

蓝方的球员们疯狂了，他们合围扑上，要将项夏困死，项夏却一个漂亮的转身，将球带走。体育生们太不要脸，欺负项夏是女生，身体冲撞没有优势，竟肩头一晃冲她猛撞了过来，强大的重力冲击下，项夏摔倒了！

“天哪！”

个别女生虽然嘲笑项夏，可到了关键时刻仍替她担心。

“摔倒了！干吗撞她？！”

“合理冲撞，不犯规！”

王八蛋！

项夏差点爆粗口，但骂人不能解决任何问题。她被撞趴在地上，足球失控了。这原本是蓝方拿球的一个好机会，但体育生的身体素质太好，用力过猛，竟刹不住闸，失控地来了一个趔趄。

机不可失时不再来，项夏忍痛一跃而起，对准足球就是一脚。项夏的这一脚虽然快，却很准，目标是球门，对角线飞射，体育生稳住身形的时候已经晚了，足球从蓝方守门员的手边飞了过去，落在了球门内。

足球在球门内漂亮地翻滚了几下，最终停在了球网内。

项夏进球了！

难以置信，她为红方踢进了一球，惊喜让她跳了起来。

只是周围的气氛有点不对，记得上半场蓝方进球的时候还全场欢呼，怎么自己进球了却是全场哑然，偌大的操场连个吭气儿的都没有？

蓝方后卫很没有风度，先是故意撞人，却出现失误，项夏进球之后，他突然冲上来推了项夏一把，项夏毫无防备地摔倒在地上。

“你干什么？”

靳韩飞奔而来，直接出拳，这一拳重重地打在对方脸上，体育生一屁股坐在了地上，嘴角流出血来。

“你敢打我！”

体育生跳了起来，要和靳韩拼命。于圣杰跑过来，一把将那个体育生拉开了。刚才的一幕他也看到了，确实有点儿欺人太甚。

“推女生，丢人不？”

于圣杰的一句话让体育生脸红了。他也算是球队的精英了，做这种事确实有点丢面子。他抬头看了一眼周围，大家也都在指责他，他尴尬地咒骂了一声，擦擦嘴，退后了。

“你没事吧？”靳韩伸出手，将项夏拉了起来。

项夏摇摇头，除了屁股有点痛之外，没什么大碍。

因为于圣杰没有发飙，球场上没出现大的风波，比赛继续进行。比分一比一，双方拉平了战局。于圣杰这次十分小心，不敢小看项夏了，他让人盯紧了小结巴，绝不能给她摸球的机会。

项夏在球场上奔跑着，几次和足球擦肩而过，就是无法断球成功，蓝方的几个大长腿体育生好像故意戏弄她，欺负她个子小，足球飞来飞去，就是让她近不了身。张亮更别说了，他的年龄不小了，早过了青春年少，体力渐渐不支，几次看他擦去脸上的热汗，喘息都不均匀了。

蓝方在利用身体优势耗费红方的体力。

感觉消耗得差不多了，蓝方组织了一次有力的进攻，小梁几次扑球，有些吃不消了。于圣杰单刀直入，带球直逼球门，好在红方后卫突围化解，不然又是一次精彩的射门。

“这样下去，我们会输的。”张亮吐着气，让靳韩想想对策。

“我们的身体素质不如他们，拼体力肯定输。”

靳韩深知一个道理，足球比赛是一个团队合作的体育运动，凭借一两个人的优秀不可能取得胜利，何况对手还那么强悍。

气氛异常紧张，项夏已经闻到了失败的味道，胜出的希望越来越渺茫。

绿茵场外，陈悦雯也很紧张，在情感上，她已经倾向了红方，希望靳韩和项夏能赢，但局势已经倒向了蓝方。

“怎么办？怎么办？”

赵进听见了陈悦雯低语的声音，回头看了她一眼。

“还记得我们大学时吗？我踢球，你观看。”

“啊？”陈悦雯呆了一下，随后脸红了。她当然记得，而且记忆犹新。

那时的赵进也是校足球队的主力，只要有比赛就有他的身影，而她呢，是他的小迷妹，听到赵进在球场踢球，她总是第一时间赶到。后来，她成了他的女朋友。

“年轻真好。”赵进感叹着。如果再让他年轻一回，大约也会这样吧，将青春挥洒在运动场上，每个细胞都为体育而动。可惜当年填报志愿，他没根据自己的心走，放弃了体育，遵照父母的意愿报考了理工大学。

赵进的目光再次转向了球场，陈悦雯的目光却落在了他身上。如果不是她当年固执，坚决要分手，他们现在会不一样吧？赵进的婚姻并不幸福，离异带着一个年幼的儿子，又是工作，又是家庭，还有老人需要照顾，他忙得不可开交，而她呢？一直单身到现在，生活除了教学还是教学，乏味得只有一个颜色。

球场上的气氛又紧张了起来。

蓝方一名球员不知是故意的还是什么原因，突然冲向了项夏，若不是项夏反应机敏，躲避及时，差点儿被他撞了一个满怀。那小子见项夏躲开了，不怀好意地冲她眨了两下眼睛，笑容中夹杂着嘲弄。几个体育生合围过来，其中一个竟不知廉耻地伸手扯向项夏的头发。项夏惊呼闪避，于圣杰突然奔至，一巴掌将体育生的手打开了。

“好好踢球！”

“逗逗她。”

于老大出面，他们只能离开了。

项夏气得腮帮子鼓鼓的，一点儿都不领于圣杰的情。他表面看着像个好人，说不定这些恶心事儿都是他私底下安排的，还有什么是这个坏蛋干不出来的？

“裁判你管不管，有流氓！”

“噗——”周围的人都大声笑了出来。

“怎么了？谁是流氓？球场上不让碰人吗？不能因为是女生就优待啊，你怎么不跟裁判说直接让你抱着球进球门算了？”

“就是，谁让你来踢球的，这儿本来就是我们男生的天下。”

项夏才说了一句，他们就好像开了机关枪，突突一顿乱扫射，她虽然吃了亏，却也占不到理。靳韩把项夏拉到一边，提醒她，只有犯规的动作裁判才会管，刚才只是正常碰撞，她拿他们没办法的。

项夏憋了一肚子气，抬头看了一眼裁判老师，刘老师的眼睛望着天，根本不想管这桩闲事。据说这位体育老师平时就重男轻女，女生踢足球这种事，在他这里是行不通的。

“算了。”

项夏噘着嘴回到了球场上，几个男生仍在她左右转悠。下半场比赛还剩下不到十分钟，双方都想进球，所以争夺更加激烈。

时间一分一秒流逝，双方虽然跑动频繁，却都没能组织好一次致命的进攻。

平局并不是项夏想要的，项夏要的是靳韩赢。

终于，项夏抓住了一个绝好的时机。张亮把足球传给她，她快速带球过人，一个高个子的体育生摔倒了，另一个家伙发现形势不妙，决定使用最卑劣的手段——不跟项夏比球技，跟她比体重，他飞扑上来，压向项夏的肩头。

身高、体重悬殊，男生好像一座大山挡住了所有的阳光，巨大的阴影将项夏笼罩住。他的动作不犯规，会在合理的范围内将项夏压倒。

这就是女生和男生一起踢球的劣势，当时项夏拒绝了赵主任也是考虑到了这一点。此时的情况已无路可逃，足球就算在她脚下也没用了。

如此危急的时刻，靳韩奔了过来，他替项夏扛住了体育生的猛撞，然后将她脚下的足球勾住，一个绝好的射门机会形成了，只要红方任何一个队员冲上去补一脚，虽不能保证一定进球，但绝对会给蓝方造成一次致命的威胁。可惜红方队员的奔跑速度太慢，一蓝方健将提前抢至，一个重脚勾球，靳韩本能地将足球护住，左臂却暴露在了他脚下……

项夏惊呼了出来，操场上一些女生也在尖声大叫。

足球护住了，靳韩的左臂也成了目标，看不出是被一脚踢中还是其他情况，靳韩抱住手臂倒了下去，这一铲力道十足，他的手臂怕要骨折了。

“靳韩，靳韩！”

项夏和其他球员纷纷跑了上来，靳韩的脸已然惨白，疼痛让他的五官扭曲着，汗珠子从额头上滚落下来。

踢人的蓝方球员抱歉地耸耸肩，说他不是故意的。

“什么不是故意的！”张亮一把揪住那个男生的衣领子，他明明有机会收脚的。

“这是踢足球，我们在比赛不是吗？”

男生无奈地耸耸肩，让大家冷静一下：“踢足球难免误伤，谁能预料下一秒会发生什么？难道我不出脚，等靳韩把球踢进球门吗？”

这话也无可厚非，张亮隐忍地松开了手，回去查看靳韩的伤情，靳韩左臂好像出血了。

看着偶像遭受这样不公的待遇，项夏的眼睛一阵刺痛，泪水差点儿从眼眶里滚落下来。靳韩平时接的古装打戏居多，几乎不用替身，这次他手臂受伤，戏路怕是会更窄了。

项夏很自责，这场无情的赌约本不该有，是她把他卷了进来。

明显的犯规导致对方受重伤，众目睽睽，裁判无法偏袒蓝方，他吹了一声哨子，判罚直接任意球，这就意味着红方将有一次最有利的进球机会。这个球交给了项夏。

直接任意球也被称为“一脚球”，发球的位置是犯规行为发生的位置或者足球所在的位置，而靳韩摔倒的位置距离球门太近，对蓝方十分不利。

距离比赛结束只有不到五分钟了，这一球决定了赌约最后的结果。

于圣杰懊恼地甩了一下头，他宁愿没有刚才那个铲球动作，鲁莽有可能让他满盘皆输。他看了项夏一眼，眼中已经没了最初项夏跑上球场时的那种轻视了，他希望她能有一个小小的失误。

项夏站在足球边，深吸了一口气。

回想当年曾经站在绿茵场上的情景，那时她眼睁睁看着足球从头上飞过，却茫然地失去了方向感，是她让球队错失了一个大好的机会，让球队没能进入决赛，教练愤恨地对她说了一句话：

“你永远不要再踢球了！”

她被赶出了足球队，梦想也从那时起好像美人鱼化作了大海上无尽的泡沫，如今，她又站在了这里，又掌控了整支球队的命运，更确切地说是靳韩的命运，她能成功吗？

操场上没了声音，一双双眼睛凝视着项夏，不管男生女生，还是校长老师，都关注着这一刻，在他们眼里，项夏已经不再是一个单纯的女生，而是一名球员。

射门！

人生不可能永远停留在某一刻，也不可能永远等待你的抉择，必须给出一个决定、一个结果。项夏提起脚……

这是一次有准备的射门，也是一次有准备的防守，足球在空中飞旋、跃动，球员们在飞跳、阻拦，但终究没能改变球的方向，它从守门员手边飞过，撞进了球门。

进了！球进了！

项夏感觉天在旋转，大地在撼动，她双膝弯曲，激动地匍匐在地上，绿色的青草满满地映入眼帘，泪水混着汗水滴落在地面上，渗入草丛中。

这不仅仅是靳韩的胜利，也是她的，相隔了几年，她又找回了信心。

最后的三分钟，比赛虽然还在继续，却没有意外了，蓝方被打击得已然没了士气。比赛结束的哨声响起，靳韩的足球队获胜了。

靳韩坚持到最后几分钟，看完了比赛才被送去了医务室，因伤情较重被转去了中心医院。

操场上比刚才还要静默，比赛结果让所有人大跌眼镜，红队竟然赢了？

“这算什么？他们都是校队的？”有的男生难以理解怎么会输给一支业余组的球队，还有一个女生参与。

可就是这个女生力挽狂澜，彻底打击了于圣杰。

赵进微微松了口气，双手插在裤兜里，他回头看了看陈悦雯，只说了一句话：

“你们班人才济济啊。”

“是啊……”

陈悦雯笑得没那么自然。她一直和赵进有一个争论：到底是学生的特长发展重要，还是学业重要。陈悦雯认为，没有文化课的成绩，说啥都是废话；而赵进认为，孩子们的特长很可能就是将来就业的方向，不能因为看重成绩便抹杀了特长。至于如何处理好特长和学业的关系，一直都是个难题。

“项夏这丫头还不错。”赵进点点头。

“你不会真的想让她进校队吧，她的成绩才上来，这不合适。”陈悦雯警觉地看着赵进，让赵进不要打项夏的主意。以项夏目前的学习态度，期末考进前三十没啥问题，将来能进一所不错的大学。

“哈哈，这可不是你我说了算的，要听项夏怎么说，我们没有权利决定孩子们的未来。”

“赵进……”

“你终于肯叫我的名字了。”

赵进微笑着，陈悦雯的脸红了。

球场上，于圣杰愤怒地一脚将足球踢飞，然后转过身，冷漠地走出了校园。没人敢上前和他多说一句话，包括于圣杰平时那些死党。

张斌叹息了一声，在脸上喷着清水。相比足球比赛的结果，他更在乎刚才的九十分钟太阳有没有晒坏他的皮肤，相信不出十分钟他就要回去敷修复面膜了。

罗丽拉一心要对于圣杰的冷漠进行报复，甚至不惜站在靳韩这边摇旗呐喊，可于圣杰真的失败了，她的心情似乎也没想象的那么好，反而空落落的，好像丢了什么东西。于圣杰走后，罗丽拉也走了，甚至孙歆追上去时，她也没多说一句话。

项夏走出球场，看到了潘多多。

潘多多呆呆地站着，从于圣杰离开，她的目光便一直没从校门口移开过。

“潘多多！”

“嘿。”

潘多多回过神来，恭喜项夏取得了胜利。虽然话听着有些言不由衷，但优秀的潘多多嘴里能说出恭喜的话实在不容易。

“我要去医院看靳韩，一起去吗？”项夏问潘多多。潘多多摇了摇头：“我还有课外班……”

潘多多的声音听起来没什么底气，多半课外班是推托的借口。

项夏能理解潘多多的感受，让一个曾经的学霸去看自己的竞争对手确实有点儿难，何况期中考试才结束，她还没从失败中缓过来。

和潘多多道别后，项夏离开了学校。

不知是不是周六堵车的缘故，她一直等不来公交车，出租车也不知跑去了哪里，就在她焦虑跺脚的时候，于圣杰突然从天而降站在了她面前，吓了她一跳。

“干什么？”

项夏下意识地退了好几步。这家伙不会输掉了比赛想要报复她吧？她四下里看了几眼，周围有不少人在等车，还有几个K高的学生，于圣杰怎么都要在乎一下“高岭之花”的形象吧？

于圣杰轻佻地笑了起来，他冲项夏伸出手。

“恭喜你。”

“哦。”

项夏长出了口气，原来他出现在这里，只为说一声恭喜啊。

既然人家的态度这么好，她没有理由再倔强下去，握手言和吧。

为了今后的团结，为了“高岭之花”的面子，项夏也伸出了手，可让她倍感愤怒的是，于圣杰的手突然改变了方向，在空中画了一个圆弧，改成了梳理发丝的动作。

还有什么比于圣杰这个动作更可恶的？他不是来说什么恭喜的，而是来戏弄她的。

“于圣杰，你这样有意思吗？”

“我只想说一句，这次的胜利属于你，不是靳韩的，没有你，他赢不了。”

“你也一样，没有你的队员，你怕一个球都进不了。”

项夏犀利的言辞让于圣杰瞪了瞪眼睛。像于圣杰这种从不在乎团队合作的人，怎么能理解这句话的含义？

对于团队合作的话题，于圣杰不感兴趣。

“我请你吃饭，想吃什么？”

“我要去看靳韩。”

“死不了，有什么好看的？”

于圣杰掰着手指头，列出了一些附近的饭店，什么火锅、烤肉、涮毛肚等，他请客，想吃什么吃什么，项夏听得云里雾里：于圣杰这是想干什么啊？

“你不会输掉比赛，要化悲愤为食欲吧？”

“你说什么？”

于圣杰皱起眉头，项夏赶紧缩了一下脖子，小心翼翼地问于圣杰是不是受刺激了，又安慰他说输掉赌约也没什么损失，只不过靳韩留下来，他还可以继续做他的“高岭之花”。

“你还可以天天追着人喊打喊杀的……”

“臭丫头！”

于圣杰终于被项夏气得挥起了拳头，项夏吓得转身躲避，却因为车站人多，几次被于圣杰提着领子拉回来，眼看被拉出了人群，项夏只能大叫一声：“陈老师！”

这一嗓子很好用，于圣杰条件反射一般松了手，项夏趁机冲了出去。刚好有一辆出租车开了过来，她拦住出租车直接跳了上去，车开之前，项夏还不忘冲于圣杰吐了一下舌头。

“你给我下来！”于圣杰气恼地冲项夏吼着。项夏让司机赶紧开车，有个家伙要发飙了。

出租车呼啸着从于圣杰身边开了过去，于圣杰懊恼地甩了一下手臂。这个臭丫头，从何时起变得这么嚣张了？还是以前那个见了他连话都说不出的小结巴吗？但就是项夏的这种改变感染了于圣杰，他的心态在不经意之间发生了改变。

于圣杰的朋友并不少，但真能让他看得起的又有几个呢？转过身，他双手插兜，无聊地往回走去。

靳韩的手臂虽然没有骨折，却也伤得不轻，手臂外侧撕开了一道几厘米长的大伤口，出了不少血。医生分析，可能是足球鞋鞋底的钢钉造成的。不过按照常理分析，那些钢钉不可能造成这样的伤害，那么就很有可能事先人为动过手脚。

赵主任和陈老师都在靳韩的病房里，靳韩的父母也闻讯赶来了，担心他的伤影响接下来的一些活动。张亮随后也赶来了，代表录音棚里的工作人员问候了靳韩。医院大门外等着一些粉丝，他们见了医生便打听靳韩的情况。

项夏站在病房门口没有走进去。靳韩躺在病床上，因失血过多，脸色显得苍白。

“可恶！”

若是换作平常，项夏可不敢招惹那些身强体壮的体育生，他们仅仅一根手指头就能把她戳倒，可看到偶像伤成这副样子，项夏的胸口燃烧着怒火，她好像一头被激怒的斗牛，头也不回地冲出了医院。

回到K高，刚好踢伤靳韩的体育生还没离开，项夏冲过去让他脱鞋。

“脱鞋干什么？”

体育生翻着白眼，做贼心虚转身要走，项夏毫不客气地伸出腿。那家伙走得太急，毫无防备地绊在了项夏腿上，一声怪叫后，他摔了出去。

不等体育生爬起来，项夏拽住他的一条腿，把肇事的球鞋拉了下来。

“你要干什么？死丫头，想死吗？”

等他穿着一只球鞋追上来时，项夏已经一溜烟地跑出了校门。

躲在学校外的墙角边，项夏查看这只球鞋的鞋底，果不其然，一根鞋钉是处理过的，尖锐得足以伤人。这家伙太坏了，这是事先想好办法要对付靳韩了吗？不知道和于圣杰有没有关系？从上次内奸事件来看，于圣杰没那么卑鄙，希望这事和他毫无瓜葛。

拿着这只球鞋，项夏直接去了医院，亲自把球鞋交到了赵主任手上，这是他们陷害靳韩的证据。赵进很生气，决定彻查这件事，并对肇事者进行严厉的处分。

赵进和陈悦雯提前离开调查球鞋伤人事件去了，张亮也回录音棚忙去了，靳韩的父母怕儿子落下什么后遗症，找医生研究治疗方案去了，病房里只剩下靳韩和项夏两个人。靳韩虽然很疲惫，却仍微笑着。

“我们赢了，谢谢！”

“谢什么？我也是为了自己啊，不能让他们小看了我们。”

虽然她和靳韩都在笑，却笑得没那么轻松，回想球场上的激烈争抢，现在还觉得心有余悸——差一点点便失败了。

赢得了比赛的胜利，过程中的艰辛和痛苦很快被忘到了九霄云外，项夏开始盘算怎么好好地放松一下，她让靳韩赶紧好起来，这样周末就可以继续出去踢球，坐摩天轮也行，然后吃一顿大餐。

“你请客，我负责吃，嘿嘿。”

“庆祝怎么也要半个月以后了，我现在还不能出院。”靳韩吃力地坐了起来，让项夏也不要放松了学习，踢球虽然重要，但文化课也不能扔下。

“干吗又提学习？你知道的……”

这段时间为了拿到好成绩，项夏废寝忘食，好不容易熬到期中考试结束了，她还想着要不要好好休息几天呢。何况她学习需要有人指导，不然遇到难题又要晕头转向了。

“我可以帮你补课。”靳韩意味深长地说。

“你都这样了，还要帮我补课？先出院再说吧。”

“你可以天天来医院的。”

“来医院？你是想帮我补课，还是无聊，想让我陪着你啊？”

醉翁之意不在酒，靳韩心里竟然也有如意小算盘，还被项夏识破了。靳韩哈哈大笑起来。

“真是个二哈。”

“什么二哈……”

曾经这个外号让项夏很烦恼，现在听起来却是暖暖的。

“饿了。”靳韩张开嘴。

“不会吧，你让我喂你？”项夏瞪着眼睛。这家伙恃“病”而骄，有点得寸进尺了。

“我的手受伤了。”靳韩满脸委屈，不觉得自己的请求哪里过分了。

“另一只手呢？”

“打针啊。”

靳韩可怜兮兮地抬起另一条手臂。这条手臂也面临废掉的危险——护士找不到血管，给他扎了足足三针。

“好吧。”

项夏翻了一下眼睛，端过饭菜，靳韩的嘴巴张得更大了。

“香，真香。”他一边吃一边啧啧称赞着。

“有那么好吃吗？”

项夏对着餐盒闻了闻，味道好像还不错。

有了“喂饭”的开端后，靳韩一发不可收拾，吃完饭要喝水，喝了水要吃苹果，项夏马不停蹄地帮他拿这个做那个，他不亦乐乎地享受着。

整整忙活了半个小时，项夏刚坐下，张斌便拎着一兜子水果进来了，殷勤得好像换了一个人一样。

“靳韩，怎么样？我听医生说没骨折啊，那就好，如果骨折就麻烦了。我给你买了点儿水果，这个橙子很好吃的，我剥给你。”

太阳这是从哪边升起来的？项夏看得云里雾里。

张斌热情地剥开一个橙子送到靳韩嘴边，靳韩很尴尬。

“我自己可以吃。”

“你现在不方便。”

“方便，方便。”

靳韩抬起打针的那只手，把张斌递来的橙子接住，掰开一瓣儿放在嘴里。项夏鼓着腮帮子盯着靳韩，刚才谁说这只手也废了的？

靳韩尴尬地笑了一下说：“不知怎的，呵呵，突然可以动了。”

避开项夏恼火的目光，靳韩缩在床上吃橘子。

张斌好像狗皮膏药一样赖在这里了，他搬了一把椅子坐下来，喋喋不休地和靳韩讲今天的比赛，关于于圣杰怎么安排的人，使用的什么战术，又是怎么让他们合围靳韩的，没有一丝保留，和盘托出。

靳韩只是安静地听着。比赛已经结束了，于圣杰做过什么都无关紧要了。

聊着聊着，张斌提到于圣杰勾结了一些社会人。

“最近这几天，那些人总来学校找于圣杰，我觉得不是什么好事。”

“找于圣杰？不会又要对付靳韩吧？”

项夏担心于圣杰不肯就这么罢休，赌约虽然失败了，但他可以想别的办法刁难靳韩。张斌赶紧摇手。

“不会的，于老大这个人，我很了解，他一般说到做到，输了球，就会遵守承诺，绝不会再找靳韩的麻烦，除非……他们有什么不得不面对的理由。”

“应该没有吧。”

项夏想不出于圣杰和靳韩之间会有什么不得不面对的理由，除了是同学每天必须见面外，应该不会有什么其他合作的机会。

项夏万万没想到，靳韩和于圣杰之间的恩怨并没有结束。

韩晓波回了病房，她礼貌地感谢项夏对靳韩的照顾。

项夏知道韩晓波很介意一些女生和靳韩接触，她赶紧找了一个借口和张斌一起离开了病房。

出了医院的大门，张斌没有马上离开的意思，他向项夏解释之前的误会，说所有的种种都是于圣杰唆使的，不然他也不会那么对待同学。这家伙表情生动，眼神楚楚可怜，说到动情之处还会眼圈湿润。

项夏冷眼旁观，觉得这小子不当演员太浪费了。听着他这些鬼话，项夏有些同情于圣杰了：这算不算是树倒猢狲散？于圣杰还没被完全击垮呢，他的党羽就纷纷弃他而去了。

张斌觉得项夏好像并不配合他的表演，晓得刚才白费口舌了，便扫兴地离开了。

独自一人走在人影稀落的街头，项夏抬头仰望着天空，天晴得好像一块碧蓝的玉，几片薄薄的云丝像是被阳光晒化的棉花糖，随风缓缓摇曳着。

项夏从未尝试过这么放松，仿佛连空气中的氧分子也比平时多了好多，呼吸起来格外舒畅。

因为靳韩和于圣杰的赌约，项夏的名字几乎全校皆知，走在上学的路上都有K高的学生看过来，低声议论她踢球的事，她不再是以前那个经常被人忽视甚至欺负的小结巴了。若说内心没一点儿骄傲，那是假的，但骄傲的同时她还有一丝担忧，就是对于圣杰，瘦死的骆驼比马大，这家伙周六被无情地拒绝了，会不会记恨在心，在校门口拦截她？

到了校门口附近，项夏走得格外小心。

一直到进入校门都很顺利，别说于圣杰，连张斌也不知道跑去了哪里，只有校园门口的公告板前围了不少人，不知道发生了什么事。

项夏走过去，和其他人一样伸长脖子看着公告板，看清上面的文字后，她惊得目瞪口呆，慌乱得有些抓不住要领，这是谁贴的？

公告板上贴着一大张纸，纸上写了一行字：“高岭之花”从此易主，靳韩是也！

这种时候贴这样的文字，不是让于圣杰更恨靳韩吗？

这个恶作剧有可能是靳韩的粉丝干的，也可能是居心不良者的挑拨离间，思来想去，项夏怎么都觉得这行文字是个祸害，就在她伸手要把那张纸撕掉时，身后的人群突然散开了，一股冷风从她脖子后面吹过来，她猛地打了一个冷战。

缓缓转过身，项夏看到了于圣杰，他正站在她身后，抬头看着那块公告板。

周围的燥热莫名地冷却了下来，没人敢大声喘息，甚至有人悄悄地退后，项夏也吞了口气，等待于圣杰的爆发，可于圣杰只看了一眼，便转过身向教学楼走去。他的腿很长，步子很大，仍和以前一样，脊背上挂着旁若无人的冷傲。

项夏以为于圣杰会震怒，即便不震怒也会撕掉那些可恶的文字，追究到底是谁干的，可他就这么走了，走得风轻云淡，让你怎么都无法把他从K高老大的神坛上抹去。

“走吧，没什么好看的。”有人觉得扫兴。

“这样也不生气吗？”

没看到好戏，围观的学生纷纷散去。

等人走得差不多了，项夏把公告板上的纸撕了下来，揉成一团扔进了垃圾桶。

当项夏走进教学楼后，几个女生凑了上来，向她打听靳韩的情况，其中两个还是罗丽拉黑团里的人。经过这场赌约之后，几个黑团里的人彻底脱离了组织，弃暗投明了。

于圣杰和罗丽拉，曾经都是K高的半壁江山，却渐渐众叛亲离了。

足球比赛后的周一，教室里的气氛很诡异，于圣杰坐在后面一句话不说，张斌也没像往常那样凑上去老大长老大短地捧他，一本漫画书被于圣杰翻了好几遍，他好像就是看不厌。罗丽拉有些局促不安，几次拿起小镜子又放下了，甚至书桌上不知谁放了一封情书她都熟视无睹。潘多多在分发作业，她的气色看起来不错，放下必考第一的心境后，她反而开朗多了。

孙歆吃着爆米花，发出咔嚓咔嚓的声音，罗丽拉几次冲她瞪眼睛，她还是照吃不误。没有什么事可以阻挡孙歆的嘴，她所谓的减肥大计从来都是空话。

孙歆见靳韩没来上学，干脆坐在了他的位置上，一边吃爆米花一边含糊地和项夏说话。

“你算是抱对大腿了。”

“什么大腿？”

“靳韩啊。赌约赢了，谁不敬佩靳韩啊，现在遍地都是他的粉。”孙歆的嘴巴一张一合，激动得爆米花都从嘴里掉了出来，她又捡起扔了回去，一点儿都不想浪费，“我也是粉丝。”

“你也算粉丝？”

项夏真不想打击她，她这不叫粉丝，叫趋炎附势。靳韩刚来的时候，被人挤对连饭都吃不上，怎么没见她这个粉丝站出来，黑团里倒是有她的身影。

孙歆为了证明自己转粉了，从衣兜里掏出一张靳韩的照片，照片已经被折磨得皱巴巴的。她吃得太急，又不断说话，突然岔气咳嗽了起来，满嘴嚼得半碎的爆米花全都喷溅出来，照片上靳韩的脸瞬间成了大花脸。

项夏很无语，瞪着孙歆，孙歆也觉得不妥，拿着照片捂着嘴巴跑了出去。

踢伤靳韩的体育生受到了记大过处分，并被校足球队除了名，他虽然心里不服，但在有力的证据面前无话可说。

项夏几次和那名体育生擦肩而过，他都用嫉恨的眼光看过来，但于圣杰事后放了话——赌约输赢已定，愿赌服输，谁也不准就这件事进行报复，谁若敢私下里搞什么动作，就是和他作对，体育生只能忍耐。

别看于圣杰平时做人飞扬跋扈，做事却很有原则，在这一点上，项夏很欣赏他。

赌约结束后的一周内，K高的校园氛围十分平静。

项夏每天放学都会先跑去医院看靳韩。靳韩无聊了一整天，见项夏来了，每次都先调侃一阵才开始补习功课，其余的时间，靳韩会让项夏帮他演练剧本里的台词。据说最近有一部青春剧在海选男主角，靳韩对这个角色很感兴趣，只是竞争对手很多，他需要全力以赴。

“这个角色和现在的你挺像的。”项夏大概读了一遍剧本，感觉属于厚积薄发的励志故事。

“过气童星吗？”靳韩笑了。

项夏红了脸，她没有嘲笑他的意思。

“我是说故事励志，没说……”

“事实就是事实，作为一名童星，我确实过气了，但作为一名演员，我的路才开始。天下没有免费的午餐，成功是靠汗水堆积出来的，没人能随便成功，哪怕你有一个好的基础，还是要靠自己的努力去争取所有的机会。”

靳韩不怕面对失败，却怕失去站起来的勇气，所以他一直在鼓励自己，不能停止前进的脚步。这番话也鼓舞了项夏，过去的只能代表过去，现在才是开始。

K高的校园平静了不到四天，第五天又躁动了起来。

第二十二章 校霸落难

一年一度的“青春杯”运动会开始了，这是K高最大的赛事，也很有名气，所有班级都必须参与，冠军的奖励也很丰厚。

每年到这个时候，陈悦雯都很头痛，她好像陷入了一种魔咒：只要她带的班级，年年“青春杯”都是倒数第一，去年也不例外。现在的高二（6）班，体育最好的是于圣杰，可这小子不关心班级，还没什么集体荣誉感，让他带头组织球队，相信不过是多一次失败。

果不其然，于圣杰面对新一年的“青春杯”，表现得十分懒散，他又拿起了漫画书，一边看还一边打着哈欠。

陈悦雯愁眉不展地坐在讲台上，思来想去，觉得今年若再按照去年的套路来肯定不行，她抬起头，环视了教室一周，最终把目光停在了项夏身上。项夏刚刚帮靳韩赢了赌约，球场上表现很出色，学习成绩又上来了，假若让她组织“青春杯”，会不会有意外的惊喜？

死马当活马医，陈悦雯决定就这么办了。

“今年的运动会，我想让项夏带头组织，大家有意见吗？”

教室里鸦雀无声，一个吭声的都没有，于圣杰专心地看他的漫画书，只掀了一下眼皮，对“青春杯”的话题丝毫不感兴趣。

“我？”

项夏指了一下自己的鼻子。陈老师没搞错吧？让她组织“青春杯”？

“对，就是你，有信心吗？”

“信心？呃……”

项夏怎么都笑不出来，肩头突然压了这么大一个担子，叫她到哪里去寻找信心？不压死就谢天谢地了。

虽说每次“青春杯”大家都不愿主动站出来挑大梁，但活动带头人的资格落在小结巴头上，大多数人心里都不舒服。在他们眼里，项夏是一个不起眼儿的小人物，即便靳韩的赌约让她风光了几天，也改变不了她平庸的身份。尤其是罗丽拉，在陈悦雯走到教室门口时，她突然站了起来。

“老师，我觉得项夏不合适。”

“为什么？”

“她是女生。”

“女生怎么了？”陈悦雯转过身，蹙眉看着罗丽拉。足球场上，项夏的表现大家有目共睹，她并不比男生逊色，罗丽拉以这个作为理由提反对意见，丝毫没有说服力。

“一向……一向都是于圣杰牵头的，他足球踢得好。”罗丽拉立刻换了一个理由。

“去年也是他牵头，全校倒数第一！”陈悦雯将“倒数第一”四个字加重了语气。

于圣杰突然放下漫画书，慵懒地开了腔：“说得对，想倒数第一来找我。”

“你闭嘴！”陈悦雯训斥于圣杰。于圣杰无聊地耸耸肩，又拿起漫画书继续看了。罗丽拉这次没有理由了。

“我只是觉得项夏不合适，她没什么组织经验。”

“不如你来牵头？”

“我……不行……”罗丽拉可不愿管这种费力不讨好的闲事，有那个闲情，她宁愿把自己打扮美美的。

“没更好的推荐别来找我。”

陈悦雯不悦地走出了教室。

罗丽拉鼓着腮帮子，快速扭过头，一双眼睛凶巴巴地看向项夏，好像是项夏抢了这个带头人的位置一样。

“项夏，你事先跟老师说什么了？”

“我也是才知道。”

项夏懒得理会罗丽拉。既然老师已经把这项任务交给了她，她又不能推辞，就得认认真真地完成。拿出本子，准备好笔，她抬起头看向四周，想统计一下有多少人报名。

罗丽拉鄙夷地发出一声冷笑。

“也好，我正想看热闹呢。”双臂一抱，罗丽拉倒坐在椅子上，想看看高二（6）班谁敢支持项夏。

项夏清了一下嗓子。

“大家想报什么项目现在举手，名额有限，早报早得！”

喊完之后，项夏尴尬了，竟没一个人举手，大家该做什么做什么，就像没听见一样。张斌把一张面膜贴在脸上，舒服地躺在椅子里，旁边有男生逗他，他气恼地挥着手臂，生怕脸上多一条褶子。于圣杰听见喊声，慵懒地抬了一下头。

“哎，啧啧啧。”

发出奇怪的啧啧声后，他拿起漫画书把身体转向教室后方，一副什么都与他无关的姿态。

项夏又喊了一声，还是没人回应，教室里安静得连根针掉下去都能听到声音。罗丽拉托着下巴，翻着白眼。

项夏知道自己就算坐一天也可能一个报名的人都没有，根据平时对大家的体育特长的了解，她打算一个个邀请他们。

第一个找的人是许安泰。许安泰擅长长跑，每天早上都能看到他围着操场跑步，一跑就是七八圈。可许安泰只是笑笑，让项夏别费力不讨好了，就这个班级，体育生那么多，一个拔河比赛都能失败，还提什么更复杂的“青春杯”运动会。

“能不能先报名啊？也许今年能赢呢。”

项夏把本子放在许安泰面前，许安泰瞥了本子一眼，又回头看了看于圣杰，然后摇摇头，把本子推开了。

“还是算了吧。”

“集体的荣誉，你不想争取吗？”项夏让许安泰好好考虑一下。

许安泰笑了，他反问项夏：“在这个班级，有集体荣誉这种东西吗？”

项夏被问得哑口无言，只能收起小本子。

呆呆地在教室的窗边站了好长时间，项夏不服气地看向于圣杰。这家伙还在看漫画，那本漫画书的情节他大概都能倒背如流了吧？或许他在假装看漫画，实际上是想看她的笑话。果然，某一瞬间，于圣杰狡诈地笑了。

项夏不服气，又找了武汉星。武汉星擅长的是跳远，每次个人跳远选拔赛，他都能取得不错的成绩，只是班级活动他的表现有些疲软无力。武汉星和许安泰的态度截然相反，许安泰有所畏惧，武汉星却什么都不怕，但他喜欢随波逐流，扬言只要有人愿意报名“青春杯”，他就加入，可惜现在本子上一个名字都没有。

“总得有人做第一个啊。”项夏鼓动他。

“只要不是我就行。”

武汉星把项夏放在他桌子上的本子推开了，让她不要难为他，他只是喜欢跳远，不想出风头。

这是什么话？她让他跳远，哪里是出风头？

“第一个就是出风头，你先找别人吧。”

“好吧。”

又找了几个人，态度还是一样，没人愿意成为第一个。

项夏无奈地转过身，鼓着腮帮子看向于圣杰。一切的根源都在这里，只要于圣杰不发话，没人敢加入“青春杯”运动会。这家伙已经树倒猢狲散了，还有这么大的威力吗？

硬着头皮，项夏犹犹豫豫地走到于圣杰的书桌前，还不等她开口说话，于圣杰便把漫画书扔在了桌子上，吓了项夏一跳。

“干什么？”于圣杰的态度很不友好。

“刚才老师说的话，你听到了吧？”

“听到了。”

于圣杰左腿一抬，堂而皇之地架在了书桌上，然后懒洋洋地挑了一下眉毛，斜觑着项夏。

“想让我报名……是吧？”

“是啊。”

项夏想把本子放在桌子上，可看看于圣杰的大腿占据了大半张桌子，她只能皱着眉头，把本子放在他的膝盖上，然后小心翼翼地把笔放在他手里。

“要不……你先报一个项目？”只要于圣杰签字，一切就好办了，即便他不参加运动会也无所谓，项夏满眼期许地等待着。

于圣杰垂下眼皮，发出了啧啧声。

“可怜啊，一个人都没有。”

“你签字就有了啊，第一个！”项夏伸出大拇哥。

“说得也是。”

于圣杰把腿从桌子上放了下来，直起腰，然后把本子规规矩矩地放在桌子上，笔握在手里，一副要认真对待的神情。

项夏心中一阵窃喜，没想到于圣杰这么配合，早知道他不排斥，第一个就找他了。

看着于圣杰落下的笔，项夏惶恐的心踏实了许多，甚至暗暗做了一个设想：只要于圣杰愿意加入“青春杯”，让他当带头人也行，她在一边监督。以于圣杰在（6）班的地位，看谁还敢搅浑水。只要他不闹事，大家精诚合作，这次“青春杯”说不定……

就在项夏沾沾自喜的时候，于圣杰放下了笔。

“搞定！”

“谢谢。”

项夏怀着信心拿起本子，当看清于圣杰在本子上的杰作后，她的好心情一下子没了，险些气吐血。

“你……”她气闷地只吐出了一个字。本子上哪里是于圣杰的签名，而是一只小乌龟，乌龟的盖儿上还写了一个字——“笨”。

“你以为我会加入吗？什么时候变得这么没脑子了？”于圣杰的身体往后一仰，腿又搭在了桌面上。

项夏站在一边，咬着唇瓣，半晌说不出一句话来。于圣杰微微一笑，给项夏指出了一条光明之路。

“‘青春杯’今年如果还是倒数第一，这个锅你就得背着，小结巴，听我一句劝，现在就转过身，走出这扇门，去老师的办公室，跟她明明白白地说清楚，这个活儿，你干不了。”

“运动会总得有人管。”

“不是有靳韩吗？他那么神通广大，你出什么头？”

于圣杰对着项夏打了一个响指，让她向陈悦雯申请，把这个美差交给靳韩，靳韩的能力可比她强了不知几百倍。

“靳韩还在医院！”

项夏愤然地瞪着于圣杰。他想让一个躺在医院里的人爬起来管这事儿吗？如果不是因为他胡闹，靳韩现在应该忙着参加青春片的试镜呢，现在可好，竞争对手周伟韬去了，他连最后的机会都没了。

“那就没办法了。”

于圣杰耸耸肩，表示对此无能为力。看着他一副烂泥扶不上墙的懈怠模样，项夏感觉他和自己根本不在一个星球上，连是不是同一物种都值得怀疑。还有那些不动脑子盲从的家伙，知不知道这个世界上还存在一种东西叫“个性”？

懒得再多说一句话，项夏一把抓过本子，转身要走，于圣杰却在她的身后开心地喊了一声：“祝你成功！”

那一刻，项夏的心情真的很糟糕，看着眼前走来走去的人，她感觉大家都谢幕了，只留下她一个小丑不知所措。

项夏想不通，这些男生女生每天都生活在这个集体里，能做的事就是麻木地走来走去，丝毫不关心集体荣誉，甚至有人不忘适时地抹黑一下（6）班，“青春杯”年年倒数，不以为耻反以为荣？面对一颗颗颓废的心，她要怎么力挽狂澜？

独自一人站在操场上吹着风，项夏手里还拎着那个空空的小本子，她很郁闷。

放学后，值日生打扫卫生，提水的提水，扫地的扫地，走廊上传来一阵阵细碎的脚步声，偶尔能听到说话的声音，其他班级的同学都在热情地为运动会做准备，甚至放学都在兴奋地谈论，只有（6）班，连个发声的人都没有。罗丽拉慢吞吞地收拾着书包，几支名牌口红从书包里掉了出来，其他女生惊呼出来，问这是什么品牌的，罗丽拉喋喋不休地炫耀了起来，什么法国兰蔻、迪奥，美国雅诗兰黛等，那些都是项夏想都不敢想的大牌子。

在项夏的印象里，罗丽拉每天都带来不同的奢侈品，彰显自己与众不同的身份。

项夏无聊地托着下巴，看着眼前这位“富二代”。除了那张脸蛋，还真找不出她有什么优点，谁给她的勇气这么招摇？

“看什么看？”罗丽拉冲项夏瞪了一下眼睛。

“嘁！”

项夏把目光移到了别处，手里仍捏着那个本子，她不甘心就这么失败了。

同学们陆续离开了，项夏是最后一个走的，出校门时，几乎看不到什么人了。

“唉！”她叹了口气，踢着地上的石子儿。

校门口不远处的一家西餐厅门前传来一阵笑声，项夏抬头看去，发现于圣杰正和几个体育生在嬉闹。于圣杰见项夏站在街边，冲她招了招手，问她要不要一起吃牛排，他请客。

“请客，本姑娘不稀罕。”

项夏狠狠地白了于圣杰一眼，心中压制着几乎喷出的三昧真火：这些有钱人家的败家子，什么事都做不好，唯一的本事就是挥霍金钱，凭什么这么有优越感？

“不吃算了，瞪什么眼睛。”

于圣杰撇了撇嘴巴，转身叫几个哥们儿进去了，项夏看到他们在西餐厅里一通豪点，这一顿没个七八百怕搞不定吧？

骑着自行车，项夏绕过西餐厅去了医院。

靳韩的眼睛很毒，项夏才进入病房，他就看出来她的心情不好。

项夏把“青春杯”运动会的事告诉了靳韩，还有班级里那些同学的反应，简直就是一潭死水，说话间，她又失望又沮丧。

“不要放弃，还有我呢。”靳韩举起还打着药水的手。

“你，就你这样……”

项夏让靳韩别开玩笑了，他没了一条手臂，另一条也差不多废了，剩下两条腿，长期躺着都不知道会不会肌肉萎缩，一个半残的家伙，怎么参加“青春杯”运动会？

“二哈。”

靳韩瞪了瞪眼睛，这丫头说得他好像残疾了一样。

“我马上可以申请出院，你信不信？”

“我开玩笑的，别当真。”

“我没开玩笑。”靳韩用他超强的数学理论进行了一番周密的分析：

从细胞开始有丝分裂，以自身DNA为模板和指令，生长出新细胞的速度计算，他再有不到一周的时间就可以运动自如。

学霸就是学霸，听得项夏云里雾里，竟觉得好像很有道理。

“太好了，不如……你当带头人？”

项夏终于抓到了一根救命稻草，死皮赖脸地让靳韩当这次运动会的带头人，毕竟他是大明星，又是学霸，感召力比她强多了。

“不，我可以支持你，但不会带头。别忘了，除了于圣杰，我的背后还有一个黑团，你想她们这个时候跳出来捣乱吗？”

靳韩的话不无道理，“青春杯”已经很难组织了，这个时候让靳韩带头，确实是自找麻烦。

项夏拿出笔记本，让靳韩看看项目，他能报什么。

“二百米、四百米、四乘一百米接力都可以。”

“哇，你田径行吗？”

项夏质疑靳韩的田径项目到底行不行，别为了逞强，到时候拖了全班的后腿。

“又看不起我了？”靳韩让项夏等着瞧，看看他是不是网上说的那么养尊处优、弱不禁风。

说靳韩弱不禁风，项夏当然不信，他上次一招KO于圣杰，动作干净利落，她到现在都怀疑靳韩是个武林高手，只是没想到他还身怀田径绝技。

“我小时候学过跆拳道，后来角色需要，找专门的武术教练指导过，不用替身的。”

“可网上说你用替身，还对替身特别刻薄。”

“你相信吗？”靳韩反问。

“不信。”

那些新闻没照片，不算证据，谁都可以胡编乱造，项夏也只是看看，丝毫不影响她对偶像的认可。

“有照片的也不一定是真的，有些人就是喜欢制造是非博取眼球，这在影视圈已经见怪不怪了。”

靳韩苦笑着摇摇头。最初他也是接受不了，觉得一些谣言根本就是无中生有，是有人恶意泼脏水，他试图反抗，却发现并没什么用，慢慢地也就习惯了。

“做明星真不容易。”

“想靠实力闯出一片天下更不容易。”

蹭热度、蹭人气终究不是长久之计，靳韩已经厌恶了各种出风头的安排，他只想踏踏实实地演一部自己喜欢的剧，却那么难。

有偶像靳韩在身边，项夏总能感到满满的能量，她决定不放弃“青春杯”，坚持下去，直到名额报满为止。

因为靳韩报名参加了青春杯，一潭死水一样的班级终于有人活过来了。张斌找到项夏，主动申请跳高项目。武汉星见有人做了第一人，他也报名参加了跳远项目。还有几个人在观望于圣杰，希望K高老大不会因为他们支持了项夏而难为他们。于圣杰得知靳韩参与了“青春杯”，更加排斥“青春杯”了，甚至私底下和几个体育生说好了，让他们绝不能丢了他的面子，坚决抵制这次运动会。

一个运动会，所有体育项目加起来二十几个，却只有三个人报名，项夏算上自己，也不过四个而已。

被逼无奈，项夏又找到了于圣杰，希望他能看在她没把那个秘密说出去的分儿上，给她一个面子。

“又拿这个威胁我？你觉得我现在还怕什么？”“高岭之花”的地位都没有了，党羽又散了一批，他还在乎项夏到处宣扬他哭泣的秘密吗？

“我不是这个意思，我想……你不报名，能不能让他们报名啊？”

“不是还有其他人吗？随便拉几个不就行了。”

于圣杰耸耸肩，说他和他的几个朋友还有其他事要做，没时间参加什么运动会，让项夏找潘多多、周旭航去。

项夏气得直翻白眼。于圣杰点名的几个人怎么可能参加体育项目竞技？如果强加给他们，比赛的结果可想而知，又是全校倒数第一。

“要按特长分配比赛项目，不能按人头，不然还是倒数第一！”

“你还有其他期待？可笑。”

于圣杰懒得继续和项夏浪费口舌了，他站起来，拍了拍项夏的肩膀，动作看似安慰，说出的话却让项夏火冒三丈。

“不如你和靳韩都包了吧，偶像和粉丝精诚合作。”

“于圣杰！”

项夏气不过，举起本子冲他的肩头打了过去。于圣杰手疾眼快，一把抓住项夏的手腕，愤怒地警告她，把他逼急了，也打女生的。

“你打，你打啊！”

项夏把脑袋伸给他，于圣杰眨巴了好几下眼睛，扑哧一声笑了出来。

“什么时候变得胡搅蛮缠了？滚滚滚，别来烦我。”

“等着瞧，不信你能一直这么得意，总有你倒霉的一天。”

项夏气不过于圣杰搅浑水，发火说了一句气话，可她万万没想到，这句气话竟然应验了，于圣杰很快陷入了无法摆脱的困境中，这个困境几乎将他击垮了。

学校已经下了通知好几天，高二（6）班的“青春杯”运动员名单仍旧只有那么几个，报名的人数比去年还少，更别说参加什么比赛，学校都在点名批评（6）班迟迟没把运动员名单报给学校。

那个时候，项夏极其讨厌于圣杰，比他最初欺负她时还要讨厌他。想不通像这样的人怎么可以活得那么自信？谁给他的勇气让他如此嚣张？就在项夏期盼有什么事发生，给于圣杰一次狠狠的打击时，老天好像看透了她的心思，真的降下一道“惊雷”劈中了他，不但所有人蒙了，连于圣杰本人都差点儿晕倒。

“是真的吗？”

张斌问周旭航，周旭航问孙歆，孙歆问罗丽拉，罗丽拉挠着头一脸茫然。

“我也不知道啊，你们好奇就看校园网好了。”

一语点醒梦中人，大家纷纷拿出手机查看校园网，没手机的跟着别人一起看，生怕错过任何一个细节。

“乖乖，是真的，这是于圣杰父母的照片吗？”

“他不是‘富二代’？”

“打工仔的儿子？”

“哇，亮瞎了我的狗眼。”

……

项夏也拿出了手机，一双眼睛盯着屏幕。校园网上贴了四五张照片，照片上一对夫妇正在餐馆里忙碌，男的看起来是个厨师，戴着厨师帽，正在热火朝天地炒菜，女的穿着服务员的衣服在擦桌子，他们看起来很疲惫的样子，这是于圣杰的父母吗？

项夏放大照片，仔细辨认着男人和女人的脸，依稀和在于圣杰家里看到的合影很像，只是面容比照片上的人苍老了不少，他们应该就是于圣杰的父母。

听孙歆说，这是于圣杰父亲的一个老乡去美国照的。至于为什么照片会传到校园网上就不得而知了，她猜测很可能是有人看不惯于圣杰在学校里装有钱人，才把这些照片公布出来。

于圣杰虽然从未说过自己是“富二代”，但很多同学都这么认为——表面看来，于圣杰太有钱，太招摇，日常挥金如土，他怎么可能不是有钱人家的少爷？

项夏翻看着手机，虽然平时不太待见于圣杰，却不敢相信他会做这样的事。

罗丽拉气得差点儿把手机摔了，她认为这是有人造谣生事，故意把一对民工夫妇的照片放在网上，诬陷于圣杰。

“有什么好看的！这是于圣杰的父母吗？你见过，还是你见过？”

“那你见过吗？”张斌反问罗丽拉。

罗丽拉摇摇头。

“你没见过，怎么知道不是？”

“这……”

……

在大家的议论声中，于圣杰进了教室，径直走向自己的座位，坐下来，他慢条斯理地收拾着书包。

他不会不知道发生了什么吧？

大家都把手机放下了，一个个胆怯地闭了嘴，只有罗丽拉不甘心，她要证明她说的是对的，这是有人恶意诬陷。罗丽拉咬着唇瓣，快步走到于圣杰身边，把手机的屏幕朝向他。

“你说，这不是你的父母！”

于圣杰连眼皮都没掀一下，很有可能这些照片他已经看过了，所以对此不屑一顾。

收拾好书包，于圣杰站了起来，把书包往肩头一甩。

罗丽拉有些急了："你快说，说啊！这不是你的父母，告诉他们！"

于圣杰突然抬起头，冷冽的目光直射向罗丽拉，罗丽拉的肩头微微一抖，下意识地后退了一步。

"走开！"于圣杰低吼了一嗓子，然后绕过了罗丽拉。

罗丽拉站在一边，能清楚地看到于圣杰的表情，他好像一头暴怒的狮子，强忍着怒火，若再招惹他，他一定会爆发出来。停顿了片刻，于圣杰迈开大步，头也不回地走出了教室。

虽然很多人不愿相信那是于圣杰的父母，可于圣杰的表现让他们很快坚定不移地相信了，因为于圣杰怒了，在意了，没有辩白一句。

"真是个假'富二代'？"

这是反问还是自问？项夏知道，这是一个不需要回答的问题。

不管于圣杰有没有假装自己是"富二代"，从他走出教室的那一刻起，大家就都当他是个骗子了，是个不知羞耻的伪装者。

几个体育生摔了书本，咒骂着，一些女生失望地叹息着，张斌在低声议论什么，这个时候他的八卦是最多的。

于圣杰走出了教室，走出了K高，再没回来过，包括第二天、第三天，他一直没有出现。

最初大家都以为于圣杰又逃学了，可一连三天，他的座位都是空的。陈悦雯沉不住气了，她亲自去了于圣杰的家。小区保安告诉她，他看到于圣杰昨天一早拖着一箱行李离开了。

拖着行李走了？

陈悦雯觉得问题严重了，试图联系于圣杰的家人打听一下情况，可翻遍了于圣杰的学籍档案，里面留的手机号码都是空号。

万般无奈，学校只能报警。

于圣杰失踪后，罗丽拉也好几天没来上学，请假说是肚子痛，大约她也在怀疑校园网上的新闻是真的，有点接受不了这个事实。

警察虽然答应了寻找，却迟迟没给什么答复。就这样，于圣杰失踪了整整一周，谁也不知道他去了哪里。

项夏很自责，总觉得是自己的诅咒惹了祸。

靳韩利用他在娱乐圈里的人际关系打听到了于圣杰的下落——他出境去了美国。

“去美国了？”

“他去求证答案了。”靳韩不相信于圣杰是个虚伪的人。

“希望他能打开心结。”

于圣杰真的能打开心结吗？项夏担心他去美国求证的不过是一个破碎的梦。

第二十三章
校霸归来

美国纽约唐人街。

一家大型中餐馆里，一对中国夫妇正辛苦地忙碌着，男的正甩开双臂炒菜，汗流浃背，女的一边端盘子一边清洁桌面，他们的年纪虽然都才四十出头，却均显出与年纪不搭的老态。

这对夫妇虽然不是餐馆的老板，但在这家餐馆打工的时间比历届老板都长，而且是长年无休，整整十三年。虽然偶尔会回国一次，却还是忘记了家乡的模样。

餐馆最近换了新老板，老板的脾气很暴躁，正在训斥女人，女人只能点头赔笑脸，不敢有丝毫怠慢。

餐馆的门外，于圣杰手中的行李箱掉在了地上，手指慢慢收拢握成了拳头。

从小便有人告诉他，他的父母在国外是开连锁大餐馆的，有很多钱，是名副其实的大富商，甚至去世的爷爷也曾这样安慰过他——等他的父母赚了大钱回来，就什么都有了。

连于圣杰自己都深信不疑——父母虽然没文化，但是钱多，可眼前的事实是，他们不过是美国一家餐馆里的打工仔。

虽然校园网上的照片于圣杰已经看过了，传闻也听说了，但赤裸裸的真相还是震撼了他，好像无数钢针在心头毫不留情地猛刺着。他整个人石化在街边，甚至有人从身边走过撞了他，他都麻木得没了反应。

餐馆的生意好像不错，一直有人进进出出，一整天下来，厨师都没能踏出厨房一步，女人累得一个劲儿地捶腰，和另外一个中国女人唠叨着，他们不再年轻了，干不动了，是不是该考虑回国了。

“孩子要考大学，娶媳妇，结婚，这点儿钱哪里够用。”

“说得也是，我们家小杰还在读高二。”

“听说是重点高中，花了不少钱吧？”

“嗯，很多……”

说完，女人支撑着站了起来，身体里好像重新注入了力量，她又跑前跑后地忙碌起来，甚至几次走出餐馆倒垃圾，都没能认出站在门外的儿子。

看着母亲的身影，于圣杰几次嘴唇微动，却始终喊不出每个夜晚梦中渴望的两个字——“妈妈”。

阳光直射着他的脸颊，于圣杰缓缓抬起头，天空中那份闪耀让他的双眼猛然一阵刺痛。

飘浮的思绪，游荡的怅惘，仿若极细的触角，肆无忌惮地钻入肌肤的每一个毛孔，又似蔓藤在延伸，束缚住四肢，纠缠着他的身躯，让他感到窒息又疼痛。

这就是美国有名的唐人街吗？这就是他一直向往却不可及的幸福生活吗？这就是左邻右舍津津乐道的富贵荣华吗？他看到的除了疲惫，还有汗水，来不及擦拭的汗水。于圣杰眼眶发热，转过身背对着餐馆，环顾着传说中的唐人街。

书中，它多么繁华，多么有特色，可在于圣杰眼里，它不过是中国的一座小县城，这里分布着很多商店，三分之一是餐厅。

街道两边摆放着堆积如山的水果、药材、海鲜，中文招牌探出门面，密集得让人透不过气来。

一个女人头上包着头巾，站在摊位前，每走过一个客人，她便用不算流利的外语兜售着摊位上的中国商品。也许她也有一个儿子在中国，也许刚巧那个儿子也和他一样过着奢侈的生活，也许他也不知道这里是另一番无法想象的情景。

暮霭昏沉，霓虹闪烁，于圣杰站得双腿发麻了，才拖着行李，一步步走向那家餐厅。

于圣杰的父亲忙了一天，偷闲出来透透气，他蹙眉看着于圣杰，觉得有些眼熟，走近确认了好几眼，终于认出了自己的儿子。

“小杰？他妈快来，这是咱们小杰吗？”

酸楚再次涌上于圣杰的心头：面对面，他们竟也认不出自己的儿子了吗？

男人把女人叫了出来，女人眨动着疲惫的双眼，也认出了儿子，她激动地跑上来抱住了于圣杰。

“上次的照片看着没那么高啊？胖了，胖了点儿。”

“是啊，没敢认啊，比爸爸高了这么多啊。”

于圣杰被紧拥着，却麻木得没了感觉。

曾经，这个拥抱是于圣杰可望而不可即的，当它姗姗来迟的时候，已失去了原有的味道。

小时候，于圣杰无数次哭闹要去美国找爸爸妈妈，爷爷总是那句话：“他们忙，很忙，没有时间照顾你。”

随着这句话，他渐渐长大了，体会着一个人的孤单，虽然有爷爷的陪伴，但他的内心仍有一份无法摆脱的渴望。每当看到其他孩子在父母的关爱下有说有笑时，他一边嗤之以鼻，一边用眼角的余光偷瞄。看到那些孩子在父母面前撒娇，哪怕遭到父母的斥责时，他都希望被斥责的孩子是他。可惜，这一切离他好遥远。

爸爸、妈妈，熟悉的巷口，他一直在等他们回家。

“快，他爸，拿孩子的行李。”

父亲走过来，提起了行李。

“先回家再说。”

父亲前面带路，母亲走在于圣杰身边，一边走一边看着自己的儿子，不敢相信儿子已经长这么高了，所有的辛苦和抱怨都化作了欣慰。

“到了，到了。”

在一座简陋的房屋前，父亲停了下来，拿出钥匙打开门的那一刻，于圣杰的咽喉好像被什么堵住了，无法呼吸。这是一座四对中国夫妇临时搭伙的居所，不但设施陈旧，客厅里还堆满了各种货物，连仅剩的一条狭窄的通道也被挡住了。

“这就是你们把我一个人留在国内的理由吗？”

于圣杰看着父亲，眼中有无法释然的幽怨。

曾经，为了逼父母回国，他做了很多荒唐的事，提了很多无理的要求，甚至胡乱花钱，打架滋事，但种种恶习，他们都默默地接受了。父母的这种默许和容忍在于圣杰眼里却是一种无形的伤害，他觉得自己被遗弃了。

校园网上，假“富二代”的身份被戳穿，对此，他恼怒吗？于圣杰自问，说不恼怒那是骗人的，可更多的是一种“终于等到了”的感觉。

他终于给自己找到一个可以去找父母的理由了，至少他们该给他一个解释，可看到眼前的情景后，他发觉他想要的解释已没了意义。

“小杰……”母亲的眼睛湿润了。

父亲放下行李，回头看着儿子，叹息着垂下头。

“带你出来，一起遭罪吗？看看这个地方，哪里像个家？在国内，至少你想要什么就有什么。”

父亲在美国做厨师的薪水要比国内高出八九倍，再加上母亲打份杂工，赚得也不少，他们把辛苦攒的钱按月邮寄回国，就是希望儿子能过得体面一些。

“过得体面？”

于圣杰一点儿都笑不出来。在周围人眼里，他活得像个富二代，羡慕的眼光无处不在，可事实却是，他的父母在国外辛苦打工，过得艰难卑微。他所谓的体面，来得竟这么讽刺。

“我觉得自己从头到脚就是个笑话。”

于圣杰走上前提起行李，转过身大步向外走去。

“小杰，这么晚你去哪里？”

母亲追上来，拉住了他。于圣杰僵直着脊背，眼里含着怎么也吞不下的泪水。

“知道我看到那些照片时的心情吗？”

“照片？”

“我很难过，不是因为我不是个‘富二代’，而是……我竟麻痹了自己那么久。”

“我和你爸爸……只是想让你过上好日子。”

于圣杰缓缓转过身，看着已苍老的母亲。

“我已经长大了，那些我想要的、错过的，都无法弥补了。就算我心有不甘，也不能重新来过，有些东西，我不想放下也得放下了。这个陌生的地方，还有你们身边，始终没有我的位置。”

泪水从于圣杰的脸颊上滚落下来，他的声音已然颤抖：“我回去了。”

“小杰，既然来了，就多住几天……”

父亲回头看着几乎没有空间的客厅，也烦恼怎么安置突然出现的儿子。餐馆的生意很忙，他和妻子能陪儿子的时间太少，新老板又刻薄，丢掉这份工作意味着他们的生活会变得十分艰难。

于圣杰仰起脸颊，让再次充盈的泪水缓缓流淌回去。

“我还要回去上课。”

他转过身，向街市走去。

一切都好像一场梦，梦醒之后，于圣杰发现自己竟格外清醒，他坐在飞机上，看着幽深的夜空，在那闪烁的星光中寻觅一度迷失的方向。

在K高的校园里再次看到于圣杰是九天之后，他背着书包走进了校门。

不知是于圣杰没看见项夏，还是项夏走路太着急，在教学楼的门口，她差点儿和他撞了一个满怀。换作平时，于圣杰一定会抓住项夏的衣领子，教训她一番，可今天，他只是抬头看了项夏一眼，便继续走他的路了。

这还是于圣杰吗？项夏疑惑地看着他的背影，感觉这个背影有些不一样了，却又说不出来哪里不一样。

教学楼里，曾经和于圣杰称兄道弟的铁哥们儿在见到他后都表现得十分畏缩，连那些平时试图找各种借口接近他的女生也都无视他的存在。

自从那个秘密被揭发出来后，于圣杰头顶的“富二代”光环消失了，呈现在大家眼前的，只是K高一个爱打架的学渣而已。

教室里，于圣杰没再看他的漫画书，腿也不搭在桌面上了，人坐在那里好像一尊雕像，只有偶尔动一下的手指证明他还活着。

“青春杯”运动会报名的最后期限到了，项夏面对手中的名单唉声叹气。

虽然有靳韩的支持，百分之八十的项目都有人报名了，但大多数都是张冠李戴，并不合适。有几个田径项目是于圣杰擅长的，项夏有心找他再试试，可回头看看那家伙的神态，她感觉说再多也不过是浪费口舌而已。

陈悦雯找于圣杰谈了几次话，想开解他一下，但结果是只有陈老师一个人在絮絮叨叨，于圣杰好像个哑巴，从头到尾都没回应一句。就算是对牛弹琴，牛也会忍不住哞地叫一声吧。

靳韩也知道“青春杯”运动会的名单有问题，按照这份名单，高二（6）班绝对又是今年的大冷门。

“先别上交名单，我再找于圣杰谈谈！”

“找他？”项夏的脑袋摇得好像拨浪鼓一样，让靳韩不要在这个时候招惹于圣杰了，他就是一只刺猬，随时可能反击。

为了让靳韩放弃这个想法，项夏苦口婆心地分析着：“你看看于圣杰现在什么状态。我在楼梯口差点儿撞了他，他竟一句话没说就走了。僵尸，你懂吗？他现在的状态就是一具刚刚从土里爬出来的僵尸……”

项夏伸着舌头比画着。这种僵尸不好惹，一旦被激怒了，回头就是一口。

“什么僵尸，你恐怖电影看多了吧！”

靳韩点了一下项夏的脑门子，让她不要胡说八道。

“真的。”

“我去找于圣杰，你等结果。”

虽然项夏一再劝阻，甚至一步不离地跟在靳韩身后，他还是去找了于圣杰。

那个时候，项夏以为靳韩单纯是为了“青春杯”运动会才找的于圣杰，却没想到他还有别的目的。

学校到于圣杰的家有一条必经之路，也就是肯德基后的第二条街。

站在大街旁边的小巷口，项夏几次探出头去，希望于圣杰能改改习惯，或者突然有事换一条路走，可他偏偏出现了。

于圣杰背着书包，落寞地朝这边走来。

张斌不知什么时候冒出了头，他看了一眼小巷里的靳韩，又看了看走来的于圣杰，他突然一个急刹车，转身钻进一条胡同跑掉了。

“这个墙头草。”

项夏冲着张斌离去的方向撇了一下嘴。什么两肋插刀？关键时刻也没看他站在于圣杰身边，跑的时候却比猴子还快。

“嘘！”

靳韩示意项夏不要说话，于圣杰已经来了。

“要打架吗？”项夏小声问。

“所有解决不了的问题都要使用武力，于圣杰喜欢这种方式。”

靳韩态度坚决，项夏的一张小脸却白了。他才出院不久，真打起来会不会吃亏啊？

“不然……咱们再考虑一下，换个方式怎么样？”

“害怕就躲起来。”

靳韩让项夏躲到巷子里面去，免得打起来的时候伤及她。

“谁说要跑了。”项夏不悦地嘟囔了一句。靳韩也太小看她了吧，就算害怕，她也不至于躲起来啊。

巷口，于圣杰的眼皮只是掀起来一下又垂下了，好像对靳韩和项夏出现在这里一点儿都不好奇，他继续低头走路。

“算了，我们走吧。”

项夏拉了靳韩一下，让他放弃离开。于圣杰怎么看都像一头正在打盹儿的狮子，一旦醒来就会暴怒。可是，靳韩不但没走，还上前几步挡住了于圣杰的去路。

于圣杰停了下来，声音疲惫低沉：“我不想打架。”

这是于圣杰回来后，项夏听到他说的第一句话。面对赤裸裸的挑衅，于圣杰竟不打架了吗？这可不是K高老大的风格。

“你不想打就不打了？”靳韩的态度咄咄逼人，他在挑战于圣杰的底线。

于圣杰牙关紧咬，脊背僵直，暗暗握紧拳头。

项夏以为于圣杰马上要爆发了，却没想到，他一个侧身绕过了靳韩，继续朝前走。这么尿的举动，不仅让项夏感到吃惊，靳韩也很意外。

“于圣杰，我让你走了吗？”

靳韩健步上前，一把拽住了于圣杰的书包带。如此挑衅的动作，于圣杰有些沉不住气了，他冷冽的目光落在了靳韩的手上，眼底隐现燃烧的怒火。

“放开！”于圣杰还在忍。

“怎么？尿了？”靳韩笑了，笑得有些轻佻，让项夏一下子想到了电视剧里的角色，他演小痞子的时候就是这副神态。

于圣杰骨子里就不是个低调的人，他忍又能忍多久？用力挣脱后，他冷冷地转身面对靳韩。

“你的伤还没好，最好别惹我。”

“一根手指头也能打你。”

“靳韩，这次是你惹我的！”

“放马过来！”

“你自找的！”

于圣杰啪的一下把书包扔在了地上。

项夏深切地体会到一句话：老虎不发威以为是病猫啊。于圣杰就算落魄，也曾是一头凶猛的野兽啊。

项夏为靳韩捏了一把冷汗。

于圣杰愤怒地握紧了拳头。曾经的过肩摔之辱，赌约落败，被戳穿的身份，以及在美国看到的一切，让他急于发泄心中积压了许久的情绪。

项夏上前劝阻，先是被于圣杰推了出去，接着又被靳韩拉开了，几乎近不了身。

于圣杰拳脚齐出，靳韩的左臂还没完全康复，只能一只手应付，别说进攻，就算躲避都显得有些吃力，几次差点儿摔倒，项夏吓得大气都不敢出。

靳韩的伤让这场对决看起来势均力敌，没办法再一招论输赢了。于圣杰也不是乘人之危之徒，他尽量避开靳韩的左臂。几个回合之后，看似躲避的靳韩突然冲上一步，一个出其不意的后旋踢，扫中了于圣杰的手臂，于圣杰重重地摔倒在地上。

咒骂了一声后，于圣杰一跃而起。他神色懊恼，想不通这种情况下怎么还打不过靳韩。为了对付靳韩，他之前研究过不少武术方面的书，甚至武侠书都翻遍了，感觉自己在理论方面还不错，怎么到了实战总是吃瘪呢？于圣杰站起来一分钟不到，又被靳韩打倒了，接着是第三次，第四次……尽管他再接再厉，结果还是一样。

于圣杰好像斗败的鸡，毛发凌乱还不肯放弃。终于，靳韩的耐心没了，当于圣杰再次扑上来时，他一个擒拿手扭住了于圣杰的手臂，将人按在了墙角里。

“挑衅滋事谁不会！”

“靳韩，你放手！”

于圣杰气恼地叫嚣着，靳韩却不愠不怒地笑了。

“感觉怎么样？被人欺负的滋味儿不错吧，K高的霸王？”

“靳韩，别神气，你只不过是一个过气的童星，比我好不到哪里去！”

“过气也好，不过气也罢，至少我努力过，你呢？你做过什么？除了打架斗殴，逃课闹事，挥霍无度，你还能干点儿什么？”

“对，我一无是处，行了吧！我是假‘富二代’，我是个骗子，可以吧！”

于圣杰的声音十分沮丧。他没想过要骗人，也没想装什么“富二代”，是周围的人和事还有异国他乡的父母造成了这种假象。他表面享受着舒适的生活，内心却一直没放弃反抗，自甘堕落，打架闹事，甚至考试时，明明会的题也不屑多写一个字，他交白卷，考零分，当学渣，就是想逼着父母回来。

然而……

于圣杰眼中有痛楚。在美国看到父母的那一刻，他突然发觉以往种种都是自欺欺人，与其说是那些人误导了他，不如说是他一直活在浑浑噩噩之中，没真正去了解真相。

于圣杰知道自己需要时间消化这一切，思考自己该何去何从。

“没了‘富二代’的光环，你也不过如此。”靳韩轻哼着。

“你以为我想要的是什么？去他的‘富二代’！”

于圣杰已然暴跳如雷，只是苦于无法从靳韩的禁锢下挣脱出来。

靳韩丝毫没有放松言辞，继续嘲讽：“觉得世界对你不公平吧？为什么别人得到的都是真诚，你得到的却是虚伪？”

“不要说了！”于圣杰的眼睛红了，有亮闪闪的东西含在眼圈里。

“或许是我高看你了，其实你从头到脚都是虚伪的，所以没人愿意在你身上浪费真诚。抑或是你根本就空虚无聊，想用什么K高老大、‘高岭之花’的名誉来填补这份空虚。可惜这些虚名今年可以是你的，明年也可以是别人的，没人会为了一个不努力的人停在原地踏步。就算比谁更坏，也有人比你先到达制高点。”

一番话后，于圣杰放弃了挣扎，靳韩的话好像钢针一样扎在他心头，却句句都是实话，他确实很空虚，空虚到了想要那些赞誉和虚荣，以此来证明自己的存在价值。周围的人都在进步，只有他在原地踏步，所以才会被超越，才会失去。

“不用你说大道理！”于圣杰虽声嘶力竭，却显得那么无力。

靳韩来K高的时间虽然不长，却太了解于圣杰了，他透彻地看清了于圣杰的内心，最近的几次突发变故让于圣杰从顶峰跌了下来，这种感觉不好受，他也经历过。

“你们喜欢笑就笑吧，随便你们！”于圣杰试图用无所谓遮掩内心的波动，他的眼前似乎浮现出父母劳累的身影，他的心里除了怜惜，还有对自己的恨。

“每个人都在为了自己的目标拼搏、努力，谁愿意浪费时间去笑你。”

“努力？”

于圣杰的眼神有些迷茫。

“你所失去的，都是你不愿争取的，一个人连自己都放弃了，还指望别人为你做什么？”

“不要说了！”

于圣杰沮丧地摇着头。是靳韩说的那样吗？或许在这个过程中，他真的忽略了什么。

“醒醒吧，别活得好像一个废物一样！”

靳韩用力一推，把于圣杰推了出去，不屑再对他动手。

“我不是废物！”于圣杰吼了出来。

“证明给大家看，你不是废物，光凭吼，和废物没什么区别。”

项夏偷偷地碰了一下靳韩的手臂。这么说是不是有些过分了？

可靳韩似乎不打算就此打住，他口齿伶俐，言辞犀利，从见到于圣杰的第一面说起，一直到“富二代”身份被揭穿，他质问于圣杰这样滋事挑衅的目的是什么，说这样完全符合废物的表现——找不到自己存在的价值与意义，只能通过外在的东西来证明自己。

于圣杰脸色惨白地转过身，面对着墙壁，拳头用力地捶着墙壁，手指都磨破出了血。

靳韩没再说了，他轻哼了一声，转过身向街对面走去。项夏紧跟在他身后，时不时回头看一下于圣杰。他还站在那里，面对着墙壁，保持捶墙的姿势。

靳韩的话彻底剥开了于圣杰的伪装，将他的灵魂赤裸裸地从躯壳里拖了出来。离开时，于圣杰眼里除了怒火，还有殷红的血丝。

项夏时刻担心于圣杰会追上来打击报复，但让她感到迷惑的是，于圣杰并没有追上来，他拎起书包落寞地回家了。看到那道孤单的身影，项夏说不出心里是什么滋味儿，鼻子酸酸的。

"你刚才说于圣杰的话，会不会过分了？有点黑。"

"黑吗？会比黑我时说的话还要黑吗？"

"那倒没有。"

项夏摇摇头，她回想在网上看到的那些黑靳韩的言论，何止黑，简直就是脏话连篇。当然，也有斯文一点儿的黑，说出的话犀利得能刺痛人的神经。

靳韩淡漠地笑了一下，说有些黑的话虽然难听，却不是没有道理，例如说他没有突破角色的限制，死皮赖脸地还以为自己是四岁的小孩子等等，这些冷嘲热讽让靳韩清楚地知道问题出在哪里。

"于圣杰缺了这样的黑。"

"什么意思？"

"他需要刺激。"

"你这是临时客串黑？"

"算是吧。"

靳韩尴尬地笑了一下。他也不大确定能不能起到黑的作用，毕竟说狠话这种事儿他不大在行。好在他最近关注黑，多少学会了一些。

"你这么刺激他，他不会破罐子破摔吧？"

"他已经是破罐子，你还怕他多摔一下吗？"

"说得也是。"

于圣杰的状态已经差到了极点，多受一点儿刺激又能怎么样呢？用靳韩的话说，这点儿风浪都承受不住，于圣杰将来还能扛起什么？

项夏和靳韩并肩走在回家的路上，鞋子踩着沙石路，发出沙沙的声音。他好像一直在思考，只有思考的时候，他才会眉头微锁。

项夏也在反思自己，“青春杯”没多少人支持不说，罗丽拉还从中捣乱，诸多困难让她也产生过放弃的念头，她是否也和于圣杰一样，需要一个黑？

蓦然之间，项夏有了一种感悟：生活中，也许每个人都需要拥有自己的黑，需要一些刺激的话来消除自身的惰性。

项夏和靳韩在小区门口分手后各自回了家。到了家门口，项夏拿出钥匙正要开门的时候，楼梯上传来了潘多多的声音：“项夏，我能问你一件事吗？”

“潘多多？”

距离放学差不多一个小时了，她竟还没回家吗？从潘多多肩头背着书包可以看出，她一直站在这里等项夏回来。

“什么事？”

“于圣杰撒谎了吗，关于他爸爸妈妈的身份？”

“撒谎？”

很多人都认为于圣杰故意隐瞒了父母的身份，在K高冒充“富二代”，以此来赢得K高老大的地位，甚至以“富二代”的身份吸引女生的注意，项夏却不这么认为。假如于圣杰故意隐瞒了什么，他应该早有思想准备，而不是被揭穿之后一脸茫然，甚至不知该怎么反驳，但这些话说出来毫无意义，只有了解于圣杰的人才会相信他没有撒谎。

“你相信他撒谎了吗？”项夏反问潘多多。

“不，我不信。”潘多多摇着头。

“那就相信自己的感觉。”

“嗯。”

好像得到了什么保证，潘多多紧绷的表情顷刻间放松了。她不是不相信于圣杰，而是对自己没有信心，当听到第二个声音说于圣杰没有撒谎时，她便不再动摇了。

靳韩和于圣杰发生冲突的第二天，也是“青春杯”运动会上交名单的截止日。项夏看着还没报满的项目，站在操场上犹豫不决，想着是要再努力一下，还是直接交上去算了。许安泰昨天还说要报名长跑项目，今天一早又后悔了，不知是不是罗丽拉又说了什么。

就在项夏在体育馆门外来回踱步、犹豫不决的时候，两个曾参加过足球赌约的其他班级的男生走过来，神经质般地嘲讽项夏，问她是不是为名单的事儿发愁，还表现出一副幸灾乐祸的神情。

“你们班怎么让女生组织活动啊？难怪……啧啧，听说名单到现在都没报上去？我算是发现了，你们班从老师到学生都不正常。”

“你说谁不正常？”

项夏本来肚子里就憋着一股火，听他们这么一说，她立刻把名单往衣兜里一揣，问他们什么意思，想打架还是怎么的。

“打架，你一个女生，哈哈！”

两个男生跃跃欲试地挥舞着拳头，想吓唬项夏。项夏真的火了，直接一脚踢了出去。他们灵敏地躲开后，笑得更加开心了。

“生气了，项夏也会生气吗？”

“别小看她，拿着砖头追了于圣杰半个操场呢。”

“真的吗？哈哈！”

面对这样两个厚颜无耻的家伙，项夏真不知道该怎么办了，打又打不过，骂又骂不出，就在她进退两难的时候，有人走了过来，将她直接拉到了身后。

“想打架？冲我来！”

“于圣杰？”

两个男生看清了来人的脸，立刻紧张得岔了音儿。

站在项夏面前的正是于圣杰，他发狠地活动着筋骨，关节发出了咯咯的响声。两个男生对视了一眼，确认过眼神后，慌不择路地避开了。

两个男生走后，于圣杰冲项夏伸出了手。

“名单给我？”

“干，干什么？”

项夏不确信地看着于圣杰。他要名单做什么？不会发疯要把名单撕掉吧？本来这份名单就是张冠李戴的，若撕毁了，更没法对号入座了。她可不想第一次组织“青春杯”就乱成一锅粥。

“叫你给我就给我！”于圣杰不客气地从项夏衣兜里把名单抢了过来，然后快速瞄了一眼。

“这是什么？武汉星除了跳远，他还能三级跳。张斌也少项目，跳高是他的强项，他长跑也不错……”

对照名单，于圣杰挑出了一大堆问题，末了，他告诉项夏，他可以参加一个田径项目。

“你要报名？”

项夏以为自己听错了。一直和“青春杯”对抗的家伙妥协了吗，还是隐藏着什么见不得光的猫腻，或者……他打算利用“青春杯”报复靳韩和她？

“我真报名，你磨蹭什么？”于圣杰瞪大了眼睛，看表情不像来捣乱的。

“你……”

项夏伸出手，试探地摸了一下于圣杰的额头。这小子不是病得发高烧了吧？可感觉他的额头不热啊。

“干什么？”于圣杰嫌弃地躲避了一下，又把名单塞给了项夏。

“还不回去让他们重新报名？中午之前来得及。”

“你真的……”

“找死吗？”于圣杰吼了一声。

“好嘞，我明白了。”

项夏难以置信，于圣杰竟然支持“青春杯”了！她欢天喜地地跑回教室，第一个告诉了靳韩——于圣杰有行动了。

“他报名了，报名‘青春杯’了！”

“太好了！”

靳韩紧锁了一上午的眉头终于舒展开了，原来他也在等于圣杰的回应。

于圣杰主动报名“青春杯”是一个爆炸性的消息，一经传出，先是全班同学张口结舌，很快，一些人开始跃跃欲试，没报名的在想自己要不要报名，胡乱报名的在想要不要更正一下，已经报名的在想要不要增项。

于圣杰从教室外进来了，他没有回座位，而是走向讲台。站在讲台上，他双臂往讲桌上一撑，目光凛然。

项夏以为于圣杰要说出什么惊天地泣鬼神的话，才会这样鼓起勇气走上讲台，却没想到他环视了教室一周后，突然冒出了一句让人想笑又笑不出来的话：

“从今天开始，我……还是于圣杰！”

这是一个考验反射弧长度的冷笑话吗？教室里一阵窒息的安静过后突然躁动了起来，好像每个人都打开了话匣子，叽叽喳喳地议论起来。

于圣杰皱着眉头，突然拍了一下桌子。

“喂，都吵什么，烦不烦！我可告诉你们啊，我准备报名一百米了，而且会竭尽全力拿名次，你们谁敢乱报名，让我白费力气，咱们运动会之后操场见。我可不怕被学校开除，你们怕不怕，我就不知道了。”

赤裸裸的威胁让整个教室顷刻间安静了。

于圣杰走下讲台，经过项夏身边时拍了拍她的桌子。

“一百米，我报名。”

“好，好，于圣杰……一百米。”项夏认真地在本子上记录下来。她才放下笔，许安泰便跑了过来，让项夏给他报名五千米长跑。武汉星随后凑上来，加了一个三级跳。

大家都围着项夏，只有张斌一个人坐在座位上愣神儿，不知什么事让他迷惑了。

“项夏！”张斌突然站了起来。

“什么事儿？我忙呢，等会儿说。”

“等不及……”

张斌冲过来，几下便推开了围着的同学，挤到了项夏面前。

“你怎么摆平老大的？”

“什么叫摆平？那叫觉悟。”

“觉悟？”

“反正你没有，走开。”项夏不耐烦地挥了挥手。

“谁说我没有，我报名！”

张斌扯过运动项目表，指了指长跑项目。

“这个我行，这个我也行，都报上。”

“你别坑我啊。”

"坑什么坑，都是我的强项。"

看着项夏写上他的名字后，张斌嘿嘿一笑，低声问项夏："怎么样？我有觉悟吧？"

"勉强，六十分，取得好成绩再说。"

"我得让你心服口服。"

张斌补了长跑项目，一些胡乱报项目的男生都来纠正错误，很快，所有项目都有人报名了，甚至还有几个项目名额超标了。罗丽拉见大家都报名了，她犹豫了好一会儿，才扭扭捏捏地走过来，问项夏是不是有体操项目空缺。

"是啊，但这个不是必报项目。"项夏解释了一下，（6）班去年就是弃权的，因为全体加分不多，无所谓的。

"我报名吧，即使不能取得好成绩，多少也可以给班级加一点儿分。"

"太好了！"

项夏激动地写上了罗丽拉的名字。潘多多有些坐不住了，她跑过来问项夏，她能报什么项目。项夏看着她，无奈地摇摇头，学校不比谁体质弱的。

"没有，而且都满了，不让超标。"

"这样啊。"潘多多的脸红了。

"对了，你上次不是说有个跳高比赛的科学算法吗？不如你和张斌研究研究。孙歆的项目是铅球，应该也需要的。"

"好嘞，我这就去。"

潘多多回去后，认真地拿出了她那套关于体育项目的算法，找张斌和孙歆研究去了。

全班的气氛莫名地好了起来，项夏美滋滋地看着手上的名单。回头看向于圣杰的时候，她发现于圣杰竟然在笑，而且是一种完全不同于以往的笑，从前他的笑很痞，很邪恶；现在的笑却轻松释然，夹杂着一种满足感。

项夏看得出神，于圣杰突然抬起头。

"看什么？"

项夏惊得立刻将目光移开了，这个家伙凶悍起来还是和从前一样。

相比来说，还是偶像性格温和，斯文有礼，怎么看都那么帅。

"谢谢。"项夏由衷地对靳韩说了一声谢谢。

“谢我什么？”

“谢谢你愿意当于圣杰的黑。”

“我昨天一直在想，黑可能只是一个催化剂，真正能帮到他的还是他自己。”

靳韩的话一点儿都没错，没人可以主导别人的思想，更不可能支配他的行为，一切根本上还是靠自己。

“说到这个，昨天回到家，我在思索一个问题：也许于圣杰没大家看起来的那么肤浅，他的头脑一直都是清醒的，只是不愿表现清醒的一面而已。”

“这么复杂吗？”

项夏凝眸沉思着，想到了在小巷口不小心撞见于圣杰时的情形——他当时在哭，这种场面是鲜为人见的。想想于圣杰平时那么霸道，那么无所谓，怎么会哭呢？只有此时她才回过味儿来——于圣杰也有烦恼。

靳韩无奈地笑了一下道：“我们搞不定的事，还得于圣杰出面，不是吗？”

“说得也是。”

项夏赞同靳韩的话，K高老大的感召力不可忽视，刚才的场面有点儿震撼。

在于圣杰的带动下，项夏顺利完成了任务。将名单交上去的时候，副主任刘成拿起名单看了一眼，说了一句让项夏很不开心的话：“今年不要拉全校后腿了。”

众所周知，副主任刘成一直不喜欢（6）班，曾经几次过分地要求陈悦雯把于圣杰开除，若不是陈老师态度坚决，只怕现在于圣杰早就在社会上胡混了。

项夏也不喜欢这位副主任，他做人做事都太有针对性，一旦印象形成，很难让他改变，这种怪癖让人心里不舒服。

项夏以为张斌作为墙头草注定要随风倒，于圣杰没了“富二代”的身份，他敬而远之是预料之中，却没想到这小子做了一件十分讲义气的事。

他私底下默默地调查了于圣杰父母照片的案子，揪出了幕后黑手陈东铭。

“老大，是陈东铭。要不要整他？”

张斌把陈东铭拽到了于圣杰面前，期待于圣杰能暴跳如雷，拿出老大的威风把陈东铭赶出K高，可于圣杰走上前，只是拍了拍陈东铭的脸。

“你除了偷偷摸摸干一些见不得光的事，还有什么本事，都使出来。”

“我，我爸让我看照片，说，说是我同学的父母，我……”陈东铭已然吓得双腿发抖。

于圣杰就算没了昔日的风光，但整人的手段有多狠辣已是尽人皆知，他想一脚将陈东铭踢出K高，举手投足之间就能办到。

“不过你说得对，人就该面对现实，脚踏实地。谢谢提醒，行了，你可以滚了。”

“滚？”陈东铭一把抱住于圣杰的大腿，一把鼻涕一把泪地哭了起来，“我错了，老大，放过我吧！我要是被退学了，我爸非打死我不可！”

于圣杰气恼地看着匍匐在脚下的陈东铭，浓眉扬了扬。

“叫你回去上课，你哭什么？”

“上，上课？”陈东铭抹了一下鼻子。他没听错吧，于圣杰这是打算放过他了？

“老大……”张斌也糊涂了。

于圣杰双手很自然地插在衣兜里。

“马上‘青春杯’了，有本事都拿出来吧，我还得去训练，没工夫搭理你，滚吧。”

陈东铭连滚带爬地逃走了。张斌丈二和尚摸不着头脑，太阳这是从西边出来了？于圣杰转性子了？若是按照K高老大以往的脾气，二话不说一脚就把人踢出去了。

“老大，怎么放过他了？”

“不想在这种没用的人身上浪费我的时间。”

“浪费时间？”

张斌更迷糊了，于圣杰什么时候在乎过时间？

淡然一笑，于圣杰迈开大步走向运动场。

为了取得好成绩，整个（6）班都在为“青春杯”做准备。破天荒的，项夏在操场上看到于圣杰带着几个体育生进行短跑训练。他嘴里叼着小哨子，严格地掐着秒表，每次跑完都对照之前的数据进行分析，难得一见K高老大对除自己之外的事这么用心。

靳韩刚出院，档期安排得没那么紧张，有时间参加班级的各种活动了。作为明星，他起到了榜样的作用，项夏能感觉出来，很多男生渐渐唯他马首是瞻。高二（6）班全校第一的学霸和倒数第一的学渣联合，不知道会产生什么样的效应，全校都在拭目以待。

还有三天就是“青春杯”运动会了，大家都跃跃欲试，谁都不想成为拖班级后腿的那个人。然而，就在（6）班空前团结的时候，罗丽拉出事了。

第二十四章 拯救校花

那天，大家正在上课，老师突然把罗丽拉叫了出去，说是她的母亲来了。罗丽拉一声不响地消失了一整天，第二天上学的时候，她的眼睛通红浮肿，好像出了什么大事。

“听说了吗，罗家要破产了，罗丽拉的爸爸跑路了，警察都找不到，债主逼上门了。”

“真的假的？”

“哪能是假的，罗丽拉一早上学，门口都有人堵着。”

“堵着干吗啊？”

“债主雇的要钱的痞子，说是再不还钱，就划花罗丽拉的脸。”

“我的天，这么凶……”

教室里，同学们议论纷纷。

项夏听到这个消息后，也替罗丽拉捏了一把汗，她那么爱美的一个人，划花脸这种威胁，一定吓坏了她。

罗丽拉虽然上学了，却一整天都心不在焉的，时不时低头翻看一下手机。下课铃声一响，她便第一个冲出教室去打电话，带着满肚子怨气在找父亲。家里出了这样的状况，父亲不负责任地离开，让母女两个一时之间没了主心骨儿。

项夏能感受到罗丽拉眼里的怨恨，就好像上次在医院假自杀时一样，那种不被重视得不到爱的失落感，让她处于一种惶恐不安之中。罗丽拉甚至萌生了辍学的想法，只等父亲最后的消息。

一整天下来，K高的校门口总能看到几个吊儿郎当的年轻人站在不远处的大树下，他们骑着摩托车，盯着学校，一会儿踩一下油门，一会儿原地转圈圈。

保安猜测他们应该是那些吓唬罗丽拉的痞子，但因为没有什么实际伤害的行为发生，学校也没法报警，只能上前警告几句，然后叮嘱罗丽拉放学的时候多加小心。

靳韩没到放学的时间就被经纪人用保姆车接走了。试镜的新剧虽没什么大腕儿明星，竞争却很激烈，靳韩虽拥有优势，却因伤住院错过了最佳时机，加上投资方实力没那么雄厚，因此对演员非常挑剔，他成功的概率很低。

因为“青春杯”的时间很紧张，大家只能利用放学后的时间练习。作为“青春杯”的组织者，项夏是最后一个离开的。她才出了校门，便接到了老妈的电话，她说今天单位加班，让项夏在外面随便吃一口再回家。

找了一家牛肉面馆，项夏吃了一碗牛肉面，出面馆时，天色有些暗了。

不知是不是因为要下雨，街上的行人格外少，项夏到牛角街附近时，除了一个卖炒面的老大爷站在街边，几乎看不到什么人影。

项夏正要左拐，突然发现一条胡同里出现了许多人。因为不是必经之路，项夏只是好奇朝里看了一眼，但这一眼吓坏了她——那群人竟是白天在校门口转悠的痞子，罗丽拉被围困在胡同的最里面，吓得瑟瑟发抖，于圣杰也在场，他护在罗丽拉身前。

痞子们的摩托车停在胡同口，陆续还有骑摩托车的人围堵在胡同外面，看情形要打起来了。

面对这样的情况，项夏第一反应就是冲上去加入战斗。就算不能打退他们，也多一个人壮胆。当然，她冲上去也可能出现另一种尴尬的局面——痞子们多了一个收拾的目标。

就在项夏好像“二哈”一样做好猛冲的姿势时，却连跳了两下都没跳出去——有人拽住了她。谁在这个时候多管闲事啊？知不知道什么叫救人如救火啊？项夏气得用力挥动着手臂。

“喂，你……”

谁知道那人不但没放开她，反而拽得更用力了。

项夏愤怒地转过身，正要冲那人发火时，却吃惊地看到了张斌的脸。咦？这小子怎么会出现在这儿？

张斌做了一个噤声的动作，让项夏不要吵嚷。

“胆小鬼，干吗拉着我？”项夏白了张斌一眼。他喜欢当缩头乌龟就当好了，干吗拦着别人？

“你去有什么用？瘦得跟猴子似的。”

“至少……至少壮胆啊。”项夏尴尬地反驳了一句。

“去那边餐厅躲躲，让我来！”

张斌摩拳擦掌，让项夏退后。打架是男人的事儿。

“你？”

项夏真不想笑张斌，每次丁圣杰打架，他都躲远远的，只有胜券在握的时候，他才象征性地冲上去比画两下。眼前这么危险的情况，这小子没跑已经是奇迹了。

“你瞧不起我？我，我从现在起……我还是张斌！”

张斌深吸了口气，晃了一下脑袋，左右看了一眼，突然抄起身边老大爷的平底锅，呼喊着向胡同里冲去。

项夏被这阵势惊呆了，这是张斌吗？他是不是忘记吃药了？不过这小子说的这句话，怎么和于圣杰如出一辙呢？

“我也来了，多个人多份力量！”项夏不甘心就这么躲起来，毕竟对方人多势众，又有凶器，就算张斌冲过去帮忙，也才三个人啊，势单力薄，根本不是对手。

项夏深吸了口气，正要来一个加速跑，胳膊又被人拉住了。

“喂，又是谁呀？”

项夏倍感无语，今天这是怎么了？连老天都不让她拔刀相助吗？

回头一看，项夏愣住了，怎么靳韩突然从天而降了？

靳韩朝胡同那边看了一眼，把项夏推进旁边的一家餐厅里，然后警告她千万不要出来，胡同里不是闹着玩儿的。

“你，你不是去试镜了吗？”

“提前结束了。听话，待在这儿别出来。”

“我要去帮……”

“帮什么帮！就你……不跟着添乱就不错了，等我！”

靳韩警告了项夏两句，随后飞奔穿过马路，向胡同跑去。

项夏跃跃欲试了几次，终究没敢冲出餐厅。也许靳韩说得对，她跑过去不但帮不了什么忙，靳韩还要分散精力照顾她，他们现在需要的是战斗的力量，而不是累赘。

胡同里，张斌举着平底锅，一锅甩过去，将和于圣杰厮打的一个家伙拍到了墙上。

“老大，我来了！”

“谁让你来的？”于圣杰瞪了瞪眼睛。

“命运将你我连在了一起。”

“神经病！”

于圣杰让张斌好好说话，命运是瞎了眼睛吗？把他这么帅的一个大帅哥和娘娘腔连在一起。

“嘿嘿。”

张斌咧嘴一笑，平底锅一握，和于圣杰一边一个，把罗丽拉牢牢地护在了身后。

痞子们互相使了个眼色，重整阵容，一点点向胡同靠近。就在这个时候，外围起了骚动，好像有高手突围了。

“不好，来了一个厉害的。”痞子们惊慌失措。

胡同口，靳韩拳头紧握，势如排山倒海。几个痞子先是一愣，待发现冲过来的也是一名高中生时，他们立刻放松了警惕。

“找死是吧？给我上！”

一声呼喝，一个痞子扑向了靳韩，还没近身，就被一拳打倒在地上。后面冲上来的几个家伙觉得不对，纷纷亮出匕首。虽然有凶器在手，靳韩仍可以一对三，很快，痞子们被打散了。

“我的天，这功夫！”张斌看得目瞪口呆，心服口服。

“还不跑？”

于圣杰趁机推了罗丽拉一把，让她赶紧跑。罗丽拉这才回神，抱着脑袋奔出了胡同。罗丽拉安全逃离后，于圣杰、张斌一起加入了靳韩和痞子们的战斗。

项夏远远地冲着罗丽拉挥动手臂，罗丽拉苍白着一张脸跑进了餐厅，看到项夏后，她呜呜地哭了出来。

“没事了，有他们在呢。”

项夏抱住罗丽拉，罗丽拉点了点头，眼里仍含着泪水，曾经专属校花的傲慢已然消失殆尽，剩下的只有虚弱和畏惧。

“怎么还不报警？”旁边有人提醒，项夏这才恍然大悟，赶紧掏出手机报了警。

胡同里，陆续又有痞子来支援了。靳韩虽然身手敏捷，但敌不过痞子人多，很快处于劣势。于圣杰用腿绊倒了一个痞子，身后另一个痞子拎着木棍奔上来，对准他的后脑一棍砸了下去。张斌惊呼出来，却来不及用平底锅阻挡。

这一棍若是打下去，于圣杰就算不死也得昏迷一段时间。靳韩机敏，健步而来，单臂将于圣杰推开，木棍落下，狠狠地打在了他腰上。

虽然靳韩从小练过跆拳道，身体韧性也好，但终究不是硬气功，这一棍让他有些吃不消了，支撑了好一会儿才站稳身体。于圣杰见靳韩吃亏，作势要扑上去和痞子们拼命，却被靳韩一把拽住了。

“疯了吗？还不跑？”

罗丽拉已经逃走了，和这些流氓纠缠下去只会吃亏。

靳韩拖着于圣杰，张斌断后，三人一起冲出了胡同，沿着街边奔逃，几个痞子上了摩托车在后面追赶。据说这些人都是专门替人要账的亡命之徒，过着有今天没明天的日子，论及打架，三个高中生怎么和这些混社会的人对抗？靳韩、于圣杰还有张斌一口气跑过了三条街，若不是远处传来警笛声，痞子们害怕了，他们绝对难以避开这场祸事。

见没有人再追赶后，靳韩、于圣杰和张斌疲惫地坐在大街边，呼呼地喘息着。缓过来后，于圣杰冲靳韩发了火。

“谁让你多管闲事的？”

“我以为你会说声谢谢。”

分明感激靳韩出手，却还要嘴硬说出责备的话，于圣杰真是一个矛盾的人，或许在他的字典里就没有“谢谢”这两个字吧。

“呵呵。”

“刚才你差点儿挂了！”靳韩讪讽地挑了一下眉毛。

“你，你说谁？”

于圣杰脸色发青，嘴巴颤抖了两下，却尴尬地没了下文。刚才的情况确实很危险，若不是靳韩替他挡了一下，他的脑袋一定开花了。

“老大，是真的，他救了你。”张斌小声说。

“闭嘴！”

于圣杰一声怒喝，张斌赶紧闭嘴了。

“你怎么样？”靳韩的目光落在了张斌嘴角上，刚才打架的时候，张斌的嘴角被人揍了一拳，受伤了。

“我没事。”

张斌还浑然不觉，咧开嘴巴才笑了一下，便吃痛大叫起来。

“哎哟，这帮浑蛋！我的脸是不是花了？快帮我看看。”

“没有，只是出了血。”靳韩安慰他。

“血，血吗？完了，完了，我就靠这张有型的嘴支撑整张脸呢，这下破相了，让我怎么见人？”

看着张斌神经兮兮的样子，于圣杰无奈地摇摇头，走过去，手臂搭在他的脖子上。

“知道吗？出点血，才像男人，才能更帅！”

“真的？”张斌有些不相信。

“当然。你看我，总受伤，那么多女生喜欢我。”

“好像也有道理啊。”

张斌挺了挺脊背，故意扬起嘴角，不再嚷嚷着见不得人。

“现在几点了？我得……去……”

靳韩试图站起来，腰部却隐隐传来一阵疼，让他眉头一皱，不得不又坐了下来。于圣杰感觉到了靳韩的异样，问他怎么了，是不是刚才的一木棍伤了腰。

“可能……有点儿痛。”

靳韩换了一个姿势，勉强站了起来。于圣杰觉得还是去医院看看的好，他可不想靳韩落下什么残疾，莫名欠对方一份情。

“嘘！”

靳韩让于圣杰不要声张，这事儿若是传到他老妈耳朵里就麻烦了，打架斗殴，不管理由是什么，韩晓波能唠叨他至少三天，还会固执地认为儿子学坏了。

“特别是跟你这种人混在一起，解释都解释不清。”靳韩补充了一句。于圣杰的鼻子差点没气歪。

“我这种人怎么了？”

“你这种人，喜欢打架，滋事，逃课，拉帮结派搅浑水，在我妈眼里，你们这样的孩子都无药可救了。”

“靳韩！”于圣杰的嘴角连抽了好几下，靳韩竟是这么毒舌的人吗？

“怎么？生气吗？你不信问问同学，还有老师，他们肯定也是这么认为的。”

“不要说了好不好，你这嘴怎么这么毒呢？”

于圣杰站了起来，双手插兜来回踱步，他说，自己什么德行，自己心里清楚，不用靳韩一遍遍提醒，人做错事还给个改过的机会呢，他只不过多打了几次架、闹了几次事儿而已，算不上无恶不作。

“哦，你这是要改过自新了？”靳韩打趣地问。

“什么叫改过自新？能不能不用这么难听的字眼儿？靳韩，别说我没提醒你，还是先管好你自己吧，你的腰……咳咳，谢谢……”

最后两个字虽然含糊不清，但还是被靳韩听到了，他没再调侃于圣杰，而是轻轻拍了一下对方的肩头。

“没事的，我会私下找医生看的。”

“好吧。”

于圣杰不自然地笑了一下，然后抬头眺望着马路对面，当看到项夏和罗丽拉朝这边走来时，他立刻转过身朝另一个方向走去。

“我还有事，走了。”

不知是对罗丽拉还有抵触，还是其他原因，于圣杰快速钻进旁边的一条街，一转眼的工夫便跑得不见了人影。

于圣杰走了，张斌皮笑肉不笑地咧了一下嘴巴。

“我也走了。”

拎着平底锅，张斌转身要走，不远处，老大爷呼哧呼哧地跑了过来。

“臭小子，还我锅！”

“哦，忘记了。”

张斌不好意思地看了一眼手里的锅，小心地把它放在了地上，眼看老大爷追来了，他喊了一声“谢谢”，转身撒腿就跑。

靳韩看着于圣杰和张斌离去的方向，忍不住笑了。两个表面看起来什么都无所谓的人，实际上在乎的东西很多。这算一个很好的开端吧。

项夏和罗丽拉走了过来，问靳韩怎么样了。刚才警察来了，小痞子都一哄而散了，一个都没抓到。

“好像……”靳韩摸了一下自己的腰，皱了皱眉头。

项夏觉得靳韩的表情不对，立刻紧张了。

“是不是很痛？严重吗？去医院吧？你现在……还能走路吗？”

“喀喀，听说你力气不小。”靳韩诡异地笑了起来。

“什么意思？”

项夏琢磨着靳韩的眼神，突然醒悟，跳了开去。

“你别打我的主意！上次……上次是于圣杰骗我，你不会也……我可不背你。”

“小心眼儿，我自己能走路。”

靳韩哈哈大笑了起来，迈开步子稳健地走了两步，让项夏好好看看，她想背，他还不给她机会呢。

项夏尴尬地红了脸，晓得靳韩这是在戏弄她，这家伙什么时候也学得和于圣杰一样厚颜无耻了？

罗丽拉站在一边扭捏地捏着衣角，不敢抬头直视靳韩的眼睛。之前她率领黑团做的那些事，现在回想一下都觉得太过分，靳韩却不计前嫌出手帮了他，少年明星的大度，更显罗丽拉心胸狭隘甚至有点儿可耻。

家里传出破产的消息后，黑团的个别成员表现出了对她的疏离，有些人主动退了出去，罗丽拉才明白，她并非想象的那么受人尊重，大家只是碍于她的身份和在校园里的地位才讨好献媚的。

从某种意义上来说，罗丽拉和于圣杰的命运惊人地相似，环绕在他们头上的光环退去后，照花人眼的东西也就没了，大家擦亮眼睛之后，她和他因此也不再是K高的宠儿了。

犹豫地走上前一步，罗丽拉的脸更红了。

“谢谢你啊，靳韩，刚才如果不是你出手……我和于圣杰肯定要吃亏的。”

“正好路过，换作别人，我也会出手的。”

靳韩乐于助人不是第一次了，上次帮忙抓小偷，还被项夏误会打了头。韩晓波因为儿子爱多管闲事十分头痛，总觉得靳韩会吃大亏，所以才坚持每天车接车送。

感谢了靳韩之后，罗丽拉的目光不自觉地在周围搜寻了起来，她在寻找于圣杰。一直以来，罗丽拉都因为于圣杰的疏离而感到愤怒，甚至因为那种愤怒做出了很多不可理喻的事，她以为这份友谊没法挽回了，却没想到，在她陷入困境时，于圣杰竟挺身而出了。

目光所及之处并没有于圣杰的影子，罗丽拉略显失望。

“于圣杰呢？”她低声问。

“可能不大习惯听别人对他说谢谢吧，先走了。”

靳韩的解释很有趣，好像他钻到于圣杰肚子里看过了一样。不过事实也的确如此，于圣杰表面蛮横霸道，内心里却是个羞涩的大男孩儿，对他说谢谢，不如冲他瞪眼睛来得痛快，道谢这种东西，他是接受不了的。

把罗丽拉安全送回家后，项夏和靳韩也回了家。在小区门口分手时，项夏觉得靳韩的脸色不大好，眉头一直紧锁着，问了他几次，他只说没事。第二天一早，在小区门口再见时，靳韩的脸色更差了，他犹豫了好久才告诉项夏，他可能参加不了“青春杯”了。

“腰疼得厉害。”

“看医生了吗？”项夏问靳韩。

“没去。我受伤，我妈一向都是大惊小怪的。”

“我偷偷带你去。”

在项夏的坚持下，靳韩去了医院。检查的结果是，靳韩挨的一棒子虽然没造成骨头脏器损伤，却伤了肌肉和韧带，需要吃药休养一段时间，不合适做剧烈动作，不然将来可能落下腰肌劳损甚至腰间盘脱出的后遗症。

好端端的，突然天降祸事，靳韩不能参加“青春杯”，项夏傻眼了。

“可以试试。”

“试什么试！你没听医生说吗？”

项夏不允许偶像伤害自己的身体，因为身体是革命的本钱，把本钱输掉了，革命还有什么用？回到学校后，她立刻召集了全班同学，把靳韩的情况说了一下，罗丽拉竟然站了出来。

“我有办法。”

什么办法？全班同学都看向罗丽拉，希望她能说出一个有建设性的意见来。面对大家殷切的目光，罗丽拉深吸了口气，大声说出了五个字：

“我替靳韩跑！”

“噗！”

她的话音才落，有人忍不住大笑了出来。

“那是跑步，不是模特表演。”

“哼，我跑得也挺快的。”

罗丽拉有点儿底气不足。张斌指着她，下巴差点笑掉了：“你连孙歆都跑不过，还替靳韩？哈哈哈！”

“说谁呢？”

孙歆对着张斌的脑袋打了一下。他这是笑话她太胖跑不动吗？

“我说的是事实嘛，你一身膘……”

“谁一身膘，我要减肥了！”

孙歆一边说，一边把一块巧克力扔进嘴里，咯嘣咯嘣地嚼了起来。

“好吧，你减肥，别人掉的肥，你都捡回来。”

“张斌！”

孙歆甩着浑身的肥肉跳了起来，一把擒住张斌，接着是张斌杀猪一样的求饶声，教室里笑声一片。

“好了好了，别闹了，还有正事呢。”项夏敲了敲桌子，孙歆嘟嘟囔囔地放开了张斌，警告他小心点儿，惹火了她，把他压成肉饼。

教室里安静下来后，项夏对照名单一个个琢磨，看看是否有合适的人替代靳韩参加短跑。就在她看得聚精会神时，于圣杰站了起来。

“我来吧，加上四百米和接力，正好三项。”

“你？”

项夏很意外，于圣杰竟然要替靳韩出场了？虽然经历了一些事情，两人的关系已不似从前那么针尖对麦芒了，却也没好到可以为靳韩拔刀的程度，何况还是这种公开场合，全班同学都看着他。

“我说我替他！你听到了吗？”于圣杰又重复了一遍。

“听，听到了。”

项夏赶紧做了标注，再抬头时，教室里还是没一个人说话，静得有些可怕。

于圣杰替靳韩上场是解决这个问题的最好办法，众所周知，他的体育是班级里最好的，足球好，短跑也很出名，有他上场，即便不是第一，前三也是稳拿的。不过，有几个体育生对于圣杰的决定表示怀疑：K高老大不是一向和靳韩作对的吗？不是冷眼旁观、嘲讽，就是大打出手，今天怎么突然愿意帮靳韩了？不会又有什么猫腻吧？

“看什么看？我是太闲了。”于圣杰翻了一下眼睛，扔下手里的书，绕过桌子向门外走去，经过项夏身边时，她隐约能看到他眼中浮现的尴尬。这家伙心里分明是想帮靳韩，却又倔强得不肯承认。

“好了，有人替代靳韩就行，大家该干吗干吗吧。”

待教室里重新恢复秩序后，项夏才颇为佩服地看向靳韩。

“我现在真的信了。”

“信什么？”靳韩问。

“强大的黑效应啊。”

“不，这次你错了。”靳韩摇摇头，告诉项夏，这次于圣杰决定代替他参加比赛，不是因为他这个“黑”的刺激

“不是黑效应，是什么？”

“讲义气的人，最怕的就是欠别人。”

“哦。”

项夏觉得这点也说得通，于圣杰那么傲气，怎么可能欠别人的情？

不过，靳韩也忽略了一个事实。于圣杰的改变不仅仅像表面看起来的这么简单，那次被靳韩一顿嘲讽和刺激后，他默默地回到家，看着桌面上的照片还有零散放置的书信，眼前浮现的都是父母辛苦打工的身影，心里除了懊恼和怨恨之外，也多了一份无法释然的自责。

一直坐到深夜，于圣杰才拿起手机，拨打了那个他一直不愿拨打的电话。接电话的是他的母亲，听到儿子的声音，于圣杰的母亲失声痛哭了起来。当电话转给父亲的时候，父亲在电话里道出了对儿子的歉疚和懊悔——为了走出困境，为了出人头地，他们忽略了太多东西。然而时间不能倒流，他们没办法帮于圣杰找回童年失去的爱了。

放下电话后，于圣杰蜷缩在黑暗中，重新审视了自己的生活，思索自己

想要的是什么——原来一直都不是金钱，也不是称王称霸，他只想找回自己迷失的方向。他要改变自己，从这一刻开始。

项夏已经从迷雾中走了出来，而于圣杰才刚意识到迷雾的存在，希望他能坚持下去，不要放弃。

“唉，好想在运动会上出个风头呢，可惜……”耳边传来靳韩感叹的声音，项夏扭头看去，发现这小子的表情怎么看着有点儿欠揍。

“你要风头干什么？全校的风头都被你抢去了，给别人一次机会吧。”

“说得也是。”

靳韩拿出一本辅导书，随意翻看了一眼后，好像想到了什么，自顾自地说了一句：“我发现我很幸运。”

“怎么幸运了？”

“有个粉丝做同桌。”

“哈哈，说得也是，请珍惜。”项夏得意地笑着。

“嗯，是该珍惜，虽然这个粉丝有点像二哈。”

“咦？”

项夏翻了一下白眼。他这是夸赞还是嘲讽啊？怎么听起来味道不大对呢？

“赶紧去更改名单吧。”靳韩转移了话题。

“好吧，暂且不和你计较。”

不能因为斗嘴耽误了正事，项夏拿起本子快步走出教室。

到了走廊上，项夏反思靳韩刚才说的话，觉得哪里有些不对劲。从何时起，偶像喜欢拿她开涮了？虽然这些开涮的行为和言辞让她有些恼火，但也让她感受到一种变化，靳韩变了，不再像刚转来时那么高冷不近人情了，除了在镜头下佯装的微笑外，生活中，他笑得更真诚了。

“青春杯”调动了所有人的积极性，潘多多坚持不懈地指导孙歆。据说张斌在她科学的指导下重新确认了起跳点，改变了身体的姿势和重心，取得了不错的效果。无奈孙歆的领悟力让人没脾气，潘多多说得唾沫星子横飞也无济于事，没办法，她只能亲自去铅球场做示范，却险些被铅球砸了脚。

不知不觉中，每个人都在改变。

于圣杰，罗丽拉，张斌，孙歆，还有那些固执的体育生，从踊跃报名参加比赛的那一刻起，他们也想为班级争得荣誉了。

有时候，项夏会思考一个问题：高二（6）班并不像外人看到的那么懈怠，隐藏在大家骨子里的，也有一种叫作“荣誉感”的东西，只是在消极的言论中不愿表现出来罢了。

站在操场上，项夏深吸了一口气，觉得自己也在改变，曾经那个不自信、懦弱可欺的小结巴不见了，有了信心之后，她已经不再结巴了，口齿伶俐得连她自己都不认识自己了。

“嘿，项夏，（6）班还打算拿‘青春杯’倒数第一吗？”其他班的女生从项夏身边经过，不忘用去年“青春杯”的成绩嘲弄她一番。面对这样的言辞，项夏并没有生气，而是微微一笑。

“让我们‘青春杯’运动场上见吧！”

“你这么自信？”

“不是我自信，是（6）班全体都自信。”

项夏纠正了她们的话。一个人的自信不可怕，可怕的是一个集体的自信，她有信心，这次“青春杯”，（6）班会有不同的表现。

第二十五章 高二6班

在各种讥讽和嘲弄的声音中，“青春杯”运动会如火如荼地开始了。开幕式后的第一个项目是激动人心的一百米预选赛，号角声响起，全校都沸腾了起来。

靳韩坐在项夏身边，手里拿着一个单反相机，他虽然不能参加比赛，情绪看起来却比运动员还要兴奋，他几次站起来，让大家尽情地欢笑。他希望每一个精彩的瞬间都留在镜头里，让不悔的青春迸射出最耀眼的光芒。

于圣杰换上了运动短衫出场了，因为个子高，又帅气，在起跑点，他看起来有点儿鹤立鸡群。

项夏隐约记得上一届的“青春杯”运动会，于圣杰上场后，只是象征性地晃了一圈就离开了，所以大家对他的出现没什么期待，甚至某些运动员没把他放在眼里，问他准备跑几米就放弃。

“嘿，于圣杰，这次准备跑七步吗？七步成诗嘛。”

一个擅长短跑的体育生走过来，拍了一下于圣杰的肩膀，于圣杰不客气地将他的手打开了，目光冷冽地抬起，只说了一句话：“我要拿第一！”

“第一？哈哈，行，你拿吧，我看着你拿。”这个体育生曾经也算是于圣杰的朋友，自从假“富二代”事件后，他是第一个疏远于圣杰的，这次跑过来，不过是例行嘲笑罢了。

“等着瞧。”于圣杰俯身认真地做着热身运动。

体育生似乎不打算就这么离开，他舒展了两下手臂，轻叹一声后，竟嘲讽起了于圣杰的假“富二代”身份。

“运动会之后还去西餐厅吗？哦哦，忘记了，你是个假‘富二代’，老妈在国外刷盘子，啧啧啧，太辛苦了，赚钱真不容易，不如这次我请客吧。”

“你说什么？”于圣杰缓缓直起身体，目光森冷地看向那个体育生，体育生龇牙一笑，抱住了肩膀，一副满不在乎的表情。

“怎么？我说错了吗？你妈难道不是刷盘子的？”

“你……”

于圣杰的拳头握得咔咔直响，眼看就要发火了，靳韩拿着相机走了过来，在于圣杰耳边低语了一句：“实力胜过拳头。”

“好。”于圣杰隐忍地点点头，听到裁判的口令后，眉毛一扬，转身站在了自己跑道的起跑线上。

体育生很意外，于圣杰竟然没对他挥拳头？他耸耸肩，认定于圣杰这是认输了，“高岭之花”也不过如此嘛，难怪那么多人喊着“高岭之花”要易主了。

“嘿，假‘富二代’，终点见！”他在一边示威，于圣杰却连看都没看他一眼。

“参加一百米短跑的运动员，马上各就各位！”不远处传来了老师的喊声。

发令枪砰的一声响后，于圣杰像离弦的箭一般冲了出去，带着呼呼的风声，他跑得实在太快了，一百米才不过一半的时候，已经和第二名拉开了明显的距离，那名嘲笑于圣杰的体育生起跑时慢了半拍，尽管他跑得脸红脖子粗，也只得了第四。

他一边跑一边咒骂着，于圣杰这是抽风了吗？

是的，于圣杰疯了，疯得无人能阻挡。

一百米竞技比的不仅仅是速度，还有运动员的反应能力和爆发力，这几个方面他占足了优势，他几乎飞了起来。

毫无悬念，在一片欢呼声中，于圣杰第一个冲到了终点。

站在终点，于圣杰喘了两口粗气，缓缓抬起头，看着全场欢腾的叫声时，他笑了。猛擦了一下额头上的汗水，他转过身，快步走到那个体育生的面前，重重地拍了一下他的肩膀。

“放学后，在操场上等着我！”

“操，操场？”体育生的脸微微发白，他们不是说于圣杰不打架了吗？胆子变小了吗？颓废了吗？可看他刚才的表情、说话的语气，一点儿都没变呀。

轻快地打了一个响指，于圣杰大步走回高二（6）班的休息处，他刚坐下，同学们就纷纷围了上来，夸赞他好厉害，参赛的有那么多擅长短跑的体育生，他竟拿了第一。

“这有什么？四百米赛跑，还是我得第一。”

谁给于圣杰的信心？他竟敢如此大言不惭，但无论怎么看，这都不是盲目的自信，用靳韩的话说，于圣杰有这个实力。

果不其然，四百米的第一名还是于圣杰，他拍拍胸膛说道：“学习上我也许是个渣渣，但在体育上，我就没怕过谁。”

靳韩给于圣杰拍了一个特写，于圣杰却唠唠叨叨地叮嘱靳韩，别把他照丑了，他可是一个很在乎外在形象的人。从未听过K高老大如此幽默的话，好多人都被逗笑了。

高二（6）班因为太过喧哗，几次被点名批评，陈悦雯每次走过来只是象征性地警告几句，然后坐下来热烈地参与大家的讨论，她认为除了田径，（6）班还会有黑马出现，这次团体赛，不拿第一也能拿第二。

“哇，陈老师，你挺敢想的嘛。”

“是你们给我的勇气。”

陈悦雯刚说完，场地传来了好消息，（6）班的四百米接力赛拿了第一名，好像只要于圣杰出手，没有他拿不下的名次，于圣杰的那双腿堪比飞毛腿了，靳韩轻声感叹，幸亏他的腰受伤了，不然连第三名都拿不到。

“孙歆铅球第一！她拿了第一！”有人跑来报喜。

“孙歆太优秀了！”

从未为班级取得过任何荣誉的孙歆打破了零的纪录，她看着自己第一名的成绩，激动得呜呜哭了起来，回到班级后，她直接把潘多多一把抱住了，潘多多差点儿被她勒死。

张斌也不错，跳高得了一个第二名。

“我们班今年这是怎么了？大家都拼了吗？”

“不是拼了，是骨子里就有不认输的劲儿！”

项夏举起了手肘，一步向前，做出一副“革命不怕死”的姿势，引发大家一阵大笑。

主席台处再次传来批评声：“高二（6）班！高二（6）班！注意一下你们的纪律，不要喧哗！”

“嘿嘿。”

项夏伸了一下舌头，乖乖地回了座位。

武汉星的跳远没跳好，还不小心扭了脚，他回到班级休息处后一直唉声叹气的，大家都取得了名次，只有他什么都没拿回来，预选赛就被淘汰了。

“我们又没想一定要拿第一，只想尽力一次，你尽力了就好。”

大家安慰着他，他仍觉得遗憾，他也想在大家都积极支持班级的时候表现一下，看来只能等明年了。

陈悦雯买了一箱雪糕慰劳大家，分完后，她自己也好像孩子一样一边啃雪糕，一边观看热火朝天的比赛，每次有高二（6）班的学生冲在前面的时候，她就激动地站起来大声喊加油，连雪糕掉在了地上都浑然不觉。

赵进主任几次走过来，虽没说什么，却朝陈悦雯微笑着，隐隐地，项夏能感觉出来有点儿不同。

女子体操比赛开始后，好多同学都跑去围观，特别是男生，他们对罗丽拉的兴趣还是那么浓，几个曾经写情书不敢留名的家伙，一个个眼放金光，争先恐后，就怕站的位置不好，看不到罗丽拉。相比来说，长相平庸的女生就没这样的待遇了，特别是孙歆，见到这个状况不开心地抱怨了起来：“怎么我投铅球的时候，你们都不来看呢？”

“我们是怕你不小心把铅球投在我们身上，有生命危险。”张斌一边在脸上涂着防晒霜，一边嘲弄着。

“滚！”

孙歆噘着嘴，手指忸怩地理了一下鬓边的发丝，下巴傲慢地一仰，轻哼了一声。

“谁还不是个宝宝？等我减肥了，也是个美女。”

唠！

张斌做出了一副呕吐状，这话孙歆从高一就开始说，结果她不但没瘦下去，还长了二十斤。

一声咿之后，孙歆做了一个饿虎扑食的动作，张斌差点儿被压趴在地上，他赶紧拿着遮阳伞躲到一边去了，不敢再招惹孙歆了。

巡检的值班生来了，他们发现所有同学都戴着遮阳帽，只有张斌一个人打着遮阳伞，显得很是突兀，他们责令张斌立刻把伞撤掉。张斌哪里肯让自己的皮肤受委屈？他不但没撤掉遮阳伞，还把三个巡检的值班生叫到一边，大肆宣讲紫外线对皮肤的伤害。

“长波紫外线知道吗？UVA的穿透力很强，会让你的皮肤变黑、生色斑、弹性减弱，好像放久了的梨，黑乎乎的，懂吗？还有中波紫外线UVB可以让我们的皮肤晒伤、生红斑、起水泡，疼痛、变黑不说，还会得皮肤癌……”

巡检小队中有个女生，她听了张斌的话，立刻捂住了脸，一副马上要得皮肤癌的惊恐状。

在张斌一通大道理的劝说下，三个巡检生离开了，整个操场唯一的遮阳伞是高二（6）班的，高二（6）班因此又被扣了三分。

很快，女子团体体操传来喜讯，在罗丽拉的带领下，高二（6）班获得了第二名的好成绩，相比去年的体操弃权，这是一个很大的进步，项夏猜测，罗丽拉又要多收几封情书了。

“你是不是经常收到情书呀？说说……是什么感觉？”项夏羡慕地问靳韩，靳韩拿着相机在专心拍照，回答她的问题时十分心不在焉。

“没感觉。”

“怎么可能？”

项夏才不信呢，至少第一次收到的时候会很激动吧？靳韩只是不好意思说出来罢了，说不定私底下他把女粉丝寄来的情书一字一句地都消化过了，一个人躲起来偷笑了不知多少次。“你如果写情书给我，我或许会看的。”靳韩嘿嘿笑了起来。

“我？怎么可能？”

项夏翻了个白眼，这家伙是在开玩笑吗？项夏虽然嘴上倔强，心里却七上八下的，那些日记不知算不算？好像有什么把柄被靳韩抓住了，她尴尬地红了脸。

项夏曾经想过给靳韩写信，几千字都不足以描述她的心情，当然那不是情书，而是表达自己仰慕的心情。后来她听人说，明星每天都能收到很多书信，大多数都是经纪人帮忙拆看的，一些书信也有可能被遗忘在角落里。想着靳韩的妈妈可能正在读她辛苦写的信，项夏浑身起了鸡皮疙瘩，想想还是放弃了。

“靳韩，过来，给罗丽拉多照几张！”孙歆跑过来叫靳韩。

靳韩立刻站起来，拿着相机给罗丽拉照相去了。

“还不是一样喜欢长得漂亮的女生？哼！”

项夏噘着嘴巴，拿起了地上倒下的旗帜，重新插在了石礅里，学校里的男生都围着校花转，靳韩不是瞎子，怎么会看不出罗丽拉的美？

十多分钟后，靳韩照完相回来了，他坐在座位上查看相机里的照片。项夏好奇地伸长了脖子，一边看一边低声问：“好看吧？”

“嗯……”靳韩很随意地应了一声，又觉得这个问题有些不对，他抬起了头。

“什么好看？”

“照片？”

“你说体操小队的合影呀，给你看看，我的水平怎么样？”靳韩把相机给了项夏，项夏暗暗一笑，不客气地把相机接了过来，一张张翻看了起来，竟没一张罗丽拉的个人特写，全是合影。

“这是你刚才照的？”

“不错吧？采光和角度都刚刚好，我可以免费教你学摄影。”

“哦。”项夏暗暗得意，这样看来靳韩和其他男生还是不一样的。

项夏正翻看着照片，罗丽拉急匆匆地跑了过来，还穿着比赛时的体操服，问靳韩有没有给她一个特写，她要留着做纪念。靳韩正要解释忘记拍了，项夏直接站起来。

“靳韩，你不是要教我摄影吗？从给罗丽拉照特写开始吧。”

项夏做好了摄影的姿势，镜头对准了罗丽拉，人美穿什么都美，镜头中的罗丽拉好像一个瑶池仙子，美艳不可方物。

靳韩颇为耐心地给项夏讲解怎么才能照好人物特写，什么调整镜头、长焦距、虚化背景等，项夏手忙脚乱地调整着，却怎么也搞不懂，只能假装听明白了。

“你行吗？”罗丽拉让项夏不要浪费时间，不行就换靳韩。

“行，当然行了，包你满意。”

项夏做了一个OK的手势。

“那……好吧。”

罗丽拉不相信地摆好了姿势，项夏快门一按，先来了一张。这一张看起来有点儿奇怪，罗丽拉的脚好像被切掉了，项夏重新调整镜头，又照了一张，这次竟然没有左臂？项夏深吸了一口气，按下快门，又照了一张，看完后，她差点儿没笑出来，好不容易胳膊、腿都在了，罗丽拉的眼睛却是闭着的。

罗丽拉吵着嚷着要看照片，项夏尴尬地把相机还给了靳韩，然后转身就跑，没出一分钟，身后便传来了罗丽拉的怪叫声。

“项夏，你是不是不想活了！”

在罗丽拉的叫喊声中，项夏冲过了安全线，进入场地给长跑运动员送水去了。

运动会进行了整整一天，闭幕式的时候，孙歆耷拉着脑袋，嚷嚷着她急需补充能量，肚子要饿瘪了。张斌摸着脸，抱怨今晚要多敷一次面膜了。大家看起来都很疲惫，走路都没了力气。可当广播里传出高二（6）班在这次运动会上获得了全校第二名时，同学们一个个都好像打了鸡血，欢欣鼓舞，连陈悦雯也激动得大喊了出来。

“（6）班最棒！（6）班最棒！”

掌声一直在响，大喇叭里传来几声咳嗽都没能制止。

主席台上，赵进欣慰地坐在那里，望着高二（6）班的方向，目光刚好和陈悦雯的目光相撞，不需任何语言，陈悦雯终于理解了赵进，也理解了他一直崇尚的体育精神。体育运动是对学生自身极限的挑战，可以磨砺他们的意志，也可以产生一种凝聚力，这种凝聚力就是陈悦雯现在看到的，（6）班空前团结，连于圣杰也变得不一样了。

运动会后，各班同学排着队陆续回了教室，高二（6）班因为站得较远走在最后。

在楼梯口，项夏巧遇了那几个耻笑过她的男生，他们停住了步子，项夏也停了下来，男生们的表情有些尴尬，高二（6）班取得的成绩啪啪地打了他们的脸。项夏不想在这个时候讥讽他们，但罗丽拉一向飞扬跋扈，怎么可能放过这个机会？

“哎哟，刚才太高兴了，没听见广播里报你们班排名多少，不会是第一吧？”

噗，项夏差点儿没笑出来，刚才大广播里说得清清楚楚，他们班这次拿了倒数第一的名次。

“哇，倒数第一！我的天哪！天哪！”罗丽拉夸张的表情，连项夏都有种要掐死她的冲动。几个男生的脸一下就红了，一句话都没多说，互相推搡着下楼去了。

“看你们还敢笑话我们不？”罗丽拉冲他们的背影做了一个鬼脸，孙歆吐着舌头，胖嘟嘟的脸蛋抖动着。

到了教室门口，孙歆突然奇怪地看向项夏：“奇怪了，项夏，最近怎么没听见你结巴了？”

“我……什么时候结巴了？”项夏羞涩地红了脸，其他同学也有同样的疑惑，为什么小结巴突然不结巴了？只有靳韩知道其中的原因，是不自信让项夏不敢张口说话，也是不自信让她的思维无法支配语言，如今她找回了自信，当然就不结巴了。

“结巴不结巴，她都是小结巴。”于圣杰突然来了一句，逗得大家哈哈大笑。

项夏懊恼地回头瞪了于圣杰一眼，“小结巴”这个外号，还是于圣杰给起的，后来大家都跟风叫，渐渐地，“小结巴”三个字取代了她的名字，即便毕业后，同学相见，还是有人会喊一声“嘿，小结巴”。

累了一天，回到教室后，项夏只想坐着一动不动，今天的太阳格外毒，脸蛋晒得热辣辣的刺痛，不知会不会掉层皮。

“项夏，赵主任找你！”

“赵主任……找我？”

项夏想不出这个时候赵主任叫她能有什么事。赌约没有了，“青春杯”也结束了，还有什么其他的安排吗？她慢吞吞地去了赵进的办公室，稍稍有些不安。

敲了敲赵主任办公室的门，项夏拘谨地站在了门边，办公室里除了赵主任，学校的足球教练王教练也在。

“项夏，来，坐下。”赵主任的态度十分和蔼，语气也很温柔，怎么看都不像因为坏事叫她来的，项夏一颗不安的心终于落了地。

项夏坐好后，赵进打开了话匣子，大肆夸赞项夏的足球踢得好，得到了学校所有体育老师的一致认可，都觉得她很有天赋，不继续踢球有些可惜了。

“学校的体育老师一致认为，你不应该放弃足球，但学校毕竟是学校，不够专业，我们也不能让你和男孩子们漫无目的地疯跑，经过我们的商议，学校决定给你提供更好的环境，让你报名参加省里的女足选拔。”

“省里的女足？真的吗？”项夏眼睛一亮，激动地站了起来。

她以前听人说过，有部分幸运的女生被输送到省女足踢球，不但前程无量，高考还能加分，未来进军国家队都不是问题。

但高兴之余，项夏的心又一沉，她想到了老妈，如果老妈知道她又要踢球了，一定会大发脾气，她也对老妈发过誓，帮靳韩是人生最后一次踢球。

项夏耷拉下脑袋，无力地坐下来。

“怎么？不想去？”赵进很诧异，这是多好的机会呀？很多女生想去还没资格呢。

“项夏，你想清楚了，这可是一次千载难逢的机会，就算你答应了，还不一定能通过初选呢。”王教练简单解释了一下省女足的选拔规则，十分严格，不是谁想去就能去的。

“路，学校已经给你铺好了，能不能迈开步子往前走，就看你自己了，如果这次成功进入女足，踢出成绩，高考是要加分的，还可能获得保送大学的资格。”

“我明白……可是……”项夏抓了一下头发，道出了心中的疑虑，她怕这件事被老妈知道了，又是一场腥风血雨。想想上次老妈发火，就差拿起扫把追着打她了。

天很热，办公室里很闷，项夏却感觉浑身都在冒冷汗，她仿佛看到了老妈愤怒的眼神，还有高举着的扫把，禁不住打了一个冷战，她无奈地摇了摇头：“还是……算了吧。”

“怎么能算了？这样吧，项夏，你也别着急，我去你家找你妈妈说说，哪里有家长不同意孩子发展特长的？”

赵进不肯就这么放弃，他决定亲自进行家访，会会这位坚决抵制女儿踢球的夏女士。

“找我妈？”项夏觉得头皮一阵阵发麻。

放学后，所有同学都离校了，只有项夏磨磨蹭蹭地不肯离开教室，想着赵主任去了她家，老妈听到这个消息后，会是什么表情。说不定现在的老妈就是一颗炸弹，只等着她回家立马引爆，炸得她粉身碎骨。项夏思来想去，都觉得这个时候回家是不明智的，至少要等老妈消消火再说。

靳韩知道了这件事，决定留下来陪着项夏，两个人一起去了小区附近的汉堡店，点了一大堆薯条坐着一边吃一边打发时间。

“出来了，出来了！”项夏嘴里叼着薯条，指着小区的门口，赵进正从小区里走出来，看样子已经家访结束了。

靳韩抬起了头，观察着赵进的脸色，慢条斯理地分析着：“赵主任脸色不大好，眼神也很不安，还有那么一点点焦虑……”

靳韩分析的话还没说完，小区的门口，赵进便失魂落魄地差点儿和刘大妈撞了个满怀，刘大妈生气地训斥着赵进：“年纪轻轻的怎么走路不看人呢？”

“一看就是心事重重，你这次怕是死定了。”靳韩继续分析道。

“怎么办？我要怎么办？”项夏紧张地摇着靳韩的手臂，他的鬼主意最多了，又见过大世面，怎么都要帮她想个办法出来，不能看着她被老妈打死呀。

靳韩无奈地摇摇头，他最近也自身难保，怎么去帮另外一个处于水深火热的人呢？前段时间，靳韩毅然辞掉了老妈经纪人的职务，和老妈摆出了一大堆道理，把活了十六年憋在心里的话一股脑儿地倒出来，老妈虽然接受了他的提议，却一直和他冷战着，韩晓波在等儿子吃后悔药呢。

“你妈比我妈绝，还会冷战？”

一妈更比一妈高，项夏十分同情靳韩，不知道他家的冷战要到什么时候才结束，靳韩预估了一下，等到他的毕业季吧。

虽然极不情愿，但天色已经很晚了，项夏不回家不行了。

她走出了汉堡店，不知是肚子里的薯条在膨胀，还是要面临的压力太大，她有些喘不过气来。

和靳韩在小区门口分开后，项夏蜗牛一样慢吞吞地爬回了家。

许是太紧张了，钥匙怎么也插不进锁孔了，钥匙坠发出的声音在楼梯间回荡着，她慌得满头是汗，钥匙差点儿脱手掉在地上，门终于打开了，她的手停在了门把上，良久才拉开了防盗门。

项夏迈步进去，换鞋都小心翼翼的，生怕听到老妈尖锐的喊声。还好，客厅里很安静。她放下书包，探头朝里看着，老妈正在厨房里忙碌着，她闻到了饭菜的香味。

“回来了？”夏秀珍把饭菜端了出来，还炖了项夏最喜欢吃的鱼。

这是鸿门宴吗？项夏脸上的肌肉连抽了好几下，硬挤出了一个微笑。

“味道不错，好馋呀。”明明已经吃饱了，却要表现出十分饥饿的模样，项夏不禁佩服起自己的演技了，果然和靳韩在一起久了，她也被激发出演戏的天分了。

拉开椅子坐下来，项夏一边吃一边观察着老妈的表情，奇怪，为什么还没发火呢？气氛也不对，老妈就算不拍桌子，也该冷着一张脸吧？

项夏决心死撑到底，老妈不提踢球的事，她也一个字都不会说，塞了一口米饭在嘴里，还不等咀嚼，老妈突然开了口。

“刚才你们学校的赵主任来了。”

“是吗？家访吧，我听说他最近去了不少同学的家。”项夏含着米饭，装作若无其事地说。

“项夏，你想踢球吗？”

“不想！”

项夏把脑袋摇得好像拨浪鼓一样，举手发誓，她不想踢球。

上次为了偶像踢足球，绝对是她人生的最后一次，为了表明自己的决心，她让老妈去她的房间里翻，能翻出足球算她撒谎，连足球鞋她都准备扔掉了。

“妈，如果我撒谎，我就天天向下，大学都考不上。”

“呸，怎么说话呢？”夏秀珍瞪了项夏一眼，这孩子现在发誓都这么可怕了，“赵主任跟我说了省里女足的事，我知道你喜欢踢足球……”

“不喜欢！”项夏斩钉截铁地回答了老妈的话，说完后，自己都为自己的谎言感到心塞，为了讨好老妈，她已经无所不能了。

啪，夏秀珍突然放下了筷子，项夏吓得一激灵。

“上次为了踢球，差点儿把房顶掀翻，怎么这次说不喜欢就不喜欢了？”

“上次……上次我是为了帮靳韩。”

“你这孩子，非要和我对着干吗？”

“没有，我说不踢了……”项夏有些想不通，她哪句话和老妈对着干了，不都是顺着老妈说的吗？

“项夏，赵主任刚才说的话，妈妈也想了一下，不是没有道理，踢球虽然不适合女孩子，也会耽误学习，可真有机会摆在面前，不让你去踢，又怕将来你会后悔，埋怨妈妈一辈子。”

“妈，你别听赵主任的，我真的不踢……在学校，我都说得很清楚了。”

说话间，项夏的手指猛地抽了一下，筷子差点儿掉出来。隐隐地，她觉得老妈轻柔的语气后面隐藏着积郁的怒火，定时炸弹马上要炸了。

“项夏！”夏秀珍突然站了起来。

“妈？”项夏也警觉地站了起来，做好了随时冲回房间锁门的准备。

“妈同意你踢球……”

“什么？”项夏口里的米饭直接喷了出来，这是什么情况，不是训斥，不是追打，而是支持？老妈这样的大逆转，她有点儿接受不了。

“你这孩子……呛着没？”夏秀珍拿出了纸巾，帮项夏擦着嘴角，“妈妈反对你踢球，一是怕耽误了你的学习，考不上大学将来怎么办？现在哪个用人单位不要大学文凭？还有一个原因是……妈妈有私心……”

夏秀珍放下纸巾，眼神略显忧伤，一直以来她都没放下离婚的心结，诸多的怨气都压在心里，那时项夏的父亲很喜欢足球，不但世界杯必看，其他各种足球赛事也都不放过，忽略了家庭的很多事，夫妻两个缺少沟通，经常因此发生争吵，再加上性格不合，最后只能分道扬镳。成为单亲妈妈之后的夏秀珍，更加怨恨前夫，并把这种怨恨代入了女儿踢球这件事上，她只要看到女儿碰足球，就会变得情绪失控。

项夏的记忆永远也抹不去那一幕，一次重要的足球比赛前夕，她抱着足球去找爸爸，却看到爸爸和妈妈吵得面红耳赤，母亲愤然提出离婚，父亲同意了，但两个人协议在项夏参加完这次比赛之后再说出来，他希望女儿能取得好成绩。也就是那一天，项夏满腹心事地走上了绿茵场，她眼睁睁地看着足球从身边飞了过去，整个人处于离魂的状态，她让球队丢掉了最好的进球机会，也丢掉了自信。

“我不能忍受家里出现足球，看到足球，我就透不过气来，所以才会那么排斥你踢足球……关于这一点，妈妈不想承认，也不想说出来，可现在……是时候打开这个心结了，不能因为我们的恩怨，耽误了你，如果足球注定是你的前途，你也喜欢足球，就去踢吧。”

“妈，别这样，我不踢球也行的。”

“赵主任说，踢好了考大学能加分，还可能保送呢，妈不糊涂，知道什么该拦着，什么不该拦着。”

“万一踢不好呢？”

项夏无法保证自己一定能在省女足里表现出色，毕竟省队人才济济，就像她这样的，在K高可以风光十足，但在省女足，大概只能算是普通球员了。

“女儿，妈相信你，尽力就好。”老妈的这句话，对项夏最大的鼓舞是最后四个字——尽力就好。

项夏做梦也没想到，有一天老妈会支持她踢球，老妈的这种转变，让她做梦都会笑醒。

第二天醒来的时候，她睁开眼睛先想了想，然后跳下床疯了一样冲进客厅，当看到茶几上已经摆好的新足球时，她才相信美梦成真了。项夏激动地一把搂住了老妈的脖子，用力在她的脸上亲了一下。

“妈，我会努力的。”

“加油！”夏秀珍轻轻拍着女儿的脊背，久违的感觉让她一下子释然了，存在于心里多年的结也解开了，或许那些人说得很对，话说出来要比憋在肚子里好。

一大早，项夏到了学校，直接冲进赵进的办公室，欣喜地告诉赵进，老妈同意她进省女足踢球了。

“太好了，你得加油了，要通过省里的选拔才行，接下来只能靠你自己了，我们谁都帮不了你了。”赵进鼓励着项夏，不能辜负了学校和家长的期望。

“我会的，我不会让你们失望的，谢谢主任。”

项夏由衷地感谢赵进，如果不是他的努力，她怎么也不可能得到老妈的支持。赵进摇摇头，冲项夏竖起了大拇指，是项夏自身的努力让她赢得了这个机会，其他人做的不过是辅助而已。

“我争取进入省女足。”

“不但要进去，还要取得成绩，我们都等着你的喜讯。”

“没问题！”

项夏搞笑地打了一个立正，然后开心地跑了出去。

赵进放下手中的笔，站起身缓步走到窗口，他望着校门口陆续来上学的学生们，脸上露出了欣慰的微笑。

回到教室里，项夏把这个好消息分享给了靳韩，靳韩恭喜她之后，又告诉了她一个事实，从今往后她也会和他一样经常缺课了，因为省里的女足一旦进去了，要定期参加训练的，从今天起，她的生活会变得紧锣密鼓，连喘口气都要计算时间。

“我的成绩会不会一落千丈？”项夏有些不安，好不容易爬上前一百名，摔下去会不会更惨？

“倒数第三名吗？”

“什么？”

项夏懊恼地看向靳韩，他对她就这么没信心吗？怎么考也不可能再考倒数第三呀。靳韩掩嘴笑了出来。

“既然不能考倒数第三，你还有什么可担心的？”

“说得也是。”项夏连倒数第三名都考过了，还怕更糟糕的成绩吗？

“我会帮你的。”

最后这句话何等的温暖人心！靳韩给项夏吃了一颗定心丸，不管什么时候，他都会站在她身边，就好像她始终如一地支持他一样。

看到偶像对自己这么真诚，项夏的脸微微发红，她没办法再违心藏着一个秘密了，曾经她也脱粉过。

“脱粉？误会我是碰瓷儿的？”靳韩蹙眉问，他想知道自己做错了什么，让项夏狠心脱粉了。

“除了那件事，还有……你转学过来后的态度，有点儿暴躁，还尖酸刻薄，和银幕上的你一点儿都不一样。”

“银幕上的，不是真实的我。”靳韩不想撒谎，没人可以活得和电影里的角色一样，完美无缺到无可挑剔的地步。生活中，他更想活成自己，而不是电影里的角色，但为了形象、前途，他在公众面前，必须刻意隐藏很多东西，保持无瑕的形象。

“为什么在我面前，你不隐藏？”项夏问。

“可能是不需要吧？”

试问，在一个极其厌恶自己的人面前，又何必伪装呢？也就是这种不需伪装，让靳韩彻底地放松了下来，他甚至任性地挥洒自我，淋漓尽致地发泄积郁。也就是这种发泄之后，让他许久未见的真诚微笑再次挂在了脸上。

误会解除之后，靳韩也无须再隐藏本性，走在她身边，他格外放松。

“敢情，你把我当出气筒了？”

靳韩颔首微笑着，他从未把她当过出气筒，可能更多的原因是，他也想寻找突破口。

在演艺事业的瓶颈期，靳韩遇到了项夏，一个特殊的女孩，让他愤怒、焦躁的同时，也被一点点感染着，项夏虽处于弱势，却在不断地做着尝试，即便让人觉得可耻的模仿，她也会尝试，虽然结果是一次次的失败，却没将她击垮，这种精神无形中鼓舞了他。

靳韩的微笑，让项夏误会了，这家伙还真拿她当出气筒了？

“好吧，看在你是我偶像的分儿上，原谅你一次。”

不管怎么样，项夏是吃了秤砣铁了心，她不会再脱粉了，有了偶像的生活会越来越美好，项夏期待自己也有更高的飞跃。

第二十六章
被传绯闻

太阳每天都会升起，新的一天又会来临，项夏的生活也好像欢快的音符，有旋律地跳动着，她每天起床后做的第一件事，便是出去跑步锻炼身体，然后吃饭，和老妈聊一会儿，再等靳韩一起上学。

因为要应对考核，项夏大多数时间要接受训练，训练强度很大，但为了理想，她从未抱怨过。功夫不负有心人，半个月后，项夏顺利通过了省女足的选拔，成为省女子足球队的一员。

靳韩的人气也在逐渐回升，一些影视公司开始陆续给他发邀请函，他却都一一回绝了，因为那些角色并不是他想呈现的，用靳韩的话说，再次走上荧屏，他不会走那条老路。

韩晓波不理解儿子拒绝片约的原因，如果再远离荧屏一段时间，他就真的被观众彻底遗忘了，为此母子两个发生过几次冲突，但韩晓波已不再是靳韩的经纪人，即便争吵，也只是以母亲的身份，再也无法替靳韩做决定了。

于圣杰在“青春杯”运动会后，就极少逃课了，虽然他的脾气还和以前一样臭、倔，却没那么放任自流了，每到班级集体活动时，他都会挺身而出，并且全力以赴。

于圣杰和靳韩的关系缓和了，虽然不是好哥们儿，但偶尔遇到，两人还会打一声招呼，而且假如一方遇到困难，另一方总会默默伸出援手，不求一声谢谢。

张斌又像从前那样喜欢跟在于圣杰身后了，于圣杰仍会嘲讽他打伞，他也会每次见到于圣杰出现时，立刻把伞收起来。

项夏后来才知道，张斌之所以没有立场，喜欢投靠大树，是因为小学和初中的时候他个子矮，体弱多病，经常被一些身强体壮的男生欺负。

他为了避免被羞辱，只能找高年级的同学做靠山，久而久之，他养成了一个习惯，即谁强就向谁靠拢。而且他特怕得罪人，不敢强出头。

项夏分析张斌的心里，他只有和强势的人在一起，才有安全感，才敢大肆地宣扬美容养肤的理论。

不过张斌抡平底锅的样子有点儿吓人，一点儿都不软弱，或许是大家的改变触动了他，他也在思考，十六岁的他是否真的需要靠山，还是依靠自己的力量站起来？

罗丽拉的父亲仍没有什么音信，家族企业岌岌可危，痞子因为罗丽拉报警，没敢再那么嚣张了，却改成了暗暗尾随。

经历了家变之后的罗丽拉变了，她渐渐适应了没有“富二代”光环的生活，没再看到她带奢侈品上学，连说话也没那么跋扈、傲气了，不知是不是受到家庭困境的影响，虽然她还能收到零散情书，却没在班级里大声宣读了。

一次“青春杯”运动会，高二（6）班的氛围悄然改变了许多，用陈悦雯的话来说，她好像看到了希望。

既要学习，又要训练，项夏终于体会到了靳韩所说的分身乏术的感觉了，她每天都疲于奔命，最后的结果还可能是失败，但即便是失败，她也不会后悔，毕竟她已经站在了梦想的绿茵场上，努力过了。

一半个月后，项夏在球场上的出色表现，赢得了省女足教练的信任，教练破格提升她为足球队的前锋。能在省女足踢前锋，曾是她的心愿，现在竟然实现了，她抱着足球兴奋地在场地里飞奔了好几圈。

看着飞旋在身边的足球，项夏感觉自己的人生达到了巅峰，精彩得让她有些不敢相信。

是不是人每到巅峰的时候，都会出现一桩让你措手不及的祸事，以此来平衡你的人生，让你的人生不要太精彩、太得意?

项夏觉得老天对她一点儿都不好，下手太狠太辣，当头就是一个惊雷，劈得她眼冒金星，茫然不知所措。

那天，踢完球，项夏一身热汗，就去洗了个澡。洗完澡后，她回到更衣室，打算换了衣服赶回学校，还能听一节陈老师的数学课。吹干了头发，她刚换上校服，就听见身后几个女球员在议论什么。

"靳韩呀。"

靳韩?项夏立刻放下背包，竖起了耳朵。

"和谁?早恋?"

靳韩早恋?

若是平常，粉丝对明星的议论，项夏不会放在心上，网上曾经有过不少这样捕风捉影的新闻，说什么靳韩喜欢哪个女明星，哪个女明星又喜欢靳韩，什么姐弟恋、兄妹恋，等等，后来都被证实是黑粉恶意造谣，但今天的新闻感觉有些不一样。

"是K高的女生。"

"都上热搜了，你去看看，我也说不清楚。"

上热搜这么夸张?

项夏赶紧拿出手机，打开了一搜，铺天盖地都是靳韩的负面新闻，什么小婊子勾引靳韩，主动倒贴；绿茶婊装天真，由粉转恋，不知羞耻上位；等等。

谁?到底是谁呀?

项夏很想知道绯闻女主角是谁，如果是某个女生想故意制造新闻黑靳韩，她第一个站出来不让。

"最好别是我认识的某个死丫头!"

项夏的手指按在了链接上，深吸一口气，点开了图片，当她看清和靳韩亲密合影的女生的样子时，差点儿气得吐血，这不是她吗?

"怎么回事?这是谁干的?"

项夏心神不宁地一张张翻看着照片，感觉有无数的草泥马从心头跑过，她已然没法呼吸了，所有的照片都是她的，大部分是QQ空间里她和靳韩广告牌的合影，可这些照片都被人做了手脚，广告牌换成了靳韩本人，照片PS

水平很高，无论怎么看都可以以假乱真，有一张更加夸张，她正嘟起嘴巴亲靳韩的脸，实际的照片她亲的是广告牌上靳韩手里拿着的小熊手机。

没有什么比这种谣言更恶毒的了，靳韩是个明星，经常被人制造黑新闻可以理解，可她只是一个普通的女高中生呀，同学们看到这照片会怎么说？老师会怎么说？老妈又会怎么说？只凭她和靳韩平时一起上学、放学，形影不离的，这些照片就成了铁一样的证据。

“说没说，这个女生叫什么名字？”

“没说，只提了靳韩的名字。”

“说得也是，靳韩早恋，网上一大票人关注，至于这个女生是谁，谁又在乎呢？”

“我怎么觉得有点儿眼熟呢？好像我们女足新来的一个队员……叫什么来着……项夏？”

听到自己的名字，项夏立刻用包挡住了脸，慌忙起身快步向外走去，两个女球员抬头看了她一眼，继续盯着手机聊八卦去了。

项夏悄然退出了更衣室，一口气冲出了体育馆的大门。

站在街头，她茫然四顾，脑袋里好像有无数的蜜蜂在嗡嗡狂叫着，她不知该去学校还是回家。去学校，要怎么面对这样的绯闻？回家……她又觉得躲避不是办法。

当一辆出租车停在她的身边，司机问她要不要坐车时，她恍惚地摇了摇头，又马上点了点头，然后拉开车门，让司机开去K高。

在出租车开到距离K高不到两百米的路口时，项夏透过车窗看到学校门口聚集了好多人，他们一个个拿着相机，争先恐后地往前挤着，生怕被挡在后面，不用问也知道这些人是干什么的。他们具备狗仔队的所有特征，还有一些女孩在校门口尖叫、谩骂，她们应该是靳韩的小迷妹。

“停，停车！”

项夏让司机把车停在了马路对面，下车后，她东躲西藏地向前摸着，藏身在K高墙边的角落里，她听见几个小迷妹在骂人。

项夏下意识地摸了一下头发，又摸了摸脸，感觉性命难保，当初玩那些自拍纯粹是为了靠近偶像，她做梦也没想到，这些照片会惹这么大的祸。

怎么办？就这么躲着还是出去解释一下？想想靳韩面临的局面应该更难堪，学校里的人怀疑他，学校外的人骚扰他，他已经无路可走了。

既然祸是自己闯出来的，她没有理由这么懦弱地躲避着，深吸了一口气，项夏站直了腰板，打算出去和那些人解释。

就在项夏要勇敢地挺身而出时，有人在身后一把拽住了她。

“不要过去！”

“谁？”

项夏气恼地回头看去，竟是罗丽拉！

本能地，项夏的心抖了一下，罗丽拉曾是靳韩的黑粉，还是高级黑，项夏QQ空间里的照片就是她挖掘出来的，网上的合成照片不会和她也有关系吧？虽然听说罗丽拉最近解散了黑粉团，也主动和靳韩说话了，但不知道这些事是不是为了更好地黑靳韩而做出的假象。

“你拉着我做什么？”项夏不悦地瞪着罗丽拉。

“干吗用这种眼神看着我，你不会认为照片和新闻是我搞出来的吧？”

“不是你，难道是我自己黑自己？”项夏反唇相讥。

罗丽拉懊恼地撇了撇嘴巴：“我知道你不相信我，毕竟照片是我弄出来的，但我真的没黑靳韩……自从他上次帮我打退痞子，伤了腰，我就解散了黑粉团，我也不是个没良心的人，分得清好坏……”

“谁知道是真的还是假的？”

“我要是想骗你，还这么急着出来找你做什么？”罗丽拉的眼眶红了，被人冤枉的滋味果然不好受。

“真不是你做的？”项夏有些动摇了，她从未见罗丽拉的眼神这么诚恳过。

“真不是！我哪儿有精力做这种事？你知道的，我家现在……”罗丽拉难过地垂下了头，她现在已经自顾不暇了，这种损人不利己的事就算想做，也没那个心情了。

“不是你，那会是谁呀？”

罗丽拉的话，让项夏更加焦虑了，这件事若和罗丽拉无关，那可能是谁呢？难道是那些职业黑的网络团队？假如真的是，岂不是比罗丽拉更难应付？

“项夏，不管怎样，我还是得向你和靳韩说声对不起……”罗丽拉感到很抱歉，如果不是她任性，盗取项夏QQ空间的密码，也就不会出现这样尴尬的局面了。

曾经何等骄傲的校花竟然也会说对不起了吗？项夏有些不适应。

“我想弥补。”

“弥补？”

项夏看了一眼校门，已经这种状况了，怎么弥补？

“他们现在正愁找不到靳韩呢。你送上去，不是正合了他们的心意？他们可以这么制造新闻，‘小情人为了爱人挺身而出’……”

“噗！”

果然超级大黑粉的脑袋五毒俱全，这种可能都想得出来，不过罗丽拉的分析也不是没有道理，现在跳出去不过是在靳韩的身上多竖一个被人盯死的靶子而已。

“那怎么办？”

“你先避避风头，等我调查一下是谁干的，只要抓住罪魁祸首，还怕不水落石出？”

“你能查出来？”项夏不是不相信罗丽拉的能力，而是网络上的东西太虚无缥缈了，若没有网警专有的渠道，怎么可能查得出来？何况罗家现在正面临破产，罗丽拉的父亲跑路不知去向，她哪里有精力做这些事呢？

“QQ空间里的照片，只有我们学校的人才能放出去，其他的照片我也看过了，都是在学校附近偷拍的，这个人一定在我们学校里。”

“王家妮？”一语惊醒梦中人，项夏想到了一个人，就是（7）班的王家妮，那几天她一直鬼鬼祟祟地跟踪靳韩，虽然被项夏抓住，删除了一些照片，但不能保证她没在其他时间偷拍过靳韩。

“她太居心叵测了。”项夏懊悔自己轻视了王家妮，如果早对她有所警惕，就不会发生今天的事了。

“王家妮是谁？”罗丽拉虽然是K高的“一姐”，威风八面，但不会关注到这种默默无闻的小角色。

“（7）班的王家妮，我看到过她几次，跟踪靳韩，还拍照。”

“王家妮……”罗丽拉沉思了一会儿，让项夏别担心，如果真是王家妮干的，她会想办法让王家妮把真相当众说出来，现在紧要的是，项夏不能现身。

“你现在出去也解释不清，万一被那些牙尖嘴利的狗仔队套进去，反而越描越黑，你先回家吧。”

“靳韩呢？”

项夏担心靳韩出来会被狗仔队抓住，虽然他习惯了被狗仔队追踪，但在澄清事实之前，他也百口莫辩。

“于圣杰在帮他，大家都怕你突然回来，才让我出来看着的。”罗丽拉叮嘱项夏，如果实在不放心，可以躲在附近的超市里观察外面的情况，但无论如何都不能现身。

项夏意识到了形势的严峻性，听话地进了旁边的小超市，罗丽拉这才大摇大摆地走向了学校的大门，几个记者见有K高的学生来了，立刻围住了她，采访关于靳韩早恋的话题，问罗丽拉是否认识照片里的女生，罗丽拉只回答了一句，无可奉告。

门口，几个小迷妹不知受到了什么人的怂恿，在这里站了一整天了，喊来喊去也就这么几句难听的话，罗丽拉觉得很可笑，雇现实水军时，能不能雇点儿有水平的？她避开了几个小迷妹的围堵，走进了校门。当记者想趁机冲进去时，保安大叔将他们拦住了。

“暴力冲撞学校大门，我们可要报警了！”

记者们赶紧后退，询问学校什么时候放学，靳韩什么时候出来。

“我怎么知道？学校有晚课，你们喜欢等，就等吧。”保安大叔不客气地把大门关上了，他们一个守着大门，一个在校园里巡逻，还有一个人在看监控，防止有居心叵测的家伙翻墙进入校园。为了保护自己的学生，校长已经下了命令，不允许任何一个外人进入学校。

记者们等得不耐烦了，却都不甘心就这么散去，他们十分肯定靳韩还在学校里，不然学校不可能戒备这么森严。

“继续等，不信他不出来。”

“我订个外卖，饿死了。”

……

罗丽拉回到了教室，告诉大家，记者还在门口堵着，看阵势，不等靳韩出去不罢休。

“他们准备好了一大堆问题砸向靳韩，只要靳韩开口，怎么说都是错。”

“项夏呢？”

“已经拦住了，现在就差怎么让靳韩离开学校了。”

“我知道了。”

靳韩烦恼地皱起了眉头。作为明星，他曾经浮躁过，也希望上热搜，让大家关注他。可现在他想静下心来，好好上学，好好演戏，做自己喜欢做的事，却没想到那么难。

“我已经让经纪人做出官方解释了，可惜效果并不好，有人雇了水军，势要将这件事抹黑到底，我倒无所谓，就怕影响项夏。”

项夏是一个普通的女孩，本该有普通的生活，就因为是他的粉丝，就要遭受这样不公的待遇，靳韩很自责。

“和他们解释这个没用，狗仔队什么都明白，就是装糊涂，他们恨不得你倒霉呢，你说得越多，他们扭曲得也就越厉害。”

作为一个资深的大黑粉，罗丽拉太了解这些记者了，他们只要抓住机会，就会将话题无限扩大，直到热度消失。

经过一番深思熟虑后，罗丽拉决定执行一个金蝉脱壳的计划。

“金蝉脱壳？”

“对，金蝉脱壳……让我来看看谁合适……”罗丽拉扫了周围的男生一眼，最终将目光落在了张斌身上，她点了点头，说道，“看起来也只有张斌最合适了。”

“什么合适？我哪里合适了？”张斌有点儿蒙。

“你一会儿假扮靳韩出校门，让靳韩跟在你后面，随着人群混出去。”罗丽拉大约比较了一下张斌、于圣杰和靳韩的个头和身材，于圣杰显得有点儿强壮，张斌虽然矮了一点儿，但胖瘦刚刚好，应该可以蒙混过关。

“我假扮靳韩？行吗？”张斌凑到靳韩面前，对照了一下他和靳韩的脸，虽然他们皮肤都很白，但五官相差太多，张斌虽然自恋，但也得承认，靳韩比他帅多了。

“谁让你要脸的？”罗丽拉白了张斌一眼。

“啥？脸都不要了？”

“对，不要脸。”罗丽拉让张斌戴上了靳韩的棒球帽，再换上了靳韩的书包，然后压低了他的帽檐儿，若再有人喊几声，保证记者会上当。

“走路，他们两个走路一点儿都不像。”

“马上学。”罗丽拉让靳韩走了两步，然后让张斌模仿，仅仅学走路的简单动作，就差点儿把高二（6）班的人都笑翻。

“走路不要晃，腰不要扭，哎，你仔细看看，靳韩哪里是像你这么走路的？你是男的还是女的？”罗丽拉纠正着张斌走路的姿势，张斌习惯了走路东摇西晃的，突然一本正经地走路，他竟然一紧张顺拐了。

“哈哈哈！”于圣杰忍不住大笑了出来，“你不是天天做梦都想当明星吗？现在给你机会了，怎么演得不像？”

“老大，我这不是在努力吗？”张斌更加卖力地走了起来，屁股不自觉又扭了起来，引发了周围一片哄堂大笑。

“这屁股！”于圣杰对准张斌的屁股就是一脚，“你以为这是模特上台吗？一个大男人这么走路，别扭不？”

“靳韩就是这么走路的，我在学他，猫步。”

“我是这么走路的吗？”靳韩翻了个白眼，他承认自己以前为了表演，学过模特走路，但也不是张斌这么左右摇摆的。

“你是不是屁股太大了？”

“你们会不会看？这样才是晃屁股。”张斌故意摇起了屁股，左一下右一下，靳韩笑得眼泪都出来了，罗丽拉满脸通红，不知该怎么指导了，于圣杰干脆转过身去了，孙歆的爆米花又喷了出来。

“你们不怕笑劈叉吗？”张斌嘿嘿笑着。

“好了好了，时间差不多了，像不像就这样了。大家一起走出去，我喊‘靳韩’，你们就冲上去把张斌围住，靳韩跟在最后面，看到有记者围住张斌，你就赶紧跑掉。”

罗丽拉安排妥当之后，还是觉得不放心，她让大家现场演练了三遍，感觉效果还不错，才各自回到座位等待放学。

放学的铃声一响，教学楼里的学生如潮水一般涌了出来，狗仔队立刻做好准备，随时进攻进行狂轰滥炸。

张斌戴着棒球帽探头探脑地出现了，为了张扬，他故意走得很慢，罗丽拉事先等在学校门口，看到张斌，远远地便喊了一嗓子。

“看，是靳韩！靳韩出来了！”

这一嗓子喊得很好，记者和小迷妹跳着、蹦着、尖叫着冲向了张斌，张斌用手遮挡着脸，逃避那些记者。

校门口，罗丽拉和几个女生叫嚣着："大家给靳韩让一下路嘛，不要挤，有什么问题一个一个问。"

"对呀，这么乱糟糟的，他回答哪一个呀？"

记者的注意力完全被张斌吸引了，人群的后面，孙歆用力一撞，将几个堵在门口看热闹的男生撞开了，靳韩趁机溜了出去。

见貌似靳韩的人出来了，记者连来人的脸都没看清，问题便一股脑儿地问了出来。

"请问一下，照片上的女孩真是K高的吗？网上说是你的同桌？"

"会不会是因为早恋，所以最近才推了那么多的片约？"

"请问，是被人揭发的恋情，还是自己故意引爆的？这种不顾粉丝情绪的事，靳韩，作为爱豆，你有没有考虑可能的后果，你想对粉丝说几句话吗？"

……

面对这样的问题轰炸，张斌忍着笑，手指戳着鼻子，他好像一直不说话也不好，可如果说话了就会穿帮，余光斜了一下校门外，看到靳韩在几个同学的掩护下离开了，他才松了一口气。

"你们这是在问我吗？"

张斌笑嘻嘻地摘下了帽子，露出了一张过于白皙的面孔。

"哎呀，我的妈！"

"不是靳韩！"

记者们均吓了一跳，怀有各种目的围观的小迷妹和粉丝也都傻了眼，此靳韩和彼靳韩相去甚远呀。

张斌对着镜头调皮地眨了一下眼睛，摆出了一个自认颇为帅气的姿势，然后兰花指一扬。这个机会他岂能错过？怎么都要做一下自我介绍。

"嘿，大家好，我是你们的知心小哥哥张斌哟，弓长张的张，文武双全的斌。很高兴认识大家，有人说我是'K高第一大帅哥'，我本不想承认的，可屈于淫威，不得不接受了这个事实。唉，我除了帅，再也找不出其他的优点了，真的好烦。你们这些人也是，只看得到靳韩，看不到我吗？要制造这些张冠李戴的新闻，也该先从我开始嘛，像我这种每天早上都会被自己帅醒的人，怎么可以被忽略……"

张斌言辞夸张，动作也很搞笑，周围的同学都被逗得开怀大笑，谁还在乎靳韩去了哪里？记者们一个个目瞪口呆，这是哪里来的娘娘腔？

“哼，都笑我，还笑我，不和你们玩了，饿了，回家了。”

张斌慢条斯理地转过身，向外走去，大约走了不到五米，他突然停住了步子，一个迅速转身，妩媚地给记者们来了一个飞吻。

“记住哦，我叫张斌，K高高二（6）班的大帅哥，以后多来采访采访我，QQ2525255，微信zhangbin007，电话号码……”

这是猴子派来的逗比吗？记者们都保持着一个姿势，几乎忘记了按快门，几个来闹事的小迷妹张合着嘴巴，良久说不出话来，其他围观的粉丝也都石化了一般。

张斌大摇大摆地走出了校园，待门口围堵的人回神要寻找靳韩时，哪里还有靳韩的影子？

项夏见校门口的危机解除了，才从超市的后门溜出去，一口气跑回了家。

回到家后，项夏有些担心，老妈是否已经看到了网上的新闻，一些热门的搜索引擎，这条新闻差不多排在前三位，电视台的娱乐频道应该也有报道。只要有手机的人，随便看一眼，都能看到这些照片，不管照片怎么修饰，自己的女儿，老妈怎么可能认不出？

推开门，走进客厅，项夏小心地朝厨房的方向看去，老妈正在做饭，没什么不妥的迹象。

“项夏，你回来了？”

“回来了。”

项夏长舒了一口气，飞快地冲向了卧室方向，还不等把门推开，便听到老妈的声音从厨房里传了出来。

“我的手机坏了，突然黑屏，怎么都开不了机了，你没给我打电话吧？”

手机坏了？

这可是天大的好事，项夏激动地转过身，让老妈不要着急，最近她也没什么事，手机坏了就先坏着。

“这孩子，怎么说话呢？什么叫坏了就先坏着，已经拿去修了，大概要几天才能修好。”

“知道了。”项夏伸了一下舌头跑回了房间，心里悬着的一块石头落了地，只要老妈不闹，其他人随便说什么都无所谓，等老妈的手机修好了，这个新闻大概也就澄清了。

放下书包，项夏打开了电脑，一张张翻看那些照片，正如罗丽拉分析的那样，照片都是在上学途中拍摄的，街道、商店都很熟悉，有几张照片是她和靳韩一起上学的，也有一起学习的，还有一些是在公园偷拍的，角度都很刁。

项夏记得十分清楚，在中心公园，她看到了王家妮。

“臭丫头，太坏了！”确定了王家妮是罪魁祸首后，项夏整个人都冷静多了，只要王家妮肯公开道歉，澄清事实，风波会很快平息，怕就怕这丫头死不承认，这样就麻烦了。最好能从照片上找出什么破绽，可以更有力地证明绯闻是捏造的。

就在项夏绞尽脑汁寻找图片的破绽时，手机突然传来了一声提示音，她拿起一看，是靳韩发来了信息。

“到窗口来。”

这个时候到窗口做什么？

项夏拿着手机疑惑地走到了窗边，抬头朝窗外望去，正对着这扇窗的是靳韩的书房。此时，靳韩正站在窗边，手里举着一张白纸。

“那是……”

项夏瞪大了眼睛，仔细看着白纸上的字，竟是“对不起”三个字。

他为什么要说对不起，因为那些绯闻吗？

窗口，靳韩缓慢地撤掉了第一张白纸，露出了放在下面的第二张白纸，上面写着：“因为我，把你卷了进来。”

项夏的生活一向简单，简单到了默默无闻的程度，走在人群中都不会有人关注她一眼，可现在呢？她从一个单纯的女孩变成了粉丝声讨的“小婊子”，勾引男生的坏女孩，这种伤害是一般女孩所不能承受的。

接着，靳韩换了第三张：“这段时间，和你在一起很开心。”

那些日子里，他和她之间有误会也有欢笑，有争斗也有相助，啼笑皆非间，项夏成了靳韩唯一可以暴露本性的人，他甚至不需要做任何伪装，也不需刻意修饰，真真实实地做了一回自己。

绯闻事件发生后，靳韩真的怕失去项夏这样的朋友。

第四张纸上的字，让项夏热泪盈眶：“你让我学会了真诚地笑。”

第五张：“我珍惜这份友情。”

项夏转过身，回到书桌前，抽出一张纸，用笔在上面写了一行字：“没有什么可以改变我们。”

纸张贴在了窗口，靳韩看到这行字后释然地笑了。当韩晓波推开书房的门时，他拉上了窗帘。

转过身，项夏觉得浑身都轻松了，之前的抱怨瞬间都化作了力量，她发誓一定要揪出王家妮。

绯闻遍布网络后，韩晓波第一时间和靳韩的经纪人见了面，两人分析了一下这条绯闻对靳韩的负面影响，经纪人认为，如果不马上澄清，很可能是靳韩止步影视圈的一个重要原因。

“这个叫项夏的女孩，我虽然没见过，但能感觉出来，靳韩很在意她。”经纪人的用词十分得体，丝毫不想夸大靳韩和项夏的关系。但这话听在韩晓波耳朵里，十分别扭。

“总而言之，不能让他和项夏在一个班，在一个学校也不合适。”

“最近有一部剧的实景拍摄在巴黎，青春剧的刘导也会去巴黎，靳韩不是一直想演青春剧吗？这是一个机会。”

“我去劝一下他……算了，还是你说吧，这孩子最近不听我的。”

韩晓波和经纪人协商了一下，为了靳韩的星途，只能暂时放弃现有的了，但愿靳韩能清醒地意识到他所处的困境，尽快从这潭浑水中脱身。

第二天一早，经纪人便开车来了靳韩家，理由是护送他上学，躲避记者的追踪，实际的目的是劝说他出国。

时间可能太早了，咖啡厅里没什么客人，只有研磨咖啡的服务员独自一人趴在吧台上倾听钢琴的乐声。

靳韩和经纪人坐在窗口的位置，桌面上摆放着两杯咖啡，咖啡表面的奶沫旋转出了一朵好看的紫金花，随着勺子的搅动渐渐失去了好看的形状。

“这次机会难得，你考虑一下，大约出国一个月的时间，你妈妈可以替你向学校请假。”

“我不想去。”靳韩直截了当地回绝了经纪人。

“为什么？你不是要演青春剧吗？刘导……”

“我知道你的目的，青春剧只是一个借口，绯闻的事……你想让我这个时候出国避风头吧？刘导的个性我了解，他不是一个看关系的人，就算跟去了美国，结果还是一样。”靳韩的分析让经纪人的脸红了，她没法再隐瞒了。

“虽然我很尊重你的想法，但怎么说我都是你的经纪人，必须为你的前途着想……我觉得，项夏对你来说，不是一般的粉丝。”

“对，她除了是我的粉丝，还是我的朋友。”

靳韩毫不避讳的坦诚，让经纪人一时之间沉默了。

“你想和粉丝有难同当，我能理解。”

“是朋友。”靳韩再次纠正了经纪人的用词，经纪人微显窘迫。

“好吧，我表达有误，她是你的朋友，不过……你现在的处境……”

“我不想再转学了！”靳韩坚定的言辞，把经纪人接下来要说的话堵住了，“转了这么多的学校，我累了，不想再折腾了，K高虽不是全国一流的高中，但很适合我。如果……我妈因为这次绯闻和你说了什么，也希望你代我转达一下，我很想留下来，想在这里重新开始。”

“你真的想清楚了？”

“已经下定的决心，不管你问多少遍，都不会改变。”

“明白了。”经纪人抬起眼眸，审视着眼前的大男孩，不敢再用看待孩子的眼光看他了，昔日的童星长大了，有了自己的主见，他成熟得有足够的能力面对风雨。

“你妈会为你骄傲的。”经纪人握住了靳韩的手，虽然她站在另一个角度思考了这个问题，但不能否认，面对要比躲避更能锻炼人。

咖啡厅背对着窗口的位置，韩晓波端起了咖啡杯，目光良久地定格在窗外。

第二十七章
分班危机

绯闻满天飞的第二天，天空中弥漫着一层阴霾，遮天蔽日，阴霾中混杂着红彤彤的瘴气。

王家妮在上学的必经之路上，被罗丽拉带人拦住了，因为项夏也尾随着王家妮，刚好看到了这一幕。

以前项夏都是被人欺负的，整天胆战心惊，现在站在旁观者的角度看着罗丽拉欺负人，那种感觉好奇怪。

王家妮胆怯地缩在墙角里，头都不敢抬一下，浑身都在发抖，关于K高“一姐”的威名，王家妮也有所耳闻，即便罗丽拉家里发生了变故，已今非昔比，但她若在K高跺一下脚，K高仍能抖一抖。

“说吧，网上的绯闻是不是你捏造的？”罗丽拉走上前，质问王家妮，王家妮一口咬定和她没关系，她甚至不知道发生了什么。

“装蒜？翻她的书包！”罗丽拉一声怒喝，孙歆冲了上去，王家妮根本没有挣扎的余地，书包被拽走了，哗啦啦，里面的东西被一股脑儿地倒了出来，书包中，有一个单反相机。

“果然随身带了相机。”孙歆拿起了相机，王家妮的脸白了。

相机交到了罗丽拉手上，她打开了开关，一张张翻看了起来。

王家妮没料到K高的大姐大会因为靳韩绯闻的事找到她头上，相机里还残留着偷拍的照片，其中好几张就是网上修改过的图片的原版。

翻看了照片之后，罗丽拉心里有底了。

“手机！”罗丽拉冷笑着，孙歆又冲过去，把王家妮的手机抢了过来。

K高“一姐”到底有多凶多霸道，项夏这会儿真的领教到了，王家妮几乎没有还手的余地，手机不但被抢了，还被逼着说出了密码。

在王家妮的手机里，罗丽拉找到了项夏QQ空间里的照片。

“现在你还怎么抵赖？”罗丽拉走到王家妮面前，凶狠地抓住了她的头发，用力一拽。王家妮自知无法隐瞒，只能哀声求饶着。

“罗姐，罗姐，饶了我吧。”

“饶了你可以，知道该怎么做吗？”

“不，不知道。”王家妮故意揣着明白装糊涂，她已经收了照片的钱，不想再把钱退回去，罗丽拉就算再狠，也不过是个学生，还能把她怎么样？

“给你两个选择，第一，上网发表声明，说明绯闻的捏造者是你，并附上照片的对比图。第二，收拾书包，滚出K高！”

“如果……我两个都不选呢？”王家妮突然收起了可怜兮兮的嘴脸，既然撕破了脸皮，她也无须装可怜了，作为一个网络推手，她又不是第一天做这种事，更不是被谁吓大的，罗丽拉就算再狠，也没见她把谁赶出过K高。

“死丫头，你说什么？”罗丽拉很吃惊，表面怯懦的王家妮，心理素质竟这么好。

“你都自身难保了，还管别人的闲事？”冷冷地挣脱了罗丽拉的手，王家妮绕过了罗丽拉，走到书包前，一本一本地装着书本。就在她的手伸向最后一本书时，书被一只白色的运动鞋踩住了，王家妮抬起头，目光顺着一条大长腿一点点地移了上去，她看到了那双专属于圣杰的冷冽眼眸。

“想滚出K高？我帮你。”于圣杰缓缓地俯下身，嘴角噙着狡黠的笑。

王家妮吓得一屁股坐在了地上，傻眼了，怎么靳韩的绯闻，K高老大和“一姐”都跳出来了？她可以和罗丽拉死扛到底，却没胆子和于圣杰抗，于圣杰去年逼退了一个男生，尽人皆知。靳韩也差点儿被他弄出K高。

王家妮虽然喜欢搞小动作、在网上搬弄是非，却不想被逼退学。

“怎么样？”于圣杰的声音更冷了。

“我，我……”王家妮脸上轻蔑的神情没了，她紧张地擦着额头上的冷汗，“我发，发……”

“这就好。”于圣杰站起身，把脚移开了，帮王家妮把最后一本书装进了书包，“刚好我有时间，可以陪着你去学校的机房，免得你忘记了自己该干什么。”

“我也有时间。”罗丽拉让孙歆替王家妮背好书包，拿着相机和手机，这样的“高手”应该重点保护。

王家妮被逼着发布了一个声明，公开向靳韩道歉，并附带了很多照片的对比图，底图和修改图，没有什么比上图更具有说服力，声明刚发出来不到一个小时就上了热搜，好多粉丝惊叹黑粉和炒作公司的无耻，竟然连这种事都干得出来。

更多的同学愿意为靳韩站出来，声讨堵在校门口的狗仔，校园里的友情是真挚的、单纯的，为什么非要把美好的学生时代强加上一层奇怪的色彩?

“在K高，谁不知道靳韩?他不但学习好，人也积极乐观，充满了正能量，别说女生喜欢和他做朋友，男生也佩服他，难道这些都是早恋?我也有和他的合影，要不要拿出来给你们炒作一下?”

“动不动就说我们早恋，脑子进水了吧?”

“哎哟喂，我们以后是不是不能和女生说话了?”

“我也不能和男生一起玩了。”

“干吗不干脆分男校和女校，男的在右，女的在左。”

……

面对同学们的嘲讽和嬉闹，记者们很尴尬，一些无聊的同学将这些画面录制了下来，传到了网上，引发了全网热议，到底什么是早恋?为什么大家会谈虎色变，甚至炒作成了大新闻?学生时代需不要纯真的友谊?男生和女生该不该说话?要怎么说话才不会被人利用和误会?

因为王家妮主动承认错误，且态度较好，学校只给了她记大过的处分，但校长的意见是，保留其他老师关于开除王家妮学籍的提议，直到她毕业。王家妮确实吓坏了，别说跟拍什么靳韩，连其他明星的绯闻也不敢发了，她的微博账号被查封了。

一场风波平息了，项夏背了好几天的包袱终于放下了，但心里隐隐还有波澜，这是否给了她一个预警?未来的路并不平坦，想按照预期的目标走下去，她就必须做好各种准备，不想被击垮，就要有十足的信心和勇气去面对。

“嘿，二哈！”项夏耳边传来靳韩的喊声。

明媚的晨光中，他站在她正前方，仍背着那个带有特殊图案的书包，整个人看起来神采奕奕的。

“今天不是要去试镜吗？”项夏走了上去。

“要下午。”

“我也是下午去踢球。”

“明天是周末，我今天晚上准备请于圣杰和罗丽拉吃火锅，你要不要一起来？”

“当然要来了。”

靳韩请客，她怎么可以不去呢？

“这次多亏于圣杰和罗丽拉了，不然还真麻烦了，经纪人和我妈差点儿把我送出国。”

“我也是，提心吊胆的，好在老妈的手机坏了，什么都没看到，不过昨天晚上差一点儿看到，吓得我一直守着电视机……”

项夏夸张地描述着昨天晚上和老妈的斗智斗勇，只要老妈换到娱乐台，她立刻嚷嚷着要看动画片，动画片播完了，她就盯着老妈不喜欢的体育台看，老妈实在抢不过，只能生气回房间睡觉去了。

靳韩也简单说了一下他家的情况，他也做好了和老妈斗智斗勇的准备，可让他感到纳闷的是，妈妈回来后竟只字没提绯闻的事。

“这可不符合你妈妈的一贯作风。”

“所以我才觉得忐忑。”

一路上，项夏和靳韩都在猜测韩晓波的心思，却怎么都琢磨不透。按理说，娱乐圈里的绯闻，作为资深经纪人的韩晓波比任何人都重视，这次怎么反而低调了？靳韩怎么也想不到，在咖啡厅里，他的身后就是老妈，也是在那一刻，韩晓波觉得儿子长大了，决定放手让他去搏一搏，事实证明，她已经不需要再随身保护他了。

项夏上午上了课，下午急匆匆赶去训练。因为省里有一场重要的比赛要踢，教练多加了一个小时的训练时间，她时刻盯着手表，训练一结束，便火急火燎地赶去了约好的火锅店。

火锅店里，靳韩早就到了，于圣杰和罗丽拉也陆续赶来了。说到吃，怎么可以少了孙歆？她一个人占据了两个人的座位，据说吃也能吃两个人的。张斌坐在孙歆身边，看着孙歆点的三四盘子五花肉，眼珠子差点儿掉出来。

“还点？你要不要把火锅店老板一起吃了？”

“老板不让吃。”孙歆翻了个白眼，菜单里也没有这道菜。

“吃，吃，就知道吃，你要学学我！”张斌帅气地甩了一下头发，让大家关注一下他的脸，是不是觉得最近他的脸有些变化。

“什么变化？”孙歆盯着张斌的脸看了半天，好像看懂了什么一样大叫了起来，“哇！你没洗脸。”

“你才没洗脸！”张斌对孙歆很无语，她什么眼神呀，“帅，没看出来我变帅了吗？K高第一帅！”

“就你还第一帅？”孙歆突然爆发一样地大笑出来，嘴里还含着嚼碎了的圣女果，项夏手疾眼快，扯出一张面巾纸挡住了孙歆的嘴，圣女果喷在了纸巾上，孙歆的脸又红了。

“还好，安全。”项夏松了口气。

谈及第一帅的话题，张斌来了精神，他拿出了手机，点着屏幕让孙歆看，这次靳韩的绯闻，他是第一受益人，网上有他的一篇报道。

“K高小帅哥言辞搞笑，逗败一票狗仔，看这字眼儿，帅，嘿，带劲儿！”

张斌越说越兴奋，好像他真是K高第一大帅哥，美得鼻涕都冒泡了。

于圣杰斜着眼睛看着他：“有我在，你也敢称第一帅？”

“说到帅呢，要看多方面的优点，我坐在这里，你们充其量也就是第二、第三……”靳韩慢条斯理地接了于圣杰的话。

项夏强忍着没笑出来，靳韩什么时候也这么无聊，争着和别人比帅了？

“我今天收到了一封情书。”于圣杰得意地仰起了下巴，只有收到情书的人才有资格说自己帅，张斌立刻蔫儿了，他一封都没有收到。

靳韩得意地一笑，说他今天收到了七封。

“七，七封？”要不要这么夸张，项夏瞪大了眼睛，以前的最高纪录，她帮靳韩接过四封情书，最近又多了吗？

“你不会一封封都仔细看过了吧？”项夏撇了一下嘴巴，还装清高说什么不看，原来靳韩也是个情书控。

“还没有，不过可以借给你看看，多学着点儿，免得以后不会写情书。”靳韩从书包里拿出了一沓情书，塞在了项夏手里，让她有时间慢慢地一封一封地看，项夏倍感尴尬，靳韩这是在笑话她吗？谁还不会写封情书呀？

“我这封也给你。”于圣杰好大方，把他刚收到的、还冒着热气的情书塞给了项夏，项夏的脸涨得通红，她这是成了他们的秘书吗？

“吃，吃，开吃！”于圣杰带头拿起了筷子，大家热火朝天地吃了起来。

难得于圣杰和靳韩有了共同的话题，谈到了小时候不听话打架的事，什么打不过就抓，抓不过就咬，项夏笑得肚子都痛了。

其间，罗丽拉去了一趟洗手间，回来后神秘兮兮地告诉大家，她刚才看到陈悦雯老师和赵进主任一起进了这家火锅店。

“他们不会是……”孙歆用两个大拇指比画了一下。

“还用问吗？”罗丽拉说她早就看出来了，“陈老师和赵主任配一脸，不在一起天理不容。”

“嘿嘿，我去瞧瞧。”张斌不管走到哪里都改不了八卦本性，拦都拦不住，听说班主任和赵进在一起，他立马跳了出去，没过几分钟，他把陈悦雯和赵进拉了进来。

陈悦雯这是第一次和赵进出来吃饭，赵进的借口是公事，可进了火锅店之后，赵进一句公事也没提，陈悦雯本就怕被人看到误会，却不想被自己的学生撞了个正着。进来后，她的脸红红的，一直低着头，和平时在班级里说教的班主任判若两人，相反，赵进却十分大方，扯着陈悦雯坐下来。

“这顿饭，我请了，不过你们……应该懂的。”赵进冲他们使了一个眼色，于圣杰顿时心领神会。

“陈老师，‘青春杯’运动会上，老师的比赛项目双足跳，你是不是故意推赵主任的？”

“哪里有？是他自己倒下的。”

有了学生调节气氛，陈悦雯很快放开了，她埋怨赵进双足跳的时候，总和她不是一个节奏，导致他们两个人的组合全校倒数第一。

“我是左撇子，你又不是不知道……嘿嘿，我跟你们说，大学时，我这左撇子可厉害了……”赵进口若悬河地说起了大学时的英雄壮举，左撇子简直全校无敌。陈悦雯在一边绘声绘色地帮他补充着，虽然两人没有太多的眼神交流，但项夏能看出来，有些东西没有因为时间的流逝而磨灭。

时间一晃差不多九点了，赵进结账后，大家有说有笑地出了火锅店。

陈悦雯因为和罗丽拉住得较近，坚持要开车先送罗丽拉回去。难得班主任和赵主任出来一趟，罗丽拉不好意思妨碍他们增进感情，说什么都要自己打车回去。就在她伸手拦住一辆出租车时，马路边突然疾驰而来一辆摩托车，不知摩托车手是没看到人，还是另有目的，车头朝罗丽拉猛撞过来，陈悦雯发现情况不对，本能地将罗丽拉推了出去，自己却躲闪不及被摩托车撞倒在了地上。

“悦雯！”赵进惊呼着飞奔了上去，陈悦雯已满头是血，还惦念着让赵进照顾她的学生。

突如其来的事件把所有人都惊住了，只有靳韩反应灵敏，一把扯住了正要逃走的肇事者的衣领，直接将他从摩托车上拽了下来，肇事者还想反抗，却被靳韩摘掉了头盔，竟是几天前找罗丽拉麻烦的痞子之一。

靳韩立刻报警，痞子被警察带走了。

陈悦雯被救护车送到医院后，已人事不省，医生把她推进手术室。赵进站在楼梯边，脸色苍白，他自责地撕扯着头发，人也好像一下子苍老了许多。这时，项夏才知道赵主任有多在乎陈悦雯，他甚至顾不得喘口气，楼上楼下地奔跑着。大家都在手术室外等候时，他一个人躲在走廊的尽头吸烟。

项夏也吓坏了，手上还沾着陈老师的血，双腿不可自控地颤抖着，她一直盯着手术室门前的那盏灯，怕它熄灭，又怕它这样一直亮下去。

罗丽拉蹲在手术室的墙边，低声喊着“陈老师”，任谁拉她，她也不肯起来。

孙歆默默地站在一边抹眼泪，靳韩和于圣杰低着头，虽看不到什么表情，但能感受到他们的难过。张斌抽着鼻子，懊恼自己就差一步，只要他再快那么一点点，就可以把陈老师拉开了。

天有不测风云，人有旦夕祸福，谁能料到，好端端的会出这样的祸事呢？

陈老师的手术虽然很成功，人却没能立刻清醒过来，医生的解释是她被摩托车撞了脑袋，可能要昏迷很长时间，大家要做好思想准备，但他保证，人已经脱离生命危险了。

陈悦雯被推出手术室，已经是后半夜了，赵进疲惫地走出了病房，让大家赶紧回家，医院这里留他一个人就可以了。

项夏和靳韩等几个人一起出了医院的大门，望着迷茫的夜色，好心情已荡然无存。

陈悦雯出了车祸，高二（6）班暂时没了班主任，校长出面找了一些老师谈话，希望大家能毛遂自荐接管这个班级。

但那些老师都拒绝了，理由听起来有些尴尬，他们均认为高二（6）班是一个奇葩的班级，学渣几乎都是学沫级别的，学霸的成绩虽惊世骇俗，但中坚力量几乎没有，剩下的学生都在下游苟延残喘。

潘多多这次考试失利，很多老师认为是受到了班级环境的影响，他们甚至断言，不出半个学期，高二（6）班除了个别学生之外，其他人都会集体向学渣靠拢。

当校长指定某位老师当高二（6）班的班主任时，那位老师说了这样一句话：“我很佩服陈悦雯，带着这样一个班级，还那么精力充沛、劲头十足，我承认我不行。”

高二（6）班混乱的名声在外，K高居然没有一个老师愿意接手高二（6）班成为新的班主任，校长感到很头痛。

副主任刘成这个时候站了出来，把他一直坚持的理论重申了一遍：“高二（6）班成分杂乱，学渣、学霸、明星、‘富二代’，甚至某些极端的学生还多次挑战学校的校规，屡教不改，一直以来，我都觉得这样一个班级不应该存在。只有陈悦雯有勇气坚持下去，现在陈悦雯出车祸住院了。假如长期无人接管高二（6）班，势必导致一个恶果：学霸被学渣带坏，好孩子向痞子靠拢，他们会快速走下坡路。到时候，我们怎么向学生家长交代？怎么向社会解释？这样一个情况，怎能视而不见？所以我认为，应该打散这个班级。”

刘成说得振振有词、有理有据，校长一时也找不到合适的班主任，有些动摇了。

“为了升学率，为了让孩子们考取理想的大学，你也该舍弃一些东西了！”

“我考虑一下。”

校长召集了学校的几个骨干教师，就这件事进行了讨论，因为赵进在医院无法赶回来，少数服从多数，刘成的提议被采纳了。

打散高二（6）班的消息一经传出，高二（6）班的同学全体哗然了，当时项夏正在擦黑板，听到孙歆尖锐的嗓音，黑板擦直接从手里掉在了地上。

靳韩和潘多多一前一后从教室外走进来，神色凝重，这两个学霸，是第一批被校领导叫去谈话的，校领导承诺给他们最好的学习环境，让他们不要为打散班级的事担忧。

项夏是第二批被叫走的学生之一，与她谈话的是副主任刘成，刘成口若悬河，一番大道理扔出来，让她都插不上嘴。末了，他也没说什么贴心的话，项夏灰着一张脸回了班级。

至于那些在下游游弋的学生，就没那么好的待遇了，他们只得到了拆班的通知，虽然学校在门口放置了一个意见箱，却形同虚设。

“等陈老师康复回来，我们拿什么跟她解释？”周旭航扔下书，觉得这书没法读了，班级都读散了。

孙歆不愿和大家分开，也不想自己被分到一个陌生的班级，她急得要哭出来了：“我不想和大家分开，以前欺负你们，都是开玩笑的，真的……”

“为什么要做这个决定？会，会有老师愿意暂代我们班的，陈老师可能很快就好起来了呢？”

“说是成分复杂。什么叫成分？明星是吗？学渣是吗？还是我这样的算是另一个特殊的成分？”张斌气恼地站了起来，认为学校做这个决定太草率了。

但决定终究是决定，校长点头同意了，学生就算反抗还能怎么样？

潘多多噘着嘴，一声不吭，学校给出的理由，她无法接受，什么叫有人影响了她的学习，她的成绩之所以下滑，纯粹是个人原因，和这个班集体有什么关系？虽然她向校长解释了，但似乎没什么影响力。

项夏不知道在这个时候该说什么，环顾了一下教室里的同学，大家在一起快两年了，虽然其间有不少磕碰，也有吵闹，但大家已经习惯了彼此，习惯了这种学习生活，即便最终都将面临毕业季的分别，但这种提前的分开，她怎么都接受不了。

罗丽拉的眼睛里布满了血丝，她哭过了，家里已经乱成一锅粥了，陈老师又为了保护她而受伤，导致班级要被学校拆散，一直以为自己可以呼风唤雨的罗丽拉突然发现她对身边的一切竟毫无掌控力，看着身边一张张沮丧的脸，听着一句句绝望的话，她认为自己就是害群之马，自责的情绪让她萌生了弃学的念头。

默默无声地，罗丽拉把书桌里的东西一样一样都拿了出来，她决定在班级被打散之前离开这里。

“不行！”沉闷的气氛被一个高分贝的声音打破了，于圣杰拍案而起，“我去找校领导，不管怎样，不能这样坐以待毙，要让学校知道我们的想法。”

“于圣杰说得对，不能任由他们把我们的班级拆分，陈老师醒来后，她也会伤心的。”

于圣杰的话鼓舞了大家，既然大家都不想分开，为什么不去争取一下呢?

所有人低落的情绪，都在这句话后瞬间又高昂了起来，罗丽拉也放下了书包，回头看着于圣杰，期待他能给班级创造一个奇迹。

只有项夏皱着眉头，看起来没那么兴奋，她知道这个时候插嘴可能会破坏气氛，但也必须说出来：“提议虽然不错，但于圣杰去不合适。”

“喂，项夏，你说什么呢？他不行，难道你行吗？别一着急又结巴了。”张斌让项夏不要在这个时候添乱，大家都在积极想办法，她干吗跳出来打消大家的积极性。项夏白了张斌一眼，这小子的大脑果然是没有脑回路的，想问题简单得好像几岁的小孩子。

“于圣杰的成绩是全校倒数第一名，他去了，有说服力？”

一句直戳痛点的话，让所有人都蔫儿了，于圣杰懊恼地咒骂了一声：“死丫头，非要当着大家的面让我难堪吗？”

“项夏的话有道理，如果真的要派代表和学校谈判，一定要找学习好的。”

“潘多多？”

潘多多一听大家点到了自己的名字，赶紧摇手，说她不行：“那种场合，别说谈判了，就算让我开口，我都……可能说不出话来。”

“靳韩，让靳韩去吧，他是明星，又是学霸，影响力比我们强多了，学校怎么都要考虑一下他是公众人物，要顾及K高形象的。”周旭航推举了靳韩，项夏也觉得这个提议可行，目前来看，也只有靳韩最合适了。

教室里，所有的目光都投向了靳韩，他就好像大家溺水时的救命稻草，关键时刻，有可能力挽狂澜。

但也有少数同学在暗暗担心，靳韩可能根本不愿管这个闲事，对他来说，学校不过是个学籍保留地，他随时可以带着档案离开，转学到其他的高中。何况作为K高超级学霸，学校给他做了最好的安排，相比高二（6）班这个环境，拆分班的决定对靳韩只有好处没有坏处，他何必庸人自扰?

项夏也屏住了呼吸，等待靳韩的回应。

时间一分一秒地流逝着，希望也越来越渺茫，就在大家决定放弃，一个个低下头时，靳韩开口说话了："我和大家一样，主张保留这个班级。"

“靳韩，我就知道，你不会放弃我们的。”张斌冲过来，抱住了靳韩，就差给他一个热情的吻了，靳韩嫌弃地推开了他。

“我会尽力的，但不能保证一定成功。”

“我们相信你。”

“现在就去吗？”张斌有些等不及了。

项夏觉得现在去说效果不一定好：“不要这么着急，学校还在讨论实施计划。没有一周的时间，也不可能分配好新的班级，趁着这个时间，我们再想想对策，也给靳韩一点儿时间，让他考虑怎么组织语言。”

“项夏说得对，不能太着急了，毕竟机会只有一次。”

经过一番讨论，大家都觉得不能操之过急，既然决定和校领导谈判，就要做好充足的准备。

就这样，谈判的重担落在了靳韩身上。

放学回家的路上，靳韩走在项夏身边，始终没说过一句话，项夏知道他在思考，每当遇到棘手的问题时，他的眉头都会形成一个“川”字，和学校谈判并不是一件简单的事，仅一个刘成就够他对付的了。靳韩平时就对自己要求十分严格，这次也不例外，既然答应了同学们代表班级和校领导谈判，他就已经在心里立了一个目标，只准成功不准失败。

这一夜好漫长，时钟嘀嗒嘀嗒地在耳边响着，等待天亮的心情是煎熬的。

项夏失眠了，躺下没多久又爬了起来，起来后再躺下，每次睁开眼睛看向窗口时，都是幽暗的，连月光也被乌云挡住了，靳韩不知道有没有入睡，他应该也和她一样，难以入眠吧。

正如项夏猜测的那样，靳韩也一夜未睡，他并不是对明天的谈判没有信心，而是想着怎么才能让校领导彻底打消这个念头，安心等陈悦雯回来。

项夏在“一个美好的明天”的等待中跳下了床，她激动地推开了窗户，太阳正从东方升起，阳光直射在她脸上，耀眼辉煌。

“嘿，项夏！”小区的水池边，靳韩正冲她挥动着手臂。

“早！”项夏开心地冲下面喊着。

“快下来，等你！”

“好的。”项夏快速刷牙、洗脸，喝了一口牛奶便冲出了家门。

新的一天，新的开始，亢奋的血液在身体里快速流动着，六点整，高二（6）班的同学都到齐了，靳韩在大家期待的目光中走进了校长办公室。

“我们不能让靳韩一个人面对他们。”张斌提议，一起去请愿。

“校长办公室就那么大，我们都去，装得下吗？靳韩是去谈判的，不是去打架的。”

“我的意思是，我们要做靳韩坚强的后盾，我们在门外等他。”

“这个可以有。”于圣杰二话不说，第一个走出了教室，其他人陆续跟了上来。高二（6）班集体出动了，他们目光坚定，步伐一致，老师们见此阵势都被吓到了，他们不知道从何时起，高二（6）班变得这么团结了。

校长办公室门外，站了一排学生，不知是不是因为距离谈判现场太近了，项夏莫名地紧张了起来，她在担心，谈判不会那么顺利。

刘成接到通知随后赶来了，当他看到高二（6）班所有的同学都在校长室外等候着，也感到了压力，心情极为烦躁。

“闹什么闹？学校拆分班级的决定是为了你们好，你们一个个的，都不想考大学了吗？拉帮结派，（6）班的特色吗？”刘成的话音刚落，张斌突然伸出了脚，刘成没注意脚下，被绊了一个趔趄，差点儿摔趴在地上，“简直就是不可救药！”

刘成懊恼地咒骂着，怎么会有这样的班级，一群无药可救的孩子。他推开校长办公室的门，刚走进去，陆续又有几个校领导来了。

“看到没？只有靳韩有这样的影响力，该来的都来了。”

“耐心等吧，一定会成功的。”

大家都做着深呼吸，等待着决定命运的一刻的到来。

这是一场漫长的谈判，项夏无法想象靳韩是怎么面对那些质疑和指责的，作为明星，他虽然经历得很多，但大多数时候，是他的母亲和经纪人替他抵挡着，今天的局面不同，他必须独立面对。

“一个小时了。”潘多多看了一下手表，担心谈判可能会失败。

“别着急，那么多校领导在，一个人一句也得半个小时，靳韩也许还没开始呢。”

“对，再等等。”

又一个小时过去了，校长办公室的门仍紧闭着，有人站得累了，就倚在墙壁上，却没一个人抱怨，也没一个人中途离开。

终于，两个半小时后，校长办公室的门开了，部分校领导走了出来，里面传来了刘成不服气的叫嚣声：“他们能行，我主动辞职！”

这是什么情况，刘成被惹毛了？

陆续又有人出来了，副校长的脸色不大好，出来后，他漠然地环顾了高二（6）班的全体同学，虽然没说什么不客气的话，却能感觉到，他对这个班级并不看好。

靳韩是最后和校长一起出来的，校长语重心长地拍着靳韩的肩膀：“口才可以，前途无量。”说完这句话后，校长让高二（6）班的全体同学都回去，学校明白了大家的心意，“行了，都先回去吧，该上课还得上课。”

谈判成功了，还是失败了？项夏紧张地观察着靳韩的脸色，好像没什么惊喜之色，也看不出有多少失落，不会是还维持原判吧？

“我们回去再说。”靳韩带头向外走去，高二（6）班的同学都陆续跟了上去，项夏小跑了几步追上了靳韩，迫不及待地问他怎么样了。

“答应了。”靳韩回答。

“真的？”项夏难以掩饰心中的惊喜，捂着嘴巴差点儿大叫了出来，可靳韩接下来的话，让她沸腾的热血直接降到了冰点。

"给我们一个月的期限，平均分提高二十分，而且每个人都必须达到一个最低分数线。"

"最低分数线？"项夏张合着嘴巴，半晌说不出话来，众所周知，高二（6）班的最低分也是全校的最低分，每张卷子都不用批阅，因为都是大白卷。这个最低分的主人就是于圣杰，仅他一个就难以达到这个目标。

回到教室后，靳韩把谈判的结果公开了："学校要求我们平均总分提升二十分，最低分不能低于二百二十分，一个月的时间，只要我们能达成，高二（6）班就会安全走到毕业。"

"我的天哪！这是开玩笑吗？平均分提升二十分还有可能，最低分……于圣杰……"

有人不小心说出了于圣杰的名字，K高的老大平时连课都不怎么上，更别说学习了，二百二十分对他来说，就是普通人攀登珠穆朗玛峰呀。

"根本不可能达成这个条件，学校分明是刁难我们。"

"放弃吧，做好分开的准备吧。"

大家觉得丧气，有几个同学干脆趴在了桌子上，露出一副无为等死的表情。

靳韩站在前面，轻咳了一声："你们还没有试过，怎么知道不行？假如我们努力了，最终的结果还是不行，再放弃也不迟。"

"不放弃还能怎么样？"有人质疑靳韩，不能光喊口号。

"不是口号，是行动！回来的路上，我想过了，为了达到这个目标，我们要建立一对一帮学制度，成绩好的同学帮助成绩不好的同学辅导，制订个人学习计划。大家要一起努力，让高二（6）班度过这个艰难期。"

"说得容易。"有人抬了一下眼皮，很快又垂下了。

"有些人是烂泥扶不上墙的，那可不是一般的差。"

有人直戳于圣杰的要害，于圣杰浓眉一扬，正要起身发脾气，却被靳韩按了下去。

"大家都平复一下心情，没什么烂泥扶不上墙的说法。差，是因为不想努力、懒惰的结果，我相信，烂泥如果努力了，也能扶上墙。现在，关于一对一帮学的想法，有没有人提反对意见？"

问话过后，教室里鸦雀无声，大家你看看我，我看看你，谁都想不出其他的好办法来，也只能接受靳韩的建议了。

“既然大家都没有意见，我现在制定帮学表，把排名在后面的同学列出来。”靳韩拿出了一个小本子，点到了第一个人的名字，“第一个需要帮学的对象，于圣杰。”

“噗！”张斌没忍住，笑出了声，靳韩这是把班里的“老大难”第一个拎出来了，哪个学习好的同学敢帮他呀，只怕一言不合大打出手，被于圣杰打得鼻青脸肿，生活不能自理。

“有没有人愿意帮助于圣杰？”靳韩抬起头，发现教室里没人说话，也没人举手，甚至有人矮了半截，就差钻到桌子底下藏起来了。

于圣杰也觉得尴尬，低低地咒骂了一句：“我有那么可怕吗？”

教室里的气氛莫名有些沉闷，但这份沉闷很快被一个人打破了，周旭航站了起来。

“我……”周旭航这是得了哮喘病吗？只说了一个字就停住了，因为他发现人家都在看他，靳韩满意地点点头，刚要写下周旭航的名字，周旭航赶紧把后面的话说了出来，“帮张斌。”

于圣杰忍不住跳了起来，这小子是不是欠揍呀。

“不，不是，你们误会了，我站起来就是想帮张斌的，因为尿急，着急去厕所。”周旭航不好意思地冲于圣杰挥挥手，他只是想早点儿去厕所而已，刚才在校长室外等靳韩谈判的时候忘记去了。

本以为有人愿意帮自己，结果误会了，于圣杰很泄气：“算了，不用你们帮，反正我也考不了那么多分。”

他正要生气地走出教室时，潘多多慢吞吞地站了起来，用蚊子一样的声音说：“我帮于圣杰。”

“你？”潘多多的话才说完，于圣杰便停住了步子，转过身疑惑地看着潘多多，“你帮我？”

他记得十分清楚，上次在足球场，他嘲讽过她，笑她自作多情，难道她不但不记仇，还要帮他吗？

“想清楚了，我帮你，三百分打底。”潘多多不但要帮于圣杰，还定了一个比学校还高的分数线，她说她有信心实现目标，“于圣杰体育好，反应也机敏，没有理由学不好的，我有信心。”

“说得真好，有道理。”

教室里响起了几声不和谐的掌声，于圣杰竟然自己给自己鼓掌。终于有人慧眼识珠，肯为他说赞美的话了。

项夏无奈地摇摇头，这脸皮实在太厚了，他忘记刚才无人问津的尴尬了？

待靳韩把一对一的名字记下来后，于圣杰指着那些学习好却不肯帮他的男生，信誓旦旦地说道：“你们等着，都不帮我，好，我就考三百分给你们看看，让你们知道，我于圣杰有多么的优秀。”

于圣杰的面子挽回了，也不嚷嚷着离开了，他乖乖地回了座位，身板也坐得比平时挺拔多了。

在靳韩的带领下，一对一帮学制度建立了，心动不如行动，下午的自习课上，大家主动调整了座位，帮学制度落实到了行动上。

靳韩忙完了，回到座位上，项夏奇怪地看着他：“都安排完了，你这个超级大学霸怎么不参与一对一呀？”

“我，有呀，帮你。”

靳韩打开本子给项夏看，上面清楚地写着，靳韩帮项夏。项夏的脸一红，她又不是排在后面的学渣，有必要这么列出来吗？

“平均分提高二十分，也不容易，你最近的训练太多，有点儿忽略学习了，我不能让你拖全班的后腿。”靳韩拿出了一摞辅导书，一本一本地放在了项夏的桌子上。

又要开启恶魔式学习了吗？项夏看着辅导书，感觉自己水深火热的日子又来了。但想到学校提出的条件，她绝不能松懈，必须提高成绩，为提高平均分做贡献。

那段时间，项夏真的很累，早起晚睡，训练强度又大，人不但瘦了也黑了。每天吃饭的时间都在背诵，出门时经常因为心不在焉发生各种碰撞。

夏秀珍看在眼里疼在心上。以前她总是唠叨女儿什么时候才能把精力放在学习上，什么时候能少睡点儿懒觉，现在却不一样了，“项夏，睡吧，别学了，明天再说吧”。

为了给女儿增加营养，她每天都变着花样做好吃的。然后她就坐在一边默默地看着忙碌的女儿，露出了欣慰的微笑。

第二十八章
你会赢的

高二（6）班的学渣开始学习了？很多人听到这个传闻，都认为不可能，特别是那些平时和于圣杰关系好的体育生，听说于圣杰参与了什么一对一帮学计划，都笑得前仰后合。

“他？别开玩笑了。”

“他能学习，母猪都能上树。”

几个体育生私下里调侃着于圣杰。

“说曹操，曹操就到，看，那不是于圣杰吗？”一个体育生指着校门口，于圣杰的身影出现了，他手里好像拿着什么东西，嘴里不停地嘟囔着。

“嘿，于圣杰，于圣杰！”他们连喊了于圣杰好几声，于圣杰都没有回应。

“不会吧，那小子在背单词？”

“太阳从哪边出来了？他这是病了吧？”

“别理他，装模作样，还不是全校倒数第一名，走，踢球去。”

几个体育生懒得理会于圣杰，拿起足球跑向了足球场。

高二（6）班的气氛变得十分诡异，座位不但打乱了，人也乱套了，各科老师走进教室时都有些发蒙，找不到大家都在哪儿了。

副主任刘成没把（6）班这些孩子看在眼里，学校之所以妥协，也是看在靳韩的面子上，暂时给出的缓兵之计而已，他们只等这个月的月考出成绩，假如高二（6）班没达成预定的目标，打散班级的计划会马上实施。很多班级的班主任都期待抓阄的时候能抓到学霸，当然也有人担心抓到于圣杰，成了烫手的山芋甩也甩不掉了。

月考的那一天，高二（6）班的教室里很安静，没有一个人大声喧哗，每个人的神情都很凝重，大家都知道这次考试的成绩意味着什么。

为了严肃考纪，刘成亲自来高二（6）班监考，他戴着高度近视眼镜，不停地走来走去。一直盯着几个学习不好的学生看，尤其是于圣杰。

待考试结束的铃声响起时，刘成立刻喊了一声，让所有人都出去，生怕大家多写一个字。

“这个老家伙，太坏了。”

“他巴不得我们考不好呢。”

出了考场后，大家没像以前那样迫不及待地打听考试的情况，大约每个人都在担心对方的回答是，考得不怎么样。

刘成是最后一个走出考场的，不知出了什么状况，他突然一个趔趄趴在了地上，重重地摔了一个狗吃屎，狼狈地爬起来后，刘成骂骂咧咧地问是不是有人故意绊了他。

当时在场的有孙歆、罗丽拉、张斌、于圣杰。刘成一口咬定是于圣杰干的，旁边的人赶紧做证，说于圣杰什么都没干。

因为那个位置刚好是监控的死角，刘成也只能把这口恶气吞到肚子里。

“你们这群……等着瞧。”

“等着瞧就等着瞧！”

于圣杰撇了一下嘴巴，孙歆嘿嘿地笑了出来，她的腿慢慢地缩了回来，然后转过身像没事人一样走开了。这是一次极其完美的配合，张斌掩护，于圣杰吸引刘成的注意力，孙歆出脚，罗丽拉适当地挡了一下刘成的视线，让他吃了亏不说，还抓不到人。

高二（6）班的月考成绩，全校都在关注，特别是副主任刘成，成绩还没出来，他就跑了几次教研室。

“怎么样？”

“于圣杰的数学成绩一般。”

“‘一般’是什么意思？”刘成有些不安，于圣杰平时的数学成绩都是零分，他甚至懒得猜选择题的答案，卷子上除了自己的名字，不写别的字，这次的“一般”是什么意思？还是零分？

“八十八分。”批卷的老师说。

“八，八十八分？”刘成觉得头皮一阵发麻，于圣杰的数学考了八十八分！

八十八分相对于一百五十分来说，属于不及格的范畴，但这个成绩对学渣来说，却很惊人了，刘成有些惶恐，感觉情况不大对劲。

批卷老师对于圣杰的成绩进行了分析，得出了一个结论：“我猜这小子不是不会，而是每次考试都故意交白卷。”

“有可能，他的语文考了一百零二分。”

“一百零二分？”刘成颤抖的手费力地从裤兜里掏出了一条老式手帕，尴尬地擦着额头上的冷汗，仅仅两科的分数就直逼二百二十分了，其他科的分数随便凑凑，也就够了。

“于圣杰的总分……”批卷的老师故意拉长了声音，他知道刘成很关注于圣杰的成绩，毕竟堂堂副主任在靳韩和校领导谈判的时候说出了大话，如果高二（6）班能达到目标，他就主动辞职。

“多少？”刘成还在期待出现奇迹。

“四百二十六分。”

“四，四百多……”刘成差点儿晕倒在地。

尽管于圣杰狠狠地打了刘成的脸，刘成仍希望高二（6）班的其他学渣拖一下后腿，可最终的成绩出来后，他彻底失望了，没有一个人的成绩低于二百二十分。更夸张的是，高二（6）班的平均分高出了期中考试三十分。也就是这样一个在所有老师眼里是奇葩的班级，学渣和体育生最多的班级，同学们的成绩好像潮水一般涌上了中层。

“我们成功了，成功了！”

高二（6）班的教室里传出欢呼声，大家用力地拍着桌子，好像锣鼓一样的轰鸣音穿过了走廊，响彻在操场上。

校长站在操场上，看着高二（6）班的窗口，感叹了一声：“永远不要小看孩子们的力量，他们的潜力是不能估量的。”

高二（6）班好像一匹黑马冲出了重围，学渣集体进步，（6）班的集体成绩一跃成为学校第一，潘多多的成绩也上来了，虽然她没能超过靳韩，但位居全校第二名，这一次她是为了自己而考试，为了名副其实地成为“别人家的孩子”，为了真正的优秀。

“嘿，潘多多老师，踢球吗？”操场上，于圣杰抱着一个足球走了过来，问潘多多要不要一起踢。

“我吗？”潘多多紧张地指着自己的鼻子。

“来，我教你。”

“好，太好了。”潘多多激动地跑了过来，于圣杰把足球扔给了她，她却一脚踢空了。

好尴尬的场面，潘多多曾无数次幻想过，她踢足球的精彩瞬间，却唯独没想过第一脚就会落空，于圣杰笑得极不自然，潘学霸这是踢球还是踹腿呀？要想教会她，好像比让学渣考二百二十分还要难。

“来来来，再来。”于圣杰给潘多多鼓劲儿，解释第一次踢球都会这样的，但事实上，他第一次踢球的时候就是一个精彩的射门。

教学楼的天台上，项夏悠闲地晃动着双腿，老妈给她买的新足球鞋在阳光的照射下洁白得耀眼，她居高临下地俯视着整个校园，看着那些欢跳如音符的身影，心里暖洋洋的，好像装了一个火炉。

“我们的体育健将，这么清闲？”靳韩走上了天台，坐在了项夏的身边，项夏指着操场的一角。

“看，于圣杰在教潘多多踢球。”

“哦，这还真是一个难题。”靳韩放眼望去，足球场上，于圣杰正在教潘多多踢球，潘多多跑来跑去累得气喘吁吁，看到这样的场景，靳韩无奈地摇摇头，“潘多多踢球的动作够笨拙的，不知是她踢足球，还是足球踢她了。”

“你发现了吗？于圣杰变得有耐心了，这样也不发火。”

“你没看到潘多多给他补课的时候，一道题讲了十几遍，说起耐心，他要向潘多多学习。”

“你也很有耐心呀。”项夏记得靳韩的最高纪录，一道题给她反复讲了二十多遍，她才真的心领神会。

靳韩叹息了一声，自言自语道，为了粉丝不离开爱豆，永远支持爱豆，他也是拼了。不过拼搏的结果十分理想，他有了一个特别的朋友，那就是项夏。

“喂，靳韩，你看看那是谁？”项夏拉扯着靳韩，让他往校门口看。靳韩顺着项夏手指的方向看了过去，那不是副主任刘成吗？

校门口，刘成抱着一个大纸箱子，垂头丧气地往外走着。

“校长说，刘成已经申请调转去其他高中了。”

“不是辞职吗？”项夏鄙夷地撇了一下嘴巴，这位大主任，为了自己的见解，完全不顾学生的感受，夸下海口，却没勇气兑现，走了也不可惜，只是不知道他又跑去哪所高中害人去了。

校门口，很多学生在围观，却都站得远远的，没一个人肯走上去和刘成说一声再见，刘成很尴尬，回头看了好几眼，也只是校长和几个老师冲他挥着手。

刘成落寞地离开了K高，后来再没听到过任何关于他的消息了。

项夏向靳韩打听陈悦雯的情况，她这几天实在太忙了，距离省里的足球大赛只有不到三天的时间了，她现在能坐在天台上，也是忙里偷闲，半个小时后，她就又要去接受训练了。

“陈老师已经醒了，只是还不能下床，她知道这次月考成绩后很高兴，我们为她争了一口气，赵主任已经向学校申请了，在陈老师回来之前，暂代我们班的班主任。”

“太好了。”有了赵主任带班，校领导更无话可说了。

“你要参加比赛了是吗？”靳韩突然转移了话题。

“是呀，这次比赛成绩很重要，如果踢得好，高考可以加分。”

项夏摩拳擦掌，为了踢出好成绩，她已经使出了全身的力量，教练也很看好她，把筹码都押在了她身上。只不过这一幕实在太熟悉，就好像当年她父母离婚前夕的那场比赛，教练也是把全部的希望放在了她身上，可惜，最终她还是让教练失望了。

这一次，她还会让教练失望吗？

不，她不要！

项夏为自己打气，无论如何不能让梦想再次落空，她要全力以赴。

微风轻拂中，靳韩凝视着项夏，身边的女孩已然全身心投入一种沉思中，神情间流露出来的都是倔强和自信，他好像能一下子洞察到她的心，感受到她身体里流动着一股力量，也就是这股力量在无形中感染着他。

不经历风雨，怎么见彩虹？

月考结束的第二天，罗丽拉的父亲出现了，他并没有逃离，而是孤身去了战火纷飞的伊拉克，在严酷、危险的环境中，他为家族企业挽回了一线生机，接到了一个重大的战后重建项目，他冲破万难，保住性命回国后，第一时间出现在了K高的门口，想给受委屈的女儿一个解释。

罗丽拉知道父亲回来了，欢快地飞奔了出去，她紧紧将父亲抱住，无须任何解释，她感受到了如山般的父爱。

后来罗丽拉才知道，罗家面临的困境已经好几年了，父亲一直没有放弃，即便在最后被债主逼得没有退路的情况下，他还在努力，因为他知道，自己有女儿需要照顾，有一份责任不能放弃。

项夏站在窗口，看着罗丽拉和父亲的身影，不觉想到了自己的父亲，心中难免多了一份怅惘。

下午上自习课时，教室里突然起了一阵骚动，不知什么消息让大家沸腾了，罗丽拉戴着耳机，激动地挥动着手臂，孙歆争抢着要分享，于是两个人一人一个耳机听了起来。

“是他，是他吗？”

“天哪，太帅了！”孙歆倾慕地把手放在了胸口，眼神迷离，做出一副花痴状。

“又怎么了？”项夏嘟囔了一句，罗丽拉让她也过去听听，“我要去训练了。”

项夏还有很多事要做，哪里有时间理会她们的胡闹，还搞得这么神秘兮兮的，说不定又是什么明星让她们亢奋了。她们这样的女孩子就这样，红一个明星就追一个，从不知道什么叫作专一。

项夏站了起来，拉上背包漫不经心地向外走去，猝不及防，罗丽拉冲过来一把拽住了她肩头的背包，二话不说便把耳机一端塞在了她耳朵里，耳机里传来了一阵悠扬的乐声，还有熟悉的、蛊惑人心的嗓音。

“这是……”项夏的眼睛一亮，这歌声太熟悉了，不正是靳韩上次在录音棚里录制的那首原创歌曲吗？

“华语原创金曲排行榜第一名！”罗丽拉兴奋地告诉项夏，这首歌已经红遍全网了，靳韩简直太棒了。

“靳韩的？”项夏记得当时在录音棚的时候，她就听得如痴如醉，想着这首歌会不会大红大紫，却没想到真的红了，还成了音乐风向标。

“偶像，靳韩是我的偶像！”孙歆在教室里蹦来跳去，看来这次她是真的迷上靳韩了，想想以后靳韩的日子要不好过了，又要应付孙歆的纠缠了。

歌曲在校园里流行起来之后，靳韩被很多男生女生围在操场上，又是签名又是合影，学校门口来了不少记者和迷妹，他的人气一下子飙升了。

校长站在窗口，看着拥堵的学校大门很是神伤：“以后要渐渐适应这种情况了。”他安慰着自己，因为K高有一个特殊的学生——一个人气超高的大明星。

靳韩的事业在歌曲飘红之后，迎来了新的生机，一名制片人主动找上了门，希望靳韩能本色出演他投资的一部青春片里的男主角。

本色出演，一直都是靳韩的梦想，据说宣传片出来后，媒体对这部青春片很期待，争相报道，大家都认为这可能是靳韩的另一个巅峰。

“你成功了。”项夏走到窗边，给靳韩发了一条微信。

“你也会成功的。”靳韩回复得很快，她抬头时，看到他就站在对着她卧室的窗前，朝她微笑着。

项夏放下手机，欣慰地看着站在窗口的那个男生，一切又回到了最初相见的一刻，她抬起脚，一个临门飞射，足球鬼使神差地飞了出去，打中了她的偶像。命运就这么奇妙，躲也躲不过，他又成了她的同学，甚至成了她的同桌。

曾经她失落过，绝望过，哭泣过，甚至迷茫、不知所措过。

遇到他后，她战斗过，拼搏过，流下了不知多少汗水，这些经历伴随着她走过了无数个日日夜夜，也许最后结果不能如人所愿，但她不后悔，无愧于自己的选择，无愧于遇到了靳韩。

青春的旅途，项夏只做了短暂的停留，便大步迈向前了，没有碌碌无为，也没有肆意浪费，她尽了全力去争取，去奋斗，没有辜负青春。

“未来是个未知数。”靳韩又发来了信息。

“即便是未知数，我也会用最自然、最真实的心去面对。”

“项夏，你要努力。”

“靳韩，你也要努力，莫让初心败给泪水，没什么伤痛是克服不了的。”

这是靳韩说过的话，也是当初鼓励项夏的话，现在她把它送给了他，希望他能一直坚持初心地走下去。

迷茫的夜色虽然深沉，但不能阻挡青春的脚步，它正不分昼夜地奔跑着。

省女足的比赛开始了，若说不紧张是假的，看台上几乎座无虚席，彩旗飘舞，号角齐鸣，和项夏在电视里看到的场面一般无二。

项夏换上了运动衫，吸气之后再吸气，虽然她尽量平复情绪，不让自己受到外面的干扰，耳边还是有个声音在呐喊着：“项夏，努力吧，拿出十万分的精神努力吧，因为你周围的人都在努力，只有拿出别人十倍的辛勤和汗水，你才能立于不败之地。”

是的，要更加努力才能成功。长长地呼了一口气，项夏站了起来，正准备跑进场的时候，身后有人轻声喊着她的名字。

“项夏。”

这是错觉吗？

这喊声听起来很像靳韩，不可能的，项夏甩了一下头，靳韩昨天已经告诉她了，他要一早飞往巴黎，所以不能来观看她的比赛了。

平复了一下心情，项夏又迈开了步子，那个声音又响了起来。

“项夏。”

这绝对不是错觉，项夏迅速转过身，竟真的看到了靳韩。

好像魔法一样，今天的靳韩好像换了一个人，换上了西装、皮鞋，整洁的白衬衫配着一条笔挺的领带，让他看起来又帅气又成熟，项夏觉得只有两个字可以用来形容此时的靳韩——男神！

“你不是去……巴黎了吗？”

“飞机晚点，我看还来得及，跑来送你一样东西。”靳韩走上前一步，犹豫着从衣兜里掏出了一个信封。

“这是什么？”项夏激动地接过来，正要打开，靳韩却尴尬地制止了她。

“比赛赢了之后再看。”

“这么神秘？”虽然对信封里的东西十分好奇，但项夏还是忍住了，她点点头，十分珍重地把信封放在了背包里，答应靳韩，比赛赢了之后再打开。

“要有信心，你会赢的。”靳韩冲项夏挥动了一下拳头。

“嗯，有信心！”

项夏做了一个必胜的动作，然后转过身，在靳韩的凝视下，走出了休息室。

站在场地的边缘，耳边充斥着兴奋的尖叫声，高二（6）班的同学们都来了，他们坐在看台上大声地喊着项夏的名字。

迈开的步子又收了回来，项夏回望着看台，在一个角落里，她注意到了一个熟悉的身影，那是……父亲吗？是的，是他，他也来观看女儿的比赛了，在他身边还坐着一个年轻人，当项夏看清年轻人的脸时，她感动得泪流满面，那不是她在体育馆里遇到的冷峰吗？那一刻，项夏什么都明白了，泪水充盈在眼眶中，一直以来，她认为已经失去的，却始终守候在她身边，这就是父爱。

面对着球场，在一片欢呼声中，项夏走向了绿茵场……

（完结）